조지훈 평전

지조의 시인 · 한국학자

김삼웅

독립운동사 및 친일반민족사 연구가. 《대한매일신보》(현 서울신문) 주필을 거쳐 성균관대학교에서 정치문화론을 가르쳤으며 '민주화운동 관련자 명예회복 및 보상심의위원회' 위원, '제주 4·3사건 진상규명 및 희생자 명예회복위원회' 위원 등을 역임했다. '친일반민족행위 진상규명위원회' 위원, '친일파 재산환수위원회' 자문위원, '국립 대한민국 임시정부기념관 건립위원회' 위원 등으로 활동하며 바른 역사 찾기에 힘써왔고, 독립기념관장(2004~2008)을 거쳐 현재 '신흥무관학교 기념사업회' 공동회장을 맡고 있다. 민주화운동과 통일운동에 큰 관심을 두고 많은 책을 썼으며, 특히 독립운동과 민주화운동에 헌신한 인물들의 평전을 다수 집필했다. 주요 저서로 《백범 김구 평전》《을사늑약 1905, 그 끝나지 않은 백년》《단재 신채호 평전》《만해 한용운 평전》《안중근 평전》《안창호 평전》《홍범도 평전》《김근태 평전》《몽양 여운형 평전》《조소앙 평전》《나는 박열이다》《신영복 평전》《3·1 혁명과 임시정부》《장일순 평전》《의열단, 항일의 불꽃》《꺼지지 않는 오월의 불꽃: 5·18 광주혁사》《이승만 평전》《박정희 평전》《김영삼 평전》《김대중 평전》《김재규 장군 평전》《다산 정약용 평전》《겨레의 노래 아리랑》 등이 있다.

조지훈 평전 - 지조와 시인 논객

제1판 1쇄 인쇄 2024. 4. 1.
제1판 1쇄 발행 2024. 4. 15.

지은이   김삼웅
펴낸이   김경희
펴낸곳   (주)지식산업사
          본사 • 10881, 경기도 파주시 광인사길 53
          전화 (031)955-4226~7 팩스 (031)955-4228
          서울사무소 • 03044, 서울특별시 종로구 자하문로6길 18-7
          전화 (02)734-1978 팩스 (02)720-7900
          한글문패   지식산업사
          영문문패   www.jisik.co.kr
          전자우편   jsp@jisik.co.kr
          등록번호   1-363
          등록날짜   1969. 5. 8.

책값은 뒤표지에 있습니다.

이 책을 읽고 저자에게 문의하고자 하는 이는
지식산업사 전자우편으로 연락 바랍니다.

차례

정암 조광조를 선대로 한 가계

조지훈은 1921년 1월 11일(음 1920년 12월 3일) 경상북도 영양군 일월면 주곡(주실)동 202번지에서 조헌영趙憲泳과 유노미柳魯尾 의 3남 1녀 사이 차남으로 태어났다.

조지훈의 선대는 고려시대까지는 생략하기로 하고, 한양조씨의 가계로서 1519년 훈구파 세력에 맞서 개혁정치를 주도하다 목숨을 잃은 정암 조광조趙光祖를 중조로 한다. 기묘사화로 멸문위기를 피하기 위해 조씨문중은 전국 각지로 흩어졌는데, 9세 조종趙琮(청화현감) 이 영주에 정착하였다.

조종의 손자 3인이 임진·정유 왜란 때 의병장 곽재우 진영에서 크게 공을 세워 한양조씨의 명망을 높이고 지역기반을 다지게 되었다. 이들 가운데 둘째인 조전趙佺이 1629년(인조 7년) 주실 마을에 입향하고 호를 호은壺隱이라 지었다. '호은'이란 호는 주실마을이 자리 잡은 계곡의 형상이 호리병과 같다 하여 붙였다고 한다. 호리병 속에 조용히 은거하겠다는 뜻을 담았다. 주실마을 출신인 역사학자 조동걸 교수의 글이다.

주실은 일월산의 정기가 쏟아져 내려오다가 문필봉을 바라보는 장군천에 이르러 발길을 멈춘 언덕에 자리한 한양조씨 집성촌이다. 정기가 쏟아지는 마을이라 하여 주곡리注谷里라 이름하고 매계梅系라는 별호를 가지고 있다. 여기에 사는 주실조씨는 선대가 한양에 세거하다가 1519년 기묘사화를 만나 일문이 팔도로 흩어질 때, 9세世 현감 공縣監公ㆍ종琮께서 영주로 낙남하고….[1]

　주실마을은 해방 이후 70여 가옥의 주민에서 문인ㆍ학자 등이 전국에서 가장 많이 배출할 만큼 우수 인재의 마을로 알려진다. 일제강점기에는 마을 전 주민이 끝까지 창씨개명을 거부할 만큼 민족혼을 지켜왔다. 마을 뒤에 있는 일월산은 동학 2대 교주 최시형이 한때 은둔해 있던 곳이고, 또 이필李弼이 교조 신원을 위해 영해항쟁을 일으킨 뒤 재기를 꿈꾸던 곳이어서, 민족의 혼과 맥이 숨 쉬고 있었다. 소년 조지훈은 친구들과 자주 이 산을 오르면서 호연지기를 키웠다.

　조광조의 신원伸寃이 이루어지고 관작이 복원된 1545년 이후, 그러니까 기묘사화 이후 8대代 만에 조광조에게 문정文貞이란 시호가 내려지면서 주실의 조씨들도 과거를 볼 수 있게 되었다. 호은공의 손자 조덕순이 장원급제를 하고 그의 아우 조덕린이 문과에 급제하여 영남지방을 대표하는 유학자로 이름을 날렸다.

　조지훈 가계의 직계 선대인 조덕린은 학덕과 강직함이 알려져 사간원의 사간司諫이 되어 영조에게 '시무십매'를 올렸다가 집권세력인 노론의 참소를 받아 함경도 종성에 유배되었다.

　첫째, 성학을 밝혀 마음을 바르게 하소서.
　둘째, 실제의 덕을 닦아서 하늘에 보답하소서.
　셋째, 관원의 선임을 정확히하여 바른 정치를 세우소서.
　넷째, 백성을 보호하여 나라의 근본을 굳건히 하소서.
　다섯째, 재물을 절약하여 비용을 줄이소서.
　여섯째, 군비를 충실히 하여 미리 대비하소서.

---

1) 조동걸《나의 삶 나의 서재》, 28쪽, (우사 조동걸 저술전집 20), 역사공간, 2010.

기의 일이었다. 또 '극예술연구회'와 '중앙무대'와 '낭만좌'를 드나든
것도 이 1939년 전후의 일이었으며 서정주·김달진 두 선배를 만난
것도 이때의 일이었다.[17]

조지훈은 만해를 만난 영향이었는지, 1939년 중구 필동에 소재한
혜화전문학교에 입학하였다. 혜전은 원래 불교계에서 세운 중앙교육기
관이었다. 3.1혁명 뒤 총독부에 의해 폐교되었다가 1928년 불교전수
학교라는 교명으로 다시 개교하여, 1930년 중앙불교전문학교로 승격
되었고, 1940년 재단법인 조계학원으로 개칭하였다. 같은 해 6월에
교명을 혜화전문학교로 변경하고, 1945년 5월 일제에 의해 다시 폐교
되었다. 해방 뒤 동국대학으로 교명을 바꿔 다시 개교하였다. 조지훈이
입학할 당시는 중앙불교전문학교였다.

정지용이 추천한 '고풍의상'

조지훈이 정신적 방황을 겪으며 시작을 하고 있을 즈음인 1937년
2월 《문장》이란 월간 문학잡지가 창간되었다. 편집 겸 발행인 김연만,
주간 이태준, 표지 제자題字를 추사 김정희의 필적을 집자하여 제작할
만큼 민족의식이 깔린 잡지였다.

친일적인 색채가 거의 없는 순수문학을 지향한 《문장》은 국문학 고
전을 수록하여 민족문화유산을 옹호 전파하고 서구문화 도입에도 지면
을 할애하였다. 또 추천제를 두어 신인을 발굴한다는 사고를 내걸었다.

---

17) 《고대문화》제1집, 1955년 12월 5일.

해방 뒤 '청록파'의 일원이 된 박두진·박목월과 함께 조지훈도 이 잡지의 추천을 통해 문단에 데뷔하게 되었다. 《문장》의 창간은 조지훈에게는 행운이었다. 아무리 천재성을 가진 시인이라도 발표할 지면이 없으면 땅속에 묻힐 수밖에 없는 것이다.

조지훈은 19세가 되는 1939년 봄 〈고풍의상〉으로 《문장》의 추천시 모집에 응모하였다. 그런데 이것이 제1회로 당선작이 되었다. 시인 정지용이 선정위원이었다. 이 시는 후일 교과서에도 실리는 명시로 각광을 받게 되었다.

고풍의상

하늘로 나를 듯이
길게 뽑은 부연끝 풍경이 운다

처마 끝 곱게 느리운 주련에
반월半月이 숨어
아른아른 봄밤이
두견이 소리처럼 깊어가는 밤

곱아라 곱아라 진정 아름다운지고
파르란 구슬 빛 바탕에 호장저고리
자지빛 호장을 받친
호장저고리 하얀 동정이 환하니 밝도소이다
살살이 퍼져 나린 곧은 선이
스스로 돌아 곡선을 이루는 곳
열두폭 기인 치마가 사르르 물결을 친다
초마 끝에 곱게감춘 운화雲靴 당화唐靴
발자취 소리도 없이 대청을 건너 살며시 문을 열고
그대는 어느 나라의 고전을 말하는 한 마리 호접蝴蝶
호첩인양 사푸시 춤을추라 아미蛾眉를 숙이고....

나는 이밤에 옛날에 살아 눈 감고 거문곳줄 골라보리니
가는 버들인양 가락에 맞추어 흰손을 흔들지어다.[18]

19세 청년의 시라고 보기에는 너무 동양적(한국적)인 정한이 깃든 시로 평가받는다. 이 시를 뽑았던 정지용은 찬사를 아끼지 않았다.

조군의 회고적 에스프리는 애초에 명소名所 고적古蹟에서 날조한 것이 아닙니다. 차라리 고유한 푸른 하늘 바탕이나, 고매한 자기磁器 살결에 무시로 거래하는 일말 운무와 같이 자연과 인공의 극치일까 합니다. 가다가 명경지수에 세우細雨와 같이 뿌리며 나려앉는 비애의 artist 조지훈은 한 마리 백학처럼 도사립니다. 시에서 깃과 쭉지를 고를 줄 아는 것도 천성天成의 기품이 아닐 수 없으시니 시단에 하나 '신고전'을 소개하며 … 쁘라 보위! [19]

조지훈은 훗날 〈고풍의상〉이 추천되는 등 문단의 '기린아'로 등단한 시기를 회고한다.

《문장》지 추천시 모집에 응모하여 그 제1회로 〈고풍의상〉이 당선된 것은 1939년 봄 열아홉 살 때의 일이다. 〈고풍의상〉은 서구시를 모방하던 그때까지의 나의 습작을 탈각하고 자신의 시를 정립하려고 한 첫 작품이었으나 실상은 강의시간에 낙서 삼아 쓴 것을 그대로 우체통에 넣은 것이 뽑힌 것이었다. 그러나 이는 민족문화에 대한 나의 애착, 그 가운데서도 민속학 공부에 대한 나의 관심이 감성 안에서 절로 돋아나온 작품이었음을 알 수 있다.
이 계절의 작품은 그때까지 이 〈고풍의상〉한 편밖에 없었기 때문에

---

18) 《조지훈전집1》, 26쪽, 나남, 1997(2쇄), (《전집》, 표기)
19) 《문장》제2권, 171쪽, 1940년 2월.

3회 추천을 필요로 하는 나의 추천 통과는 자연히 지연되지 않을 수 없었다. 그해 11월에 〈승무〉, 그 이듬해 2월에 〈봉황수〉가 추천되기 까지에는 열 한 달이나 경과되었었다.[20]

조지훈의 데뷔작 〈고풍의상〉은 첫 추천을 받아 《문장》제1권 제3호에 실리고, 이어 그 해 12월에 같은 잡지 제1권 제3호에 〈승무〉가 제2회 추천, 그리고 1940년 2월호(제2권 제2호)에 〈봉황수〉와 〈향문香紋〉이 추천되어 마지막 관문을 통과했다. 한국시사에 큰 획을 긋는 〈봉황수〉전문이다.

봉황수

벌레 먹은 두리기둥 빛 낡은 단청 풍경소리 날라간 추녀 끝에는 산새도 비둘기도 등주리를 마구 쳤다. 큰 나라 섬기다 거미줄 친 옥좌 위엔 여의주 희롱하는 쌍룡 대신에 두 마리 황새를 틀어 올렸다. 어느 땐들 봉황이 울었으랴만 푸르른 하늘 밑 추석鬆石 옆에서 정일품 종9품 어느 줄에도 나의 몸둘 곳은 바이 없었다. 눈물이 속된 줄을 모르량이면 봉황새야 구천九天 에 호곡하리라.[21]

조지훈의 일련의 추천작은 암울한 일제말기 조선문단과 식민지 백성들에게 말살되어가는 민족문화에 대해 의식을 일깨우고 큰 감명을 주었다. 한 평자의 비평이다.

한국의 고유한 것이 지니고 있는 아름다움을 찾아내고 이를 재창조

---

20) 앞과 같음.
21) 《전집 1》, 25쪽.

하고 있는 지훈의 추천기의 작품들은 일제 말기의 어둡고 답답한 상황속에서, 당시의 많은 사람들에게 민족의 고향을 다시 찾은 감명을 안겨줌으로써, 그 갈증과 향수를 달래 주었던 것이다.

사라져가는 것에 대한 아쉬움과 애수, 민족정서에 대한 애착은 〈고풍의상〉·〈승무〉·〈봉황수〉·〈향문〉·〈가야금〉·〈무고〉 등 많은 가편에서 표현되었다.

특히 〈고풍의상〉은 〈승무〉와 더불어 지훈의 초기 시세계를 대표하는 작품으로 우리의 우아한 의상의 아름다움을 노래한 것이다. 노래하는 대상을 다만 시각적 영상으로 표시하는 데 그치지 않고, 그 리듬의 흐름이 이루어주는 우아한 격조가 의상이 지니는 전아한 품격과 잘 어울려 고전적인 한국의 우아한 아름다움을 재창조하였다.[22]

'동인지' 내고 독립운동가 딸과 혼인

《문장》지의 추천 어간에 조지훈은 서울에 있는 문학도들과 일본에서 문학과 예술을 공부하는 청년들과 함께 《백지白紙》라는 동인지를 간행하였다. 조지훈은 여기에 〈계산표〉와 〈귀곡지鬼哭誌〉 등을 실었다.

《문장》지 추천을 쉬고 있던 기간에 나는 《백지》라는 동인지를 발간하였다. 이 동인지에 실린 나의 작품들은 상경 이후 〈고풍의상〉직전까지의 습작들이었는데, 그 1집에 실린 〈계산표〉와 〈귀곡지〉를 유진오 선생이 혜민慧敏한 지성을 산다고 평을 써 줘서 은근히 기뻐하던 기억이 있다. 《백지》는 서울에 있는 문학공부하는 학생 14명과 일본 예술과 학생 4명에 기타 2명으로 구성되었는데, 시·소설·희곡을 다 실린 창작지였으나 3집으로 끝나고 말았다.[23]

---

22) 정한모, 〈초기작품의 시세계〉, 《시문학》, 1975년 6월호.

귀곡지

애비 없는 아들보담도 애비의 자식됨이 더욱 서럽다.
하래비의 아들보담 유산은 작아 족보를 뒤 져보는 마음이여!
지나간 시절에는 그래도 명문의 후예 신수좋은 얼골에 수염을 쓰다
듬으면
대청 사랑방 놋 재떠리 소리가 요란했다.
소슬대문 개와집이 오막살이로 찌그러지던 날
뒷산 밑 어무러진 사당에선가
눈가이 진무른 신주 우는 소리가 났단다
아들이 나면 하얀백설기에 미역국 끓이고
삼신할머니 앞에 복을 빌었다건만
염소수염을 쓰다듬고 노루기침을 하면
양반 된 비극에 하얀 발바닥이 서러웠다.[24]

조지훈은 1943년 중매로 신간회 영주지부 회장 김성규의 장녀 김위
남金胃男과 결혼하였다. 집안끼리 잘 아는 사이여서, 당시의 관습대로
사진만 보고 혼인을 하게 되었다. 신부는 영주군 문수면 무섭마을 출신
으로 부친이 신간회 지회장과 청년동맹집행위원장 등으로 활동하면서
일경에 체포돼 8개월간 옥고를 치른 바 있는 독립운동가 집안의 규수였
다. 아들 조광렬이 회상하는 어머니 관련 내용이다.

외할아버지께서는 여자도 공부해야 한다고 대구에 있는 경북여고에
입학시키셨으나 후에 그 일을 아신 큰 외할아버지의 반대로 졸업을
앞두고 학업을 마치지 못했기 때문에 졸업장을 못받은 것을 어머니

---

23) 《전집1》, 202쪽.
24) 《전집1》, 373쪽.

께서는 늘 아쉬워하셨다. (그 무렵은 당신의 아버지가 옥고를 치르고 계실 때라 어머니를 대변해 주실 분이 안 계셨기 때문이다).

그 당시만 해도 반가 규수가 신학문을 하면 본처가 될 수 없다고 해서 중단하고 한학을 배우셨다. 그 당시 외할아버지가 옥중에 계셨기 때문이다. 당시 그 집을 드나들던 독립운동가들 중의 한 여자분은 나중에 어머니가 시집와서 보니 나의 친척 아저씨의 어머니였다고 하셨다.[25]

조지훈은 결혼 뒤 아내의 이름이 남자 이름 같다고 하여 난희蘭姬라는 예명을 지어주었다. 고향에서 결혼식을 마친 두 사람은 서울 명륜동 아버지의 전셋집에서 신혼생활을 시작하였다. 아버지 조헌영은 전셋집에 '동양의학연구소'와 '일월서방'이라는 간판을 걸고, 한약 약조제와 책을 간행하고 있었다.

조헌영은 일본 명문대학을 졸업하고도 항일운동과 창씨개명을 하지 않아서 일제말기 총독부가 시행하는 배급도 받지 못하는 등 생계의 어려움을 겪어야 했다. 여기에 아들 부부까지 끼어들면서 생활이 보통 어려운 것이 아니었다. 조광렬의 기록이다.

우리 집안 어른들께서는 창씨개명을 하지 않으셨다. 창씨개명을 하지 않으면 취직도 할 수 없고 배급쌀도 타먹을 수 없던 시절이었다. 동경유학까지 하신 할아버지께서 취직을 하려 했으면 좋은 직업, 높은 자리, 보수 많은 일자리를 얼마든지 구할 수 있었을 터이다. 그러하였음에도 나의 할아버지는 당신이 살고 계시는 전셋집에 이런 간판을 거시고 한의사로서 한의학을 연구하시며 한의서를 집필하고 계셨다.

한편으로는 '일월서방'에 주문 오는 책을 우편으로 보내주는 일을 하셨다. 그 일로 남은 적은 이문으로 한 가족이 먹고 살아야 했다. 또

---

25) 조광렬, 앞의 책, 237~238쪽.

가끔 소문을 듣고 찾아온 환자들을 할아버지께서 진찰하고 치료했는데 이를 고맙게 생각해서 인사로 쌀이나 음식, 기타 생활에 필요한 물품들을 놓고 가기도 했다고 한다.[26]

서가를 배경으로 다정히 앉아 있는 지훈 부부. (1967)

---

26) 앞의 책, 240쪽.

속리산 월정사의 비승비속

조지훈은 혜화전문학교를 졸업하던 1941년 3월 홀연히 강원도 오대산 월정사로 떠났다. 신혼의 아내를 남겨두고 떠난 길이었다. 혜전에서 불교학을 공부하여 불심에 따른 구도의 길은 아니었다.

1940년대에 접어들면서 국내외 정세는 일제의 태평양전쟁으로 더욱 어려워지고 있었다. 40년 2월 11일 총독부는 창씨개명을 강제하여 조선인의 성씨까지 일본식으로 바꾸게 하고, 10월 16일에는 국민총력연맹을 조직하면서 쌀 공출과 강제 저축운동 추진, 사상통일운동 등 '황국신민화'와 전시 수탈에 광분하면서 민족말살정책을 폈다.

41년 2월 12일 조선사상범 예방구금령을 공포하고, 미전향 사상범과 이른바 위험인물을 서대문형무소에 강제로 수감하였다. 이에 앞서 39년 10월 29일 친일 문학단체인 조선문인협회가 결성되어 박영희·유진오·이광수 등 저명 문인들이 참가하는 등 문단에 친일변절의 회오리바람이 일었다.

조지훈은 이와 같은 시기에 서울을 떠나 오대산으로 들어갔다.

> 스물두 살 되던 봄에 나는 학교를 마치자 곧 오대산 월정사로 가게 되었다. 경성제대 종교사회학 연구실의 적송赤松·추엽秋葉 양 교수의 호의로 '만몽민속품참고관'에 일자리가 났으나, 나의 어지러운 머리를 가누기 위해서는 이 심산의 고찰이 더 필요하였던 것이다. 불교강원의 외전강사란 이름으로 스물두 살짜리 백면서생은 주지와 조실

祖室 의 다음 자리에 앉아 가승假僧 노릇으로 1년을 보냈다. 자기침 잠自己沈潛의 공부에 들었던 그 1년은 나의 시에 한 시기를 그은 것이 사실이요 그만큼 나의 생애에 중요한 도정道程이기도 하다.[27]

조지훈이 월정사에서 비승비속非僧非俗의 생활을 하게 된 배경은 당시 국내 정세, 무엇보다 총독부의 강압과 수탈 그리고 존경하던 문단 선배들의 훼절을 보고 충격을 느꼈던 것 같다. 갓 결혼한 신부를 남겨 두고, 가출을 결행할 만큼 '어지러운 머리'를 가누기 위한 길이 고찰의 수행이었다.

조지훈은 1년 남짓 월정사 생활을 두고 '증곡曾谷'이라 자호自號한 적이 있었다. 그리고 간혹 지인들이 이 호를 부르기도 하였다. 증곡에 관한 '자변'을 들어보자.

증曾 자에 인人 변이 있으면 '승僧' 자가 되고 곡谷 자에 인人 변이 있으면 '속俗' 자가 되고 곡자谷에 인人 변이 있으면 '속俗' 자가 되지 않는가. 그러므로 증曾에 인人 변이 없으니 승僧이 아니요, 곡자에 인人 변이 없으니 속이 아니라, 이른바 증곡은 비승비속의 뜻이니 우리말로 바꿔서 풀이하면 죽도밥도 아니라는 자조에 지나지 않는다.[28]

월정사에서 조지훈의 모습은 그야말로 '비승비속'의 모습 그대로였다.

먹물장삼 대신에 흰 무명이나 흰 모시 두루마기를 철 따라 가져다 입고, 장발에 염주를 들고 법당 앞을 거니는 나의 모습은 이내 오대산에 괴물중이 나타났다는 소문이 들게 되었고 그 때문에 강릉에서 신

---

27) 조지훈, 〈나의역정〉, 앞의 책.
28) 조지훈, 〈비승비속지탄〉, 《신태양》, 1958년 가을호.

문 기자가 왔던 일을 생각하면 지금도 포복할 지경이다.

경을 읽고 싶으면 경을 읽고, 시를 읊고 싶으면 시를 읊고, 예불을 하고 싶으면 예불을 하고, 술을 마시고 싶으면 술을 마시던 비승비속의 멋은 그때부터 시작되었다.[29]

조선왕조 초기 세조의 쿠데타에 분개하여 삼각산에서 보던 책을 불살르고 전국을 유랑하던 매월당 김시습의 모습과 겹친다. 비승비속 '증곡'의 산사 생활 1년은 조지훈의 시 세계를 온통 바꿔놓았다.

나의 시가 지닌바 기교주의는 선禪으로부터 오는 무기교주의로서 지양되었고, 주지主知의 미학은 자연과의 교감으로 바뀌어지기 시작하였다. 《금강경오가해》와 《화엄경》에 경도하고 《전등록》과 《염송拈松》을 탐독하고 절의 선고에 있는 노장老莊과 스피노자와 헤겔, 베르고송을 조금 읽은 것도 이 무렵의 일이다.

〈마을〉, 〈달밤〉, 〈고사古寺〉, 〈산방山房〉 계열이 절에서 지은 작품들이니, 주로 서경敍景의 자연시 ― 슬프지 않은 시 몇 편은 이때에 이루어진 것들이다. 발레리·릴케·헤세를 집어치우고, 다시 당시唐詩를 읽고 한산시寒山詩를 비롯한 선가어록禪家語錄과 창송倡頌을 좋아한 것이 그때의 나의 생활이었다.[30]

몇 편을 소개한다.

고사古寺

목어木魚를 두드리다
졸음에 겨워

---

29) 앞과 같음.
30) 앞과 같음.

고오운 상좌 아이도
잠이 들었다.

부처님은 말이 없이
웃으시는데

서역 만리 길
눈 부신 노을 아래

모란이 진다.[31]

산 방山房

닫힌 사립에
꽃잎이 떨리노니

구름에 싸인 집이
물소리도 스미노라.

단비 맞고 난초 잎은
새삼 치운데

별다른 미닫이를
꿀벌이 스쳐간다.

---

31) 《전집1》, 32쪽.

바위는 제 자리에
움쩍 않노니

푸른 이끼 입음이
자랑스러라.

아스럼 흔들리는
소소리 바람

고사리 새순이
도르르 말린다.[32]

통음하며 '비혈기' 등 지어

일제가 태평양전쟁을 시작하면서 황민화 시책이 더욱 강화되고, 총독부는 41년 《문장》을 《인물평론》·《신세기》와 병합과 함께 일선어日鮮語를 반분하여 황도정신을 앙양하라고 강요하였다. 《문장》은 이에 불응하여 스스로 문을 닫고 말았다. 산가운데서 이 소식을 들은 조지훈은 오열하였다. (참고로 《문장》은 1948년 10월 정지용이 속간하였으나, 1회로 종간하였다.)

가을로 접어들면서 나의 유유자적은 파탄에 직면하게 되었다. 《문장》지 폐간호를 받고 신선골 노파집에서 술에 취하여 방성통곡을 하는

---

32) 앞의 책, 37~38쪽.

가 하면, 진주만 폭격이 있고 나서는 내 서실의 수색이 있었고, 싱가포르 함락의 보報가 전해지던 날은 주재소 수석이 와서 축하행렬을 명령하고 갔다는 것이다. 주지住持에게서 백지 몇 권을 받아 학인들에게 아무거나 만들라고 시켜놓고 나서 나는 아랫골 주막에 누워 종일 혼자서 통음하였던 것이다.

환혼에 올라와서 학인들이 만들어 놓은 것을 이것저것 쳐다보다가 나는 그대로 졸도하고 말았던 것이다. 며칠 뒤 나는 전보를 받고 내려오신 아버지를 따라 서울로 돌아오고 말았다. 〈암혈岩穴〉의 노래, 〈비혈기鼻血紀〉같은 것이 이 무렵의 작품이었다.[33]

암혈의 노래

야위면 야위수록
살찌는 혼

별과 달이 부서진
샘물을 마신다.

젊음이 내게 준
서릿발 칼을 맞고

창이創痍를 어루만지며
내 홀로 쫓겨 왔으나

세상에 남은 보람이
오히려 크기에

홀로 뜯으며

---

33) 조지훈, 〈나의 역정〉.

산새가 구슬피
우름 운다

구름 흘러가는
물길은 칠백리

나그네 긴 소매
꽃잎에 젖어
술 익는 강마을의
저녁 노을이여

이 밤 자연 저 마을에
꽃은 지리라

다정하고 한 많음도
병인양하여

달빛 아래 고요히
흔들리며 가노니….39)

〈원화삼〉은 경주에서 박목월朴木月을 만나고 쓴 것이다.

---

39) 《전집》, 34쪽

징병 피해 낙향 '낙화' 등 짓고

일제는 1943년 들어 더욱 전시체제를 강화했다. 3월 1일부터 징병제를 실시하고, 10월 20일에는 학병제를 통해 무차별적으로 청년들을 군문으로 끌어갔다. 학병제 실시와 때를 같이하여 이른바 조선의 명사라는 자들이 신문·방송과 경향각지의 순회강연을 통해 일본군에 나가라고 강박했다. 다수의 문인도 '귀축영미'의 타도에 앞장서라고 목소리를 높였다. 조지훈은 책 보따리를 싸 들고 낙향의 길을 택하였다.

> 1943년 스물네 살 되던 해 가을에 나는 아주 낙향하고 말았다. 그 이듬해 여름에 상경하여 비어홀 앞에 늘어선 행렬 속에서 옛 친구들을 만나 회포를 풀고 나서 대학병원에 내왕하여 '폐침윤'에 '신경성위 아토니'란 이상야릇한 병명의 진단서를 받아 가지고 고향으로 돌아와 누워 있었던 것이다.
> 징용번호가 나오고 광산에 취업을 부탁하는 사이에 징용에 걸려 신체검사를 치르고 장발을 깎고 노무勞務 감내불능이란 딱지가붙어 방면된 것은 1945년 3월 해방되기 5개월 전의 일이었다.[40]

조지훈은 낙향했다가 징용통지를 받고 신체검사 결과 노무를 감당하기 어려운 신체조건으로 하여 용케 징병을 피할 수 있었다. 많은 청장년이 끌려가고 더러는 자원하여 일본군에 들어가기도 했다.

일제는 44년 8월부터 여자정신근로령을 공포하여 젊은 여성들을 일본군 위안부로 끌어갔다. 겉으로는 광산 등의 노무와 간호사 등 전선의 사무요원을 확보한다고 내걸었으나 종군위안부였다. 일제는 1931년부

---

40) 조지훈 〈나의 역정〉.

터 총독부와 결탁한 매춘업자들이 비공식적인 한국여성들을 군대위안
부로 넘겨오다가 전쟁 막바지에 이르러 강제로 끌어갔다. 이렇게 끌려
간 한국여성은 대략 20만 명에 이르렀다.

　　이 무렵 조지훈은 고향집에 은거하면서 〈낙화〉, 〈낙엽〉, 〈고목〉 등
을 지었다. 차례로 소개한다.

낙화

꽃이 지기로소니
바람을 탓하랴

주렴 밖에 성긴 별이
하나 둘 스러지고

귀촉도 울음 뒤에
머언 산이 닥아서다

촛불을 꺼야하리
꽃이 지는데

꽃지는 그림자
뜰에 어리어

하이얀 미닫이가
우련 붉어라

묻혀서 사는 이의
고운 마음을

아는 이 있을까
저어 하노니
꽃이 지는 아침은 울고 싶어라.[41]

낙엽

바람에 낡아가는
고목 등걸에

오늘도 하로해가
저무련고나

이무 돌올한
뫼뿌리 하나

숙주로운 구름밖에
날카로운데

하나 둘 굴르는
낙엽을 따라

흘러간 내 영혼의
어언 길이여

바람에 낡아가는
고목 등걸에

---

41) 《전집1》, 28~29쪽.

부·조선영화건설본부 등의 간판도 함께 걸리고, 8월 18일에는 이들을 중심으로 조선문화건설중앙협의회가 발족하였다. 카프(KAPF)계열의 임화가 주도하였다.

이에 맞서 9월 18일 민족문학파와 해외문학파로 알려진 변영로·오상순·박종화·김영랑·김광섭·오종식 등이 조선문화협회를 발족하였다. 얼마 뒤 중앙문화협회로 명칭을 바꾸고 양주동·서항석·김환기·유치진·안석주 등이 가담하여 적선동 성업회관에 사무소를 차렸다. 조선문학건설협의회는 기관지《문화전선》을, 중앙문화협회는《중앙순보》를 각각 발행하면서 해방공간의 주역이 되었다. 이밖에도 좌우계열의 각종 단체가 이합집산을 거듭하면서 비슷한 문화예술단체를 발족하였다.

고향에서 해방을 맞은 조지훈은 조선어학회 선배들의 출옥 소식을 듣고 9월초에 서울로 올라왔다. 한때 조선문화건설협의회에 참여하고, 한글학회의《국어교본》편찬원(10월), 명륜전문학교 강사(10월), 진단학회《국사교본》편찬원(11월) 등을 지내며 바쁜 나날을 보내었다.

> 해방되던 해 9월 초에 내가 상경하여 일을 도운 것은 조선어학회의《중등국어교본》, 진단학회의《국사교본》편찬이었고 학술원과 문화건설중앙협의회와 중앙문화협회 일도 돕고 있었으니 이른바 좌우중간의 문화단체를 다 도운 셈이다.[46]

조지훈이 해방공간에서 '좌우중간'에서 문화사업에 참여할 수 있었던 것은 일제말기의 깨끗한 처신이 각 진영으로부터 환영을 받은 때문

---

46) 조지훈 〈나의 역정〉.

이다. 이념 대결이 치열해가던 시기에 그는 주로 민족문화의 진흥과 국어·국사 교본의 편찬 사업에 젊은 정열을 보태었다.

1945년 12월 좌우의 문학인들은 "건설도정의 새로운 시가의 한 지표"를 삼고자 하는 목표로 해방의 감격을 담아 정인보·홍명희·안재홍·이극로·김기림·양주동·이병기·이희승·임화·박종화·정지용·오장환 등 작품을 모아 《해방기념시집》을 간행하였다. 연소하지만 시단에서 비중을 인정받고 있던 조지훈도 이들 원로·중견들과 함께하였다. 조지훈은 스스로 가려 뽑은 〈산상의 노래〉를 실었다.

산상山上의 노래

높으디 높은 산 마루
낡은 고목에 못 박힌 듯 기대어
내 홀로 긴 밤을
무엇을 간구하며 울어 왔는가
아아 이 아침
시들은 핏줄의 굽이굽이로
사늘한 가슴의 한복판까지
은은히 울려오는 종소리

이제 눈감아도 오히려
꽃다운 하늘이거니
내 영혼의 촛불로
어둠 속에 나래떨던 샛별아 숨으라

환히 트이는 이마 우
떠오르는 햇살은
시월 상달의 꿈과 같고나

메마른 입술과 피가 돌아
노래 잊었던 피리의
가락을 더듬노니

새들 즐거이 구름 끝에 노래 부르고
사슴과 토끼는
한 포기 향기로운 싸릿순을 사양하라

여기 높으디 높은 산마루
맑은 바람 속에 옷자락 날리며
내 홀로 서서
무엇을 기다리며 노래하는가[47]

조선청년문학가협회 조직참여

　해방정국은 1945년 말 모스크바 3상회의의 신탁통치 문제가 알려지고 찬탁과 반탁으로 갈려 이데올로기로 대립하면서 문화계도 크게 두 갈래로 분열되기 시작했다. 좌파는 조선문학자동맹으로 세를 모으고, 우파는 전조선문필가협회를 창립하여 이에 맞섰다 하지만 이때까지만 해도 아직 이념 색채가 뚜렷하지 않아서 두 계열의 참여자를 무우 토막처럼 가를 수는 없어서, 양쪽에 참여하는 문인도 있었다. 예컨대 가람 이병기는 이태준과 함께 조선문학가동맹 중앙집행위원회 부위원장이

---

47) 《전집1》, 136~137쪽.

면서 전조선문필가협회에도 참여하였다. 양측이 점차 세력을 확장하면서 친일문인들도 전력의 반성 없이 끼어들었다.

1946년 3월 13일 중앙문화협회를 중심으로 민족진영의 문인들은 기독교청년회관(YMCA)에서 전조선문필가협회를 결성했다. 조지훈도 참여한 이 단체에는 정인보·양주동·안재홍·장도빈·김진섭·설의식·정지용·김영로·조윤제 등 50여 문인이 이름을 올렸다.

정인보를 회장으로 선출한 '협회'는 4가지 강령을 채택하여 ①진정한 민주국가 건설에 공헌하자. ②민족자결과 국제공약에 준거하여 즉시 자주독립을 촉성하자. ③세계문화와 인류평화 이념을 구명하여 이의 일환으로 조선문화를 발전시키자. ④인류의 복지와 국제평화를 빙자하여 세계제패를 꾀하는 모든 비인도적 경향을 분쇄할 것을 다짐한다.[48]

해방공간에서 조지훈의 활동은 돋보였다. 그는 해방 직후와는 달리 민족진영에서 문화활동을 벌였다. 1946년 4월 4일 조선청년문학가협회를 결성할 때 적극 참여하여 시부와 고전문학부에서 일하였다. 청년문학가협회는 명예회장 박종화, 회장 김동리, 부회장 유치환·김달진 체제로 출범하여, 시·소설·희곡·평론·아동문학·고전문학·외국문학부와 서기국을 두고, 3개의 강령을 마련했다.

1. 자주독립 촉성에 문화적 헌신을 기함.
2. 민족문학의 세계사적 사명의 완수를 기함.
3. 일체의 공식적 노예적 경향을 배격하고 진정한 문화정신을 옹호함.[49]

---

48) 앞의 책, 24쪽.
49) 앞의 책, 25쪽.

청년문학가협회는 여러 가지 문학행사를 벌였다. 1946년 4월 6일 문학연구 정례연구회에서 조지훈은 〈민족시의 기술문제〉, 제4회(7월 10일)에서는 〈순수문학으로서의 민족문학〉, 제6회(8월 13일)에서 〈애국시와 청년운동〉을 발표하는 등 많은 활동을 하였다.

조지훈은 문단활동을 하는 한편 가족의 생계를 위해 1945년 10월 명륜전문학교 강사에 이어 1946년 2월부터 경기여고 교사, 그리고 여자의전女子醫專 교수를 지냈다. 그는 아직 20대 중반의 청년이지만 명성이 있어서 초청하는 곳이 많았다.

> 이듬해 2월에 경기고녀의 교단으로 물러나고 말았다가 다시 나와서 창립동지로 참가한 것이 청년문학가협회요, 전국문화단체 총연합회요, 한국문학가협회였다. 이때부터 순수문학 대 경향문학, 민족문학 대 계급문학의 논쟁에 참가하고 강연을 하고, 시 낭독을 하고, 테러를 맞고, 욕을 먹고, 홍수처럼 밀려오는 시류 속에서 갑자기 당한 속세의 누累는 지금 생각하면 우습기도 하나 그때는 아주 진지하고 엄숙하고 또 열중하였던 것이 사실이다. 오래 눌리어 있던 감정의 폭발은 누구나가 체험한 것과 마찬가지로 통쾌하기도 하였다.[50]

조지훈은 순수문학과 민족문학을 추구하면서 해방정국의 혼란기를 겪었다. 시적 변화의 모습도 보였다. "조지훈의 시적 변모는 그의 내면적인 의식의 추이에 연관되는 것이지만, 해방과 더불어 시대적 격변을 겪으면서 이루어진 것이다. 특히 해방 직후에 본격화된 그의 비평적 활동은 문학의 한 양식으로서 시에 대한 탐색과정의 깊이를 보여주는 중요한 자료가 되고 있다."[51]

---

50) 조지훈 〈나의 역정〉.
51) 권영민, 앞의 책, 105쪽.

정국은 모스크바 3상회의 결정에 따라 한반도에 미·소공동위원회가 설치되어 △ 조선의 정당·사회단체와 협의에 의한 임시정부수립 △ 임시정부참여 아래서의 4개국 신탁통치협약 작성 등의 소임을 맡게 되었다. 하지만 신탁통치 문제를 둘러싸고 좌우로 갈려 국론통일이 어렵게 되고, 그런 상황에서 미·소공동위가 열렸지만, 이견을 조율하지 못하였다.

조지훈은 이 시기 유치환·김동리·이한직·박두진·최태웅·곽종원 등과 친교하면서 대단히 취약한 순수파의 문학진영을 지켰다. 그리고 여러 편의 시를 썼다. 〈십자가의 노래〉〈불타는 밤거리에〉 등이 이때의 작품이다. 〈십자가의 노래〉는 미·소공위에 희망을 걸고 쓴 시였다.

십자가의 노래

눈물 먹음은 듯 내려 앉은 잿빛 하늘에
오늘따라 소슬한 바람이 이는데
오랜 괴로움에 아픈 가슴을 누르고
말없이 걸어가는 이 사람을 보라

뜨겁고 아름다운 눈물이 흩어지는 곳마다
향기로운 꽃나무 새싹이 움트고
멀리 푸른 바다가 쏴하고 울어 오건만
만백성의 괴로움을 홀로 짊어지고
죄 없이 십자가에 오르는
이 사람을 보라

조종弔鐘은 잠자고
침묵의 공간에 거미는 줄을 치는데

던 것이다. 정지용에 의해 발견된 자연의 생명력을 토대로 그들 청록파의 시학이 출발의 거점을 마련했던 것이다."55)라고 청록파의 의미를 부여했다.

최승호 교수는 《청록집》에 실린 조지훈의 시를 분석한다.

> 조지훈은 우주를 보편생명의 흐름으로 보고 있다. 이 보편생명의 흐름 속에서 진·선·미를 구하고, 거기서 시정신을 건져 올리려 하고 있다. 또한 인간 자신을 보편생명 속에 잘 조화되어 있는 개별생명으로 보고 있다. 보편생명의 일부로서의 개별생명은 절대적으로 선할 수밖에 없다. 이렇게 절대적으로 선한 개별생명과 보편생명 사이의 교감으로 미가 발생한다는 것에 대한 믿음이 그의 서정시학의 정수를 이루고 있는 것이다.
>
> 이러한 믿음은 파시즘이 이 나라를 점령한 시점에서는 하나의 방법적 대응전략일 수가 있었다. 이는 마치 2차대전 전후에 생명사상을 가지고 나와서 그것으로써 파시즘과 대결하려고 했던 중국의 동방미 東方美와 유사한 모습을 보여준다.
>
> 파시즘이 지닌 가공할 만한 파괴력에 맞서서, 인간이 자신을 지키는 유일한 길은 모든 생명의 고향인 자연으로 돌아가는 길밖에 없다는 인식에 이른 것이다. 바로 이러한 지점에서 조지훈의 초기시학이 출발하는 것이다.56)

또 다른 비평가의 《청록파》에 실린 조지훈 시에 관한 평가이다.

> 지훈의 시에서 볼 수 있는 균형과 조화라는 고전주의적 특질은 비판 작품의 짜임새에서뿐만 아니라 그가 시를 대하든 인생을 대하든 자

55) 최승호, 〈《청록집》에 나타난 생명시학과 근대성비판〉, 《한국시학연구》제2호, 291~292쪽, 한국시학회, 1999.
56) 앞의 책, 319쪽.

연을 대하든 지훈의 자세는 허물어지는 일이 없다. 이와 같은 자세는 보다 동양적인 데 연유하고 있다. 초탈이나 탈속의 자세라고도 할 수 있는 이것이 선적禪的인 것이라고 불리어지는 지훈의 자세이다.57)

11개월 만에 완성한 걸작 '승무'

《청록집》에 실린 〈승무〉는 조지훈의 대표작의 하나로 꼽힌다. 승무라는 춤을 소재로 하여 삶의 번뇌를 극복하려는 모습을 상징하는, 이 시를 쓰는데 착상 뒤 11개월, 집필을 시작한 지 7개월 만에 완성하였는데, 그 사이 퇴고를 거듭하였다고 한다. 조지훈의 육성이다.

> 내가 참 승무僧舞를 보기는 열아홉 살 적 가을이다. 그 가을 어느 날 수원 용주사에는 큰 재齋가 들어 승무 밖에 몇 가지 불교전래의 고전음악이 베풀어지리라는 소식을 거리에서 듣고 난 그 자리에서 곧 수원으로 내려가지 않을 수 없었다. 그 밤 나의 정신은 온전한 예술정서에 싸여 승무 속에 용입되고 말았다.
>
> 재가 파한 다음에도 밤 늦게까지 절 뒷마당 감나무 아래서 넋없이 서 있는 나를 깨닫지 못하였던 것이다. 지금도 그렇지만 나는 시정을 느낄 때 뜻모를 선율이 먼저 심금에 부딪힘을 깨닫는다. 이리하여 그 밤의 승무의 불가사의한 선율을 안고 서울에 돌아온 나는 이듬해 늦은 봄까지 붓을 들지 못하고 지내왔다. 춤을 묘사한 우리 시가로 본보기가 될만한 것이 아직 없을 때이라 나에게는 오직 우울 밖에 가중되는 것이 없었다.
>
> 이와 같이 한마디의 언어 한 줄의 구상도 못한 채 막혔던 괴롬에 싸여 있던 내가 승무를 비로소 종이 우에 올리게 된 것은 내 스물한

---

57) 정한모, 《현대시론》, 309쪽, 보성문화사, 1986.

빛을 찾아가는 길의 나의 노래는
슬픈 구름 걷어가는 바람이 되라.[63)

일제에 '참여' 했던 문인들이 해방 뒤 순수파가 되고, 참여를 거부했던 문인들은 계급문학의 기치를 들고 나섰다. 물론 조지훈 등은 예외이지만, 해방공간에서 벌어진 '모순'의 하나였다.

순수시의 민족진영에 서다

해방공간은 날이 갈수록 좌우 대립이 격심해지고 문화계도 순수파와 참여파, 민족진영과 계급진영으로 양분되었다. 수적으로는 후자가 압도적으로 다수를 차지했다. 조지훈은 순수시 계열의 소장파 소속이었다.

"해방 시단의 정신적 지향은 새로운 시정신의 확립 문제에서 하나의 전망적인 시계視界를 획득하게 되는데, 그것은 조지훈이 내세운 '순수시론'에서 비롯되었다."[64)

조지훈이 1947년 3월에 발표한 민족시와 관련한 시론詩論의 한 구절이다.

시인 작가가 개성 속에서 우러나오는 확고한 세계를 파악하여 새로

---

63) 《전집1》, 154쪽.
64) 권영민, 앞의 책, 165쪽.

운 인간성의 탐구에도 그의 문학적 생명의 모든 정열을 표출하기만 한다면 길은 천갈래라도 좋을 것이니 오히려 그렇게 함으로써 민족문학의 한줄기 강물은 쇠쇠할 수 있는 것이다.

그러나 시인은 민족시를 말하기 전에 그냥 시 자체를 알지 않으면 안 된다. 먼저 시가 된 다음 그것이 민족시도 되고 세계시도 될 수 있는 것이므로 시의 전통이 확립되지 못한 이 땅의 시가 민족시로서 세계시에 가담하기 위하여서 먼저 일어날 것은 순수시운동이 아닐 수 없다. 순수시운동은 곧 시의 본질적 계몽운동인 동시에 그의 발전이 그대로 민족시의 수립이기 때문이다.[65]

조지훈은 1946년 4월 4일 청년문학가협회 창립대회에서 '해방시단의 과제'라는 주제로 강연을 하였다. 이 강연에서 그의 순수시에 관한 입장을 분명히 제시하게 된다.

혼돈한 사조 속에서 시인의 금지를 옹호해 주는 것은 오직 순수하려는 노력이 있을 뿐이라고 믿습니다. 모든 불순한 야심과 음모를 버리고 진정한 시정신을 옹호하는 것이 언제나 다름없는 시의 순수성이지만, 이때까지 우리가 가져온 '순수'의 개념은 자칫하면 무사상성, 무정치성이란 이름에로 떨어질 위험성이 다분히 내포되어 있었던 것입니다.

해방 전에는 우리 시인들 시에서 사상을 나타낸다는 것은 거의 불가능에 가까울 뿐 아니라 어떤 의미에서는 사상을 가진다는 것은 곧 일제에 매수되고 영합한다는 슬픈 결과가 되었기 때문에 일견해서 화조풍월花鳥風月을 노래하는 무사상성이 우리들의 민족적 양심과 시인적 양심을 아울러 지키는 방편이 되었던 것입니다.

이제 우리 손으로 새로운 문화를 이룩하고 새로운 생활을 설계할 자유를 얻은 만큼 시에서의 사상성 문제도 재논의되어야 하겠습니다마

---

65) 조지훈, 〈순수시의 지향 – 민족시를 위하여〉, 《백민(白民)》, 1947년 3월.

당시 고려대 영문과 학생이던 김종길 선생을 택하였다.[72]

조지훈의 초빙 메신저가 되었던 김종길 교수의 회고이다.

필자가 지훈과 사귄 것은 해방 이듬해 봄부터 전후 20여 년 간이지
만 그는 나와는 동향인이요, 세교世交의 집안 사이이기도 하다. 게다
가 필자가 고대 영문과 2학년이었을 때, 지훈은 고대 국문과에 전임
으로 초빙되어 왔고 그때 그를 초빙하러 가는 심부름도 우연히 필자
가 맡게 되었다. 1947년의 어느 날 볕바른 공일날이었던 것 같다. 고
구자균 교수의 분부로 성북동 그의 집으로 그를 찾아 가 고대에서 그
를 초빙한다는 말을 전했을 때 그는 거의 무표정에 가까운 얼굴로 학
력도 별로 없고 나이도 어리며 고대와는 아무 관계도 없는 자기를 전
임으로 초빙하는 것은 뜻밖이라고 하면서, 좀 생각해 본 다음 회답하
겠다고 말했다. 그때 지훈은 만 27세의 청년 시인이었다.[73]

고대와는 아무런 연고도 없고, 내세울 만한 학력도 없는 27세의 문
학청년이 고려대학의 전임교수가 되었다. 순전히 그의 능력과 인품을
알아본 교수들과 현상윤 총장의 인재 알아보는 안목 때문이었다.

이렇게 시작된 고대와의 인연은 한국교수협회 중앙위원, 고려대 한
국고전국역위원장, 고려대 부설 민족문화연구소 초대 소장 등을 역임
하고, 박정희 정권의 굴욕적인 한일회담을 비판하는 등의 활동이 '정치
교수'로 낙인되어 떠날 때까지 연구와 교육에 생애를 바쳤다.

이 시기에 스승으로서 또 얼마 후부터는 동료 교수로서 지켜봤던 김

---

72) 앞의 책, 294쪽.
73) 김종길, 〈조지훈론〉, 김종길·정한모 외, 《조지훈연구》, 426쪽, 고려대학출판부,
1978.

종길의 조지훈 교수에 대한 인상이다.

> 착하면서도 명민 활달하고, 진실하면서도 날카롭게 강인한 인간, 곱
> 고 아름다운 마음씨와 더불어 서슬 푸른 기개를 지닌 시인, 그리고
> 시보다도 인생, 또는 인간을 우위에 두는 시인, 이것이 한 인간으로
> 서 그리고 시인으로서 지훈이 품었던 사상이었으며, 그 세대의 어느
> 시인 어느 문학인보다도 이 이상을 몸소 구현했던 사람이 또한 지훈
> 이었다.[74]

청년 교수의 교단생활이 쉽지만은 않았다. 해방 뒤 한국사회는 좌우
의 이데올로기 대립과 정치적 이해관계로 백색·적색테러가 난무하였
다. 대학이라고 예외는 아니었다. 1946년 9월 미군정의 국립대학안(국
대안)이 발표되면서 대학가에서는 "식민지교육 반대", "학원의 자유와
민주화"를 내걸고 격렬한 반대운동이 전개되었다. 어느 날 조지훈은
대학에서 좌익계열의 학생에게 테러 위협을 당하였다.

> 어느 날은 좌익학생이 교수셨던 아버지를 벽돌로 찍으려 날뛰었다.
> 그러나 상대는 아버지의 의연한 자세에 압도당해 제풀에 꺾여 벽돌
> 을 내려놓기도 했다고 한다. 이 일과 관련하여 아버지는 학생들에게
> "선생이 학생에게 맞을 수도 있다. 맞았느냐, 않았느냐 하는 것은 문
> 제거리가 되지 않는다. 다만 당당하게 맞았느냐 비겁하게 하는 것은
> 끝까지 따져야 한다"고 말씀 하셨다고, 후일 제자들이 이를 전해주
> 었다.[75]

이 시기에 조지훈은 한복에 두루마기를 입고 교단에 섰다. 〈눈 오는

---

74) 앞의 책, 428쪽.
75) 정광렬, 앞의 책, 294쪽.

날에〉에 잘 표현되고 있다.

눈 오는 날에

검정 수옥 두루마기에
흰 동정 달아 입고
창에 기대면

박년출 상기 남은
기울은 울타리 위로 장독대 위로
새하얀 눈이
나려 쌓인다
홀로 지나던 값진 보람과
빛나는 자랑을 모조리 불살르고
소슬한 바람 속에
낙엽처럼 무념히 썩어 가며는

이 허망한 시공 위에
내 외로운 영혼 가까이
꽃다발처럼 꽃다발처럼
하이얀 눈발이
나려 쌓인다

마음 이리 고요한 날은
아련히 들려오는
서라벌 천년의 풀피리 소리
비애로 하여 내 혼이 야위기에는
절망이란 오히려
나리는 눈처럼 포근하고나.

1947년부터 20여 년간 몸담아 오면서 열정을 쏟았던 고려대학교의 석탑건물 앞에서.(1959)

청춘에는 우원한 언어가 차라리 마이동풍
허나 시는 진실로 이런 때 서는 것을.....

"불안과 존재의 의미를
너 오늘에야 알리라"

수런대는 가슴들이 눈을 감는다
오늘 흩어지면 우리는 다시
이승에선 못 만난다는 슬픈 가능성

이 가열한 마당에 다시 고쳐 앉아
인정의 약함에 눈물 지움은
또 얼마나 값진 힘이랴

도어를 밀고 나온다
시가 전운戰雲으로 숨는다.[79] (이하 16행 생략)

  6월 27일에도 서울 시민들은 피난을 가야할 지, 잔류해야 할지 망설이는 사람이 대부분이었다. 시세에 민감한 사람들은 이미 한강을 건너느라 북새통이 되었다. 6월 27일 자 일기시의 앞부분이다.

6월 27일

새벽에 온 가족이 결별하다
죽지 않으면 다시 만나게 되리라고 ....

---

79) 앞의 책, 155~156쪽.

때 아닌 새 옷 을 갈아입고 좋아하던
어린 것의 얼굴이 자꾸만 눈에 밝힌다.

"죽음을 너무 가벼이 스스로 택하진 말라" 하시던
아 아버지 말씀

이른 아침에 동리東里를
목남木南이 그리로 오마고 했다

주인이 아침쌀을 구해 가지고 돌아왔다
그의 가족과 함께 흰죽을 나눈다

비상국민 선전대 마이크 앞에
미당未堂이 섰다.[80] (38쪽 생략)

한강교폭파 뒤 절벽에서 뛰어내려

　시민들이 긴 밤을 우왕좌왕 공포에 떨고 있을 때, 그러니까 6월 28일 새벽 2시경 대통령 이승만은 서울역에 대기한 기차 편으로 **뺑소니**를 쳤다. 국회와 육군본부에도 알리지 않은 채였다. 그리고 30분 뒤 국군은 유일한 한강인도교를 폭파했다. 뒤쫓아올지 모르는 인민군을 지체시키기 위해서라고 했다.

6월 28일
어디로 가야하나 배수背水의 거리에서

---

80) 앞의 책, 157~158쪽.

문득 이마에 땀이 흐른다

아침밥이 모래 같다
국물을 마셔도 냉수를 마셔도
밥알은 영 넘어가지 않는다

마음이 이렇게도
육체를 규정하는 힘이 있는가

마포에서 인도교 다시 서빙고 광나루로
몰려나온 사람은 몇 10만이냐

붉은 깃발과 붉은 노래와 탱크와
그대로 사면초가 이 속에 앉아

넋 없이 피우는 담배도 떨어졌는데
나룻배는 다섯 척 바랄수도 없다

아 나의 가족과 벗들도 이 속에 있으련만
어디로 가야하나 배수의 거리에서

마침내 숨어 앉은 절벽에서
한 척의 배를 향해 뛰어내린다

헤엄도 칠 줄 모르는
이 절대의 투신

비오면 날은 개고 하늘이 너무 밝아 차라리 처참한데
한강의 저 언덕에서 절망이 떠오른다

아 죽음의 한 순간 연기 ….81)

조지훈은 한강 변 절벽 위에 숨어 있다가 마침 지나가는 나룻배를 향해 무작정 뛰어내려 구사일생으로 강을 건너 피난을 할 수 있었다. 헤엄도 칠 줄 몰랐는데 투신한 것이다. 그가 목숨을 걸고 피난길을 택한 것은 해방 문단에서 좌익 문인들의 계급문학에 대결하여 민족문학과 순수문학으로 저들과 맞섰기 때문이었다. 좌익 문인들은 조지훈 등을 '반동'으로 치부했던 거였다. 조지훈의 회고담이다.

> 1950년 6·25 동란이 터지자 27일 아침 가족을 결별하고 뛰어나와서 거리에 밤늦도록 있다가 서정주·이한직·박목월과 함께 원효로 아는 집에서 자는 동안에 인도교가 끊어졌고 적군 탱크가 한강 연안에 이른 뒤 에 헤엄도 못치면서 절벽에서 투신하여 뱃전에 매어달려 도강했으며….82)

도강에 성공한 조지훈은 걸어서 대전에 도착했다. 그리고 그곳에서 만난 문인들과 '문총구국대文總求國隊'를 조직하였다. '문총' 의 부단장으로 종군하며 진격하는 국군과 함께 10월에는 평양을 다녀왔다. 평양을 다녀온 후에 한 편의 시를 남겼는데 제목이 없다.

> 평양을 찾아와도 평양성엔 사람이 없다.
> 대동강 언덕길에는 왕댓새 베치마 적삼에 소식장총蘇式長銃을 메고
> 잡혀오는 여자 빨치산이 하나
> 스탈린 거리 잎지는 가로수 밑에 앉아 외로운 나그네처럼 갈 곳이 없

---

81) 앞의 책, 160~162쪽.
82) 조지훈, 〈나의 역정〉, 《전집3》, 205쪽.

그 이름도 아름답다 창공의 용사 해동청 보라매가 바람을 탄다
하늘에 살아서 높아져라 이상아 희망에 빛나는 아 – 은빛 날개다

하늘을 지키려는 원이 뭉쳐서 죽음으로 맹세코 날개를 펴니
그 모습도 미더웁다 창공의 용사 검은구름 해치며 웃으며 간다
하늘에 살아서 넓어져라 도량아 정의에 빛나는 아 – 은빛 날개다.[89]

군인 뺨치며 '애국을 총으로만 하는 줄 아느냐'

조지훈의 종군작가단 시절의 전설과 같은 비화가 문단에 전해온다.
현장에 있었던 박목월이 전한 비화이다.

6 · 25 동란이 발발하였을 때 지훈은 30세의 청년이었다. 그는 피난
지 대구에서 남하해 온 문인들을 규합하여 종군작가단을 조직, '창공
구락부'를 결성하여 공군에서 종군하였다. 군의 배려로 병영 안에 콘
셋트 하나를 얻어 단원들이 모두 거기서 합숙 기거하였다. 전선의 변
동도 없이 피아 공방전만을 거듭하기 9일, 단원들은 북진의 그날 만
을 고대하다 지쳤다. 그러던 어느 날, 콘셋트안에서 술자리가 벌어졌
다.
모두 가족들의 생사도 모르는 채 초조와 불안과 무료를 달래던 전시
문인들은 마침내 대취하여 고성방가하기 시작했다. 그 순간이었다.
현역군인 하나가 소총을 들고 쫓아 들어와 콘셋트 천장에 대고 마구
공포를 쏘아 댔다. 그리고 흥분된 어조로 소리쳤다. 지금이 어느 땐
줄 알고 술 먹고 이짓들이냐고. 실내는 물을 끼얹은 듯 조용해졌다.
모두들 겁게 질려 떨고 있었다. 어느 누구 하나 입을 떼지 못했다.

---

89) 조광렬, 앞의 책, 309쪽.

그 때 콘셋트 벽에 기대서 술을 먹던 그 자세대로 앉아 벼락같이 소리치는 사람이 있었다. 지훈이었다.

"이놈! 여기가 어딘 줄 알고 함부로 들어와 총질이냐? 너는 애국을 총으로만 하는 줄 아느냐? 총보다 더 뜨거운 애국이 있는 줄은 모르는 놈 같으니… 쏠테면 쏴라! 이놈!"

그러자 총을 든 군인이 약간 기가 꺽이는 듯 하는 순간, 벌떡 이러나서 그 군인 앞으로 다가선 지훈은 느닷없이 그 군인의 따귀를 후려쳤다. 그리고는 추상같이 또 소리를 절러 꾸짖었다. 드디어 군인이 총을 내려놓고 사과를 했다.

이것은 그때 그 자리에 함께 있었던 목월이 훗날 필자에게 들려준 이야기거니와 지훈의 담력 또한 이처럼 컸다.[90]

조지훈은 본령이 문인이다. 문인의 본령은 언제 어느 곳에서나 펜과 종이만 있으면 글을 쓴다. 조지훈은 종군문인의 절박한 처지에서도 틈틈이 시를 썼다.

1950년 8월 30일 대구에서 쓴 〈풍류병영 – 종군문인 합숙소에서〉는 전시에서도 시인의 '풍류'를 잊지 않고 서정을 담는다.

풍류병영

보초도 서지 않은 우리들의 병영은
낡은 판자울타리에 석류나무가 한 그루 서 있는 오막살이다

생명이 절박할수록
우리는 더욱 멋스러워지는 병정

진땀이 흐르는 삼복 더위에

---

90) 홍일식, 〈지훈의 인품과 향훈〉, 김종길 외, 《조지훈연구》, 447쪽.

웃통을 벗어부치고 들러앉아 장기를 두고
포탄이 떨어지는 밤에도
사과로 담근 김치를 안주해서 막걸리를 마신다

허나 명령만 내리면 언제나
무장을 갖추고 대기한다 ── 펜과 종이
우리는 순식간에 책상 장기판 툇마루 들마루를 모조리 점령하고 만
다
"작전상 필요한 고지를 확보하라"

여기가 우리들의 싸움터 적의 가슴을 명중하는 지탄紙彈을 만발하는
곳이다
서울에 남기고 온 가족과 벗들이 그리워 소리없는 울음을 울며
"멀지 않아 우리들 서울에 갈 것입니다" 라는
편지를 쓰는 곳도 여기다

총칼 없는 병정인 우리들 가슴에는
하이얀 청산가리가 마련되었는데
올 적에 새파랗던 석류 열매는
어느 새 다 익어서 귀가 벌었나

종군문인 합숙소 뒤 뜰 푸른 하늘에
자폭한 심장 석류가 하나.[91]

---

91) 《전집1》, 168~169쪽.

교과서에도 실린 종군 시편들

조지훈은 종군작가로서 몇 편의 '종군시'를 지었다. 1950년내 〈다부원多富院에서〉 등은 교과서에도 실릴 만큼 우수작이었다는 평이 따랐다. 이 작품은 1950년 9월 26일 다부원에서 쓴 것이다.

다부원에서

한 달 농성 끝에 나와 보는 다부원은
얇은 가을 구름이 산마루에 뿌려져 있다

피아 공방의 포화가
한 달을 내리 울부짖던 곳

아아 다부원은 이렇게도
대구에서 가까운 거리에 있었고나

조그만 마을 하나를
자유의 국토 안에 살리기 위해서는

한해살이 푸나무도 온전히
제 목숨을 다 마치지 못했거니

사람들아 묻지 말아라
이 황폐한 풍경이
무엇 때문의 희생인가를 …

고개들어 하늘에 외치던 그 자세대로
머리만 남아 있는 군마의 사체

스스로의 뉘우침에 흐느껴 우는 듯
길 옆에 쓰러진 괴뢰군 전사

일찍이 한 하늘 아래 목숨 받아
움직이던 생령들이 이제

싸늘한 가을 바람에 오히려
간 고등어 냄새로 썩고 있는 다부원

진실로 운명의 말미암음이 없고
그것을 또한 믿을 수가 없다면
이 가련한 주검에 무슨 안식이 있느냐

살아서 다시 보는 다부원은
죽은 자도 산 자도 다 함께
안주의 집이 없고 바람만 분다.[92)]

　역시 전선에서 쓴 〈도리원桃李院에서〉는 1950년 9월 26일의 작품이
다.

도리원에서

그렇게 안타깝던 전쟁도
지나고 보면 일진의 풍우보다 가볍다

불타버린 초가집과
주저앉은 오막살이 –

---

92)《전집1》, 54쪽.

이 붕괴와 회진의 마을을
내 오늘 소연히 지나가노니

하늘이 은혜하여 와전瓦全을 이룬 자는
오직 낡은 장독이 있을 뿐

아 나의 목숨도 이렇게 질그릇처럼
오늘에 남아 있음을 다시금 깨우쳐 준다

흩어진 마음 사람들 하나 둘 돌아와
빈터에 서서 먼 산을 보는데

하늘이사 푸르기도 하다
도리원 가을 볕에

애처러운 코스모스가
피어서 진다[93]

조지훈이 1950년 9월 27일 쓴 〈죽령전투〉는 시라기보다 전황 기록과 같다.

죽령전투 현장에서

"병화불인지지兵火不人之地" 옛 노인의 신앙이 회진하였다. 풍기는 십승十勝의 땅, 잿더미된 장터에 해가 지는데…. 죽령은 구곡양장 대험大險 의 고개 위에 밤이 오는데 패주하는 적군을 몰아 우리가 간

93) 앞의 책, 173쪽.

다. 불을 죽인 트럭으로 조용히 기어간다

사람의 피로써 하마 짙은 단풍잎, 검은 돌바위에 이끼도 핏빛으로 물이 들었다. 불비에 녹아내린 탱크, 강아지만치 타 오그라진 사체, 아터져나온 뇌장에는 벌써 왕개미 떼가 엉켜 붙었다.

이 마당에 주검을 두려워함은 사치가 아니라 차라리 만용, 어두운 밤하늘에 포문은 쉬지 않고 불을 뿜는데…. 구곡양장 죽령은 대험大險의 고개, 불을 죽인 트럭으로 조용히 기어간다.

찬란한 별빛으로 마음이사 밝아도 소름끼치는 벼랑길 아! 단양은 아직 멀다.[94]

피난지에서 시집 '풀잎단장' 간행

글쟁이들은 유별한 '독종'이다. 내일 죽을지, 오늘 죽을지도 모르고 먹고 살기 어려운 형편에서도 글을 쓰거나 책을 내고자 한다. 당장 한 끼의 식사도 어려운 판에 종이를 구하고 인쇄소를 찾는다.

조지훈은 피난지 대구에서 두 번째 시집 《풀잎단장斷章》을 냈다. 《청록집》이 3인 시집이어서 《풀잎단장》이 첫 시집인 셈이다. 《청록집》에서 9편을 추리고 새 작품 26편을 모아 창조사에서 펴냈다. 표제시가 된 〈풀잎단장〉이다.

---

94) 앞의 책, 176쪽.

풀잎 단장

무너진 성터 아래 오랜 세월을 풍설에 깎여온 바위가 있다

아득히 손짓하며 구름이 떠가는 언덕에 말 없이 올라 서서

한 줄기 바람에 조잘히 씻기우는 풀잎을 바라보며

나의 몸가짐도 또한 실오리 같은 바람결에 흔들리노라

아 우리들 태초의 생명의 아름다운 분신으로 여기 태어나

고달픈 얼굴을 마조 대고 나즉히 웃으며 얘기 하노니

때의 흐름이 조용히 물결치는 곳에 그윽히 피어 오르는 한떨기 영혼이여.[95]

《풀잎단장》에는 전시에 씌인 시도 상당수 들어 있다. 또 그런 상황에서도 가족을 그리는 애틋함과 자연을 그리는 서정이 담긴다.

그리움

머언 바다의 물보래 젖어오는 푸른 나무 그늘 아래 늬가 말없이 서 있을 적에 늬 두 눈섭 사이에 마음의 문을 열고 하늘을 내다보는 너의 영혼을 나는 분명히 볼 수가 있었다
늬 육신의 어디메 깃든지를 너도 모르는 서러운 너의 영혼을 늬가 이제 내 앞에 다시 없어도 나는 역력히 볼 수가 있구나

---

[95] 《전집1》, 54쪽.

아아 이제사 깨닫는다 그리움이란 그 육신의 그림자가 보이는게 아
니라 천지天地에 모양 지을 수 없는 아득한 영혼이 하나 모습되어 솟
아 오는 것임을 … . 96)

조지훈이 《풀잎단장》을 낼 무렵 후방에서는 일시적으로 전투가 멎은
상태이어서, 경기도 산중에 피난 중이던 아내와 아이들을 불러 대구
삼덕동에서 셋방 생활을 하였다. 마침 고려대학도 대구에서 피난학교
를 열어 조지훈은 틈틈이 강의하여 가족의 생계는 어렵사리 꾸릴 수
있었다.

조지훈은 《풀잎단상》을 낼 때 일곱 살짜리 큰아들 조광렬에게 표제
를 그리도록 했다. 아버지가 써 준 제목을 아들이 빨강 크레파스로 보
고 베꼈다고 한다. 쓴 게 하니라 그렸다고, 조광렬은 회고한다.97)

밤

누구가 부르는 듯
고요한 밤이 있습니다

내 영혼의 둘렛가에
보슬비 소리없이 나리는
밤이 있습니다

여윈 다섯 손가락을
촛불 아래 가즈런히 펴고

---

96) 앞의 책, 47쪽.
97) 조광렬, 앞의 책, 327쪽.

자단향 연기에 얼굴 부비며
울지도 못하는 밤이 있습니다

하늘에 살아도
우러러 받드는 하늘은 있어
구름밖에 구름밖에 높이 나는 새

창턱에 고인 흰빰을
바람에 만져주는
밤이 있습니다.[98]

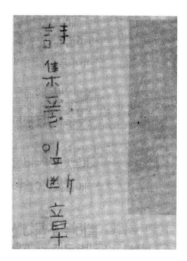

청록집에서 9편을 추리고 새 작품 26편을
엮은 두번째 시집《풀잎斷章》. 제목 글자는
지훈의 장남 광렬이 7세 때 크레파스로 쓴
것이다.(1952, 창조출판)

98)《전집1》, 51쪽.

3년 만에 서울에 돌아왔으나

조지훈은 1953년 10월 서울로 돌아왔다. 정전협정이 이루어지고, 남북한은 3년 동안 피비린내 나는 동족상잔 끝에 다시 휴전선을 경계선으로 원위치의 상태에서 총소리를 멈추었다. 정확히 표현하면 서쪽에서 개성을 잃고 동쪽에서는 약간 더 차지했다. 이후 휴전선이 국경 아닌 국경선이 되고 철책으로 덮였다.

서울로 돌아온 조지훈은 참담한 심경을 가누기 어려웠다. 납북된 아버지의 소식은 알 길이 없고 어머니는 피난지 고향에서 돌아가셨다. 아내와 두 아들은 조지훈이 홀연히 집을 떠난 뒤 친척 아저씨의 소개로 경기도 남양주 덕소의 묘적사에서 은거하다가 대구로 내려와 함께 지내다가 몇 달 먼저 서울로 올라왔다.

떠날 때 갓 태어났던 둘째는 세 살이 되고, 세 살이던 장남은 여섯 살짜리로 성장하였다. 3년 전쟁 동안 부모를 잃었고, 자식들은 자라났다. 아내의 고생이 많았을 거였다.

조지훈은 집으로 돌아온 날(10월 3일) 〈서울에 돌아와서〉란 긴 '일기 시'를 지었다. 전후의 참담한 분위기에서 가족사와 시국에 대한 심경이 오롯이 담긴다.

서울에 돌아와서

망우리를 돌아들면
아 그리운 서울!

예서 죽기로 했던 이 몸이 다시 살아
돌아오는 서울은 90일 전장

죽지 않고 살았구나 모르는 사람들도
살아줘서 새삼 고마운데

손을 흔들며 목이 메여 불러주는
만세 소리에 고개를 숙인다 눈시울이 더워진다

나의 조국은 나의 양심
내사 충성도 공훈도 하나없이 돌아왔다

버리고 떠나갔던 성북동 옛집에
피난갔던 가족이 돌아와 풀을 뽑는다

밤길을 걸어서 아이를 데리고
울며 갔다는 먼 산중 절간
아내는 아는 집에 맡겨 논 보퉁이를
찾으려 가 없고

도토리 따먹느라 옻이 올라 진물이 나는
세 살 백이 어린 것을 안고 뺨을 부빈다

"가재 잡아 구워먹는 맛이 참 좋더라"는 말
아 여섯 살짜리 큰 놈이 들어온다

애비를 잘못 둔 탓
찢어져 죽었다면 어쩔 것이냐

밤마다 죄지은 듯 아프던 가슴
근심은 실상 그것밖에 없었더니라

아 나의 어버이도
이렇게 나를 사랑했으리라

아버지가 안 계시다
죽을까 염려하시던 자식은 살아왔는데

원수가 들려준 아버지 세간
안경과 면도만이 돌아와 있다

어머니는 아직
짓밟힌 고향에서 소식이 없다

서른을 넘어서 비로소 깨달은
내 육친에의 사랑이 아랑곳 없음이여

아내를 만나지 않고 집을 나선다
백의종군 내 몸이 인정 탓으로
신의를 저바림 어찌하느냐

서울신문사 편집실에서
석천昔泉 선생이 손을 잡고 운다
"영랑永郎이 죽었다"고

아 그 우는 얼굴

옛날 명동 거리를 찾아간다
숨었다가 겨우 산 옛 벗을 만난다
껴안을 수가 없다
말조차 없는 그 대면

저무는 거리에서 트럭을 타고
우이동 CP를 찾아간다

가족의 생사를 아직 모르는 목월木月을 보내고
내 혼자 이 밤을 거기서 자리라

사단장 R 준장이 웃으며 맞아준다
"오늘 저녁에 안 오실 줄 알았는데
죽다가 산 사람들끼리 하소연 많을텐데…"

무기도 하나 없이 암호를 외우며
어두운 밤길을 혼자서 걸어온다

돈암리 길가에서 주워 업은 전쟁고아는
이름을 물어도 나이를 물어도 대답이 없다.[99]

---

99) 《전집1》, 177~180쪽.

'글 쓰는 네 평짜리 서재가 있었으면…'

조지훈의 집은 성북구 성북동 60번지 44호였다. 건평 35평의 한옥은 부친 조헌영이 국회의원 시절에 구입한 것이다. 약간의 부지가 있어서 조지훈은 파초와 꽃을 심고 가꾸었다. 그는 늘 산 가까운 운치 있는 곳에 정원이 있는 집을 한 채 갖고자 했으나 가난한 서생의 삶은 그럴 여유가 없었다.

> 비록 운치 없는 집이었지만 아버지는 그 작은 마당 가운데 화단을 만들어 파초와 꽃나무도 가꾸고, 사랑방 앞쪽에는 조그만 연못도 만들고, 추녀에 줄을 매어 나팔꽃이 오르게도 하셨다. 주위에 산처럼 생긴 운치 있는 돌에 돌나물도 심어놓으시고 정을 붙여 보려고 애쓰셨다.[100]

조지훈은 이 허름한 집에 '방우산장放牛山莊'이란 고담한 이름을 지었다. 그는 '방우'라는 불교의 용어를 무척 좋아하였다. 오대산 월정사에서 지내던 시절 거처하던 방의 이름을 그렇게 불렀다고 한다.

문인은 누구라도 자신의 서재를 갖고 싶어 하겠지만, 조지훈은 특히 심했다. 물욕이나 권세욕 따위에는 눈길도 주지 않았던 청절한 선비였던 그는 유독 아담한 서재를 갖고 싶어 했다. 하지만 죽을 때까지 이 꿈은 이루어지지 않았다. 조지훈이 그리던 '서재'의 모습이다.

> 아담한 서재를 하나 가지고 싶다는 것은 나의 30년래의 소망이다. 내가 그리고 있는 나의 서재는 그다지 엄청난 집은 아닌데도 나는 아직 이 꿈을 실현하지 못하고 있다.

---

100) 조광렬, 앞의 책, 62쪽.

네 평坪이면 족하다. 벽장으로 된 장방형의 서고가 한 평, 나머지 세 평은 온돌 −. 고풍한 문갑 하나에 난초분 하나, 사방탁자에 백자 항아리 하나, 서화 한 폭에 차 끓이는 도구만 있으면 읽고 쓰고 생각하고 잠자는 나만의 세계에 모자람이 없을 것이다.

좀더 여유가 있다면 삼면의 문을 열어 추녀 끝에 높직이 매어다는 마루 하나를 더 붙이면 여름철의 유유자적에 더할 나위가 없을 것이다. 초옥이라도 좋다. 그러나 될 수 있으면 그 위치만은 산 밑이 좋고, 넓은 뜰과 개울물 소리를 곁들이고 싶다. 그러나 나에게는 이런 큰 욕망도 아닌 조촐한 서실이 아직은 없다.[101]

조지훈은 1953년 월간잡지 《신천지》 가을호에 〈방우산장기〉를 썼다. 늘 산수 좋은 산기슭에서 살고 싶었지만, 죽을 때까지 성북동 누옥에서 살 수밖에 없었던 자신의 집에 대한 소견이었다. 그는 〈속방우산장기〉도 썼다.

방우산장기

'방우산장'은 내가 거처하고 있는 이른바 '나의 집'에다 스스로 붙인 집 이름이다. 집이란 물건은 고루거각이든 용슬소옥容膝小屋이든지 본디 일정한 자리에 있는 것이요, 떠 메고 돌아다닐 수 없는 것이매 집 이름도 특칭의 고유명사가 아닐 수 없으나 나의 방우산장은 원래 특정한 장소, 일정한 건물 하나에만 명명한 것이 아니고 보니 육척 수신瘦身 장구長驅를 담아서 내가 그 안에 잠자고 일하며 먹고 생각하는 터전은 다 방우산장이라 부를 수밖에 없다.

산장이라 했으니 산속에 있어야만 붙일 수 있는 이름이로되 십리 둘레에 일점 산 없는 곳이 없고 보니 나의 방우산장은 심산에 있거나 시항市巷에 있거나를 가리지 않고 일여一如한 산장이다. 이는 내가

---

101) 조지훈, 〈나의 서재〉, 《전집4》, 377쪽.

본디 산에서 나고 또 장차 산으로 돌아갈 자이기 때문이다.

기르는 한 마리 소야 있든지 없든지 방우放牛라 부르는 것은 내 소, 남의 소를 가릴 것 없이 설핏한 저녁 햇살 아래 내가 올라타고 풀피리를 희롱할 한 마리 소만 있으면 그 소가 지금 어디에 가 있든지 내가 아랑곳 할 것이 없기 때문이다.[102] (후략)

조지훈은 할아버지가 지어준 '지훈'이란 아호와 함께 성장하면서 자호한 '승곡' 그리고 '방우자放牛子'와 '침우당주인枕雨堂主人'이 있다. 직접 들어보자.

학자도 시인도 교육가도 정치가도 아무것도 아닌 사람의 자호 왈 증곡曾谷이다. 다음 하나는 방우자放牛子다. 선禪에서 범부凡夫를 실우인失牛人으로 보기 때문에 심우尋牛, 목우牧牛 등 십우도十牛圖에 비할 것이 있는데, 나는 이 십우十牛의 어디에도 없는 방우인放牛人이란 말이다.

다른 하나는 침우당주인이다. 밤비 오는 소리를 듣는게 좋아서 그저 이렇게 침우당扰牛堂이라 불러 본 것이다. 내 주제에 무슨 아호가 있겠느냐! 다만, 아호를 가지고 싶은 심정은 자기정화의 한 표현이 되기도 한다. 그러나 혜안으로 보면, 아호의 취미도 속인속사俗人俗事에 지나지 않을 것이다. [103]

---

102) 《전집4 – 수필의 미학》, 40쪽.
103) 조지훈, 〈나의 아호의 유래〉, 《전집4》, 374쪽.

첫 시론집 '시의 원리' 출간

조지훈은 1953년 그동안 써온 시론詩論을 모아 《시의 원리》라는 제호로 출간하였다. 〈시의 우주〉, 〈시의 인식〉, 〈시의 가치〉 등 3가지 큰 주제로 아홉 편의 시론을 모았다. 초기 작품들로 그의 시학·시론의 인식을 살피게 한다. 임의로 몇 편의 내용을 발췌한다.

시의 생명

시란 것은 진실한 생각, 진실한 느낌, 진실한 표현을 통하여 나오는 그 자신의 전인격적 체험에서만 스스로 체득할 수 있고 이와 같이 시를 체득한 시인의 생명의 결정인 작품을 통하여서만 그의 최상의 작시법을 듣는 수밖에 다른 길이 없는 것이다.

우리는 시인에게 시법詩法을 묻기 전에 제 자신의 시에 대한 공부의 치열함이 어떤가를 먼저 반성해야 될 것이다. 고려자기의 고매한 살결과 청증한 빛깔을 구어내는 기법을 후인에게 전하지 않고 혼자 안은 채 죽은 종장이 있다고 해서 다만 그의 독선을 흉보고 허물하기 전에 그 초일한 기법을 전하기에는 언어의 설명으로 베푸는 수단이 너무나 불완전하다는 사실에 대한 그의 고충도 위로해 줄 아량을 지녀야 한다는 말이다.

그렇게 어려우면서도 대대로 계승되어 오던 청자의 기법이 왜 끊어지고 만 것일까. 여기에는 청자를 사랑하는 마음이 줄어지고, 청자를 만드는 자랑과 이익이 사라지기 시작했다는 그 시대와 사회의 공기를 알아야 할 것이다. 다시 말하면 안 가르쳐주어서 단절된 것이 아니라 안 배워서 없어진 것이라 볼 것이다.

시의 함성

다시 시란 무엇인가. 지난 번에는 자연과 인생을 통해서 보는 시전통의 생명적 본질에 대해서 생각한 나머지 나는 시를 하나의 도道라고 보고 인간의식과 우주의식의 완전일치의 체험이라고 말하였다.

다시 말하면 이러한 시의 생명을 체험하는 자로서 시인은 자연의 사랑을 인생의 괴로움에 통하게 하고 인생의 괴로움을 자연의 사랑에 통하게 하는 창조적 계기를 찾는 사람이라고 하였다. 그러면 시인은 무엇으로 시를 창조하는 것인가. 창조는 형수亨受와 구현의 합치된 개념이다.

바꿔 말하면 내용과 형식이 융합된 상태이다. 그러면 무엇이 시인의 안에서 시를 형수하고 시를 구현하는 것인가. 나는 먼저 보람 있는 인간이 되기 위하여 저 자신의 사상을 가질 것과 시를 창조하기 위해서는 저 자신의 사상을 재편성해야 한다는 말을 한 적이 있다. 시를 위한 사상의 재편성이란 말은 다시 말하면 사상의 감성화라는 말임을 미리 말해 둔다.

시의 독자성

시의 독자성은 무엇인가. 시의 독자성은 시의 가치를 실현하는 사명과 방법 위에 주어진 길의 독자성이다. 다시 말하면 인생을 위하는 구경究竟의 목표를 향하여 자기가 도달할 수 있는, 하고 싶은 길, 가장 자기에게 맞고 자기가 찾고 싶은 길을 우리가 인생의 이상정신 가치 속에서 미의 노선에 두고 그 미의 노선은 그의 감성의 혜안을 통하여 개척하는 것을 이름이다.

저 자신의 사상은 광대한 천체에 통하는 시의 정신이요. 저 자신의 사상을 재편성한다는 것은 시의 창조에 들어가는 감성의 태반이다. 그러면 왜 또 시는 감성에 뿌리를 두는 것인가. 나는 이미 시는 자연과학적이 아니요. 문화과학적이라는 것을 말하였다. 논리적 증명이나 명령적 구속이 아니고 어쩔 수 없는 생명의 취미란 뜻으로 말했다. 그러므로 시는 무슨 방법으로든지 생명의 그 전체와 세포를 구체적으로 자기 안에 잡아서 인생을 체득하지 아나하고는 두지 않는다. 전체에 있어서 만이든가 일부분 만에 대해서 밝히는 것이 아니라 부분이면서 전체인 것, 전체이면서 부분인 이 자연 및 인생의 진수를 직관하려고 하는 것이다. 직관할 뿐 아니라 그 직관한 것을 우리에게 다시 보여주는, 볼 수 있는 생명을 형성해야 하는 것이다.

시의 사명

시가 인간의 생명적 욕구의 일부면인 예술의 한 영역을 맡은 이상 그는 인간이 영위하는 다른 모든 사업과 마찬가지로 인생을 위해서 존재한다. 다시 말하면 과거와 현재 및 미래의 누적과 생동과 종자의 총체인 인간현실의 고양을 그 구경의 목적으로 하지 않을 수 없다. 따라서 인간의 의욕이 보다 나은 생활을 위한 노력에 있다면 시 또한 있는 것의 묘사에만 멈출 수 없고 있어야 할 것에 대한 탐구가 있어야 할 것이다.

그러나 시는 저 자신 이외의 방법에까지 함부로 덤비는 경박하고 괴기한 모험에다 그 진취의 정통을 줄 수는 없는 것이다.

인간 현실이 영원한 불만이요. 하나의 병든 현실이라면 정성스럽고 위대한 인간은 제가 살고 있는 현실에 무슨 보람을 베풀지 않을 수가 없을 것이다. 여기에 병든 현실에 임하는 세 가지 유형의 방법이 있다.

정치는 과학이란 칼로써 하나의 해부 수술로써 치료하려 할 것이요, 종교는 신앙이란 약으로써 교해하는 기도를 드릴 것이며, 시는 예술이란 붕대로써 상처를 만질 하나의 간호하는 연인이 되어 노래를 불러서 그의 생명력을 기르고 체온표와 꽃병을 항시 보살필 것이다. 그러므로 시가 현실에 미치는바 공효는 간접성에 있다는 것을 부인할 수가 없다. [104]

'조지훈 시선'을 펴내다

조지훈은 6·25전쟁 이후 부모를 잃고 사회적으로 어려움 속에서도 대학교수라는 직업이 있어서 비교적 안정된 생활을 할 수 있었다. 대단히 부지런했던 그는 이 시기에 많은 글을 쓰고 즐겨 술을 마시면서 동호·동학들과 어울렸다.

정치적으로 이승만의 전횡이 심해지고 있었으나 아직 정치·사회문제보다 문학쪽에 더 관심을 모았고, 그래서 많은 작품을 썼다. 시와 시론이 중심이었다. 1956년 정음사에서 《조지훈 시선》을 간행하였다. 《청록집》에서 11편, 《풀잎단장》에서 23편을 고르고 신고 36편을 모았다. 세 번째 시집이다.

조지훈은 이 '시선'을 펴내면서 〈후기〉에서 "지금까지 내가 쓴 작품은 150편을 헤아리게 되었다. 그 중에 20편 정도는 잃어버려서 찾을 길이 없었으나, 그 나머지는 대개 모을 수가 있었는 바 그것들을 비슷한 것끼리 따로 골라 여섯 가지로 나누었다."라고 밝혔다.

조지훈의 글은 그만의 '글맛'이 있다. 시·시론·수필·국학논설·추모사 등 장르를 가리지 않고 독특한 '글맛'이다. 박학다식과는 별개의 맛이다.

여담이지만, 필자가 《단재 신채호전집》을 관련 학자들과 편찬할 때의 일이다. 단재가 《대한매일신보》 주필 시절, 신문에 게재된 시론과 사설 중에 무기명의 글이 적지 않았다. 해서 단재의 글로 판별하는 기준으로 '단재의 글맛'을 취하기로 했다. 단재만의 매운 글맛이 있었다. 조지훈의 글도 크게 다르지 않다. 역시 여담이지만, 필자가 청년 시절

---

104) 조지훈, 《시의 원리》, 신구문화사, 1953년, 1~40쪽, 발췌.

가장 많은 영향을 받은 이는 단재 · 함석헌 · 조지훈의 글이었다. 조지훈의 '글맛' 나는 몇 편을 골랐다.

길

나는 세월과 함께 간다. 세월은 날 떨어트릴 수가 없다.

다만 세월은 술을 마실 줄 모른다. 내가 주막에 들어 한잔 기울이고 잠이 든 사이에 세월은 나를 기다리며 저만치 앞서간다. 나는 놀란 듯이 일어나 세월을 따라 간다. 나는 벌써 세월보다 앞에 가고 있었다. 숨이 가쁘다. 길가에 쓰러진다.

또 하나 세월이 달려와서 나를 붙들어 일으킨다. 다시 조용히 걸어간다. 먼저 가던 세월이 따라와서 풀밭에 주저앉는다. 두 세월이 무슨 얘기를 속삭인다. 나는 혼자서 그들을 기다리면 저만치 앞서 간다.

나는 또 주막에 들어 한잔 기울일 수밖에 없다. 한잔 마시고 싸움하는 구경 좀 하고 나도 덩달아 큰 호통을 치고 멱살을 잡히고 이내 긴 노래 한 굽이를 꺾어 넘길 수밖에 없다. 그 무렵은 대개 황혼이었다.

새 세월이 작은 종이쪽 하나를 가지고 온다. 죽은 세월 이 유세! 종이를 펴든다. 거기 내가 들려준 노래가 적혀있다.[105]

민들레꽃

까닭 없이 마음 외로울 때는

---

105) 《전집1》, 77쪽.

노오란 민들레꽃 한 송이도
애처럽게 그리워지는데

아 얼마나한 위로이랴
소리쳐 부를 수도 없는 이 아득한 거리에
그대 조용히 나를 찾아오느니

사랑한다는 말 이 한마디는
내 이 세상 온전히 떠난 뒤 에 남을 것

잊어버린다. 못 잊어 차라리 병이 되어도
아 얼마나한 위로이랴
그대 맑은 눈을 들어 나를 보느니.[106]

낙화 2

피었다 몰래 지는
고운 마음을

흰 무리 쓴 촛불이
홀로 아노니

꽃 지는 소리
하도 가늘어

귀 기울여 듣기에도
조심스러라

---

106) 앞의 책, 90쪽.

두견이도 한 목청
울고 지친 밤

나 혼자만 잠들기
못내 설어라.107)

매화송

매화꽃 다진 밤에
호젓이 달이 밝다

구부러진 가지하나
영창에 비취나니

아리따운 사람을
멀리 보내고

빈 방에 내 홀로
눈을 감아라

비단옷 감기듯이
사늘한 바람결에

떠도는 맑은 향기
암암한 옛양자라

---

107) 앞의 책, 103쪽.

아리따운 사람이
다시 오는 듯

보내고 그리는 정도
싫지 않다 하여라.108)

조지훈은 《조지훈시선》 〈후기〉에서 '시론'을 연상케 하는 꽤 긴 글을
실었다. '시선詩選'을 펴낸 이유와 더불어 자신의 시작의 편력을 소개한
다. 즉, 습작시기→《문장》추천시기→오대산 월정사시기 → 조선어학
회시기 → 낙향시기→ 해방후 혼란기로 구분한다. 그러면서 자신의 시
는 별로 변한 것이 없다고 했다.

〈후기〉의 핵심은 역시 들머리에 쓰인 글인 것 같다.

영혼의 기갈이란 것이 있다면 시는 바로 그것을 충족시키기 위한 어
쩔 수 없는 작위의 소산이다. 시인에게는 정신의 파괴된 균형을 복구
하는 방도가 시를 쓴다는 그 어쩔 수 없는 '제작의 진실' 이외에는
달리 없기 때문이다. 그러므로 시인에게는 시를 제작한다는 사실이
전부요 제작된 시란 이미 다시 그 시인을 충족시켜 줄 아무런 힘도
없는 것이다.109)

---

108) 앞의 책, 113쪽.
109) 앞의 책, 120쪽.

《청록집》에서 11편,《풀잎斷章》에서 23편을 추리고
새 작품 2편을 엮은 세 번째 시집 〈조지훈시선〉.
(1956, 정음출판)

소화불량도 술 마시면 나아

조지훈을 기억하는 사람들은 하나같이 풍류를 아는 문인·논객이라 한다. 실제로 그는 준수한 얼굴에 6척 장신, 가르마 없이 뒤 로 쓸어 넘긴 장발을 하고 검은 뿔테 안경을 끼고 다녔다. 소매 끝을 약간 걷어 올린 줄무늬 셔츠를 즐겨 입었으며, 검정 베레모를 쓰고 한 손에는 스틱을 쥐고 걸었다. 외모에서 군자의 풍모가 넘쳤다.

외모뿐만이 아니었다. 내면의 멋과 풍류는 당대에 따를 자가 드물었다. 술이라면 양주동과 어깨를 나란히 할 정도였으며, 누구보다 주도酒道를 아는 술꾼이었고, 해학과 유머로 일세를 풍미했다.

어려서부터 잔병이 많아서 평생 병치레를 하였다. 특히 소화불량이 심하여 음식을 제대로 먹기 어려웠다. 일제말 식량사정이 극도로 어려웠을 때는 소화불량의 덕을 톡톡히 보았다고 한다.

> 명색이 식량배급이라고 만주에서 뚜껑도 없는 고빼차에 쇠똥이며 지푸라기 아울러 삽으로 퍼서 싣고 온 대두박大豆粕이라는 콩깍지도 귀해서 못 먹는 판국이었는데 나는 소화불량 덕에 배고프지 않고 지낼 수가 있었다는 말이다.
> 그때부터 나의 소화불량에는 이상한 비밀이 하나 있었다. 몇 달을 밥을 못 먹어 고생하다가도 마음 맞는 친구와 어울리어 하룻저녁을 유쾌히 마시고 떠들고 놀고 나면 그 이튿날 아침에는 너 언제 아팠더냐는 듯이 예상스럽게 입맛이 회복된다는 사실이다.

이 때문에 나는 가족들에게 '기분이스트'란 별명을 얻게 되고 또 술이 과하다고 늘 걱정하시는 부모님한테는 약값 대신에 술값을 얻어 가지고 거리로 나가는 일도 간혹 있게 되었다. 양약이고 한약이고 간에 이 병에 먹어서 효험이 있는 약을 나는 아직 보지 못했다. 110)

조지훈이 1956년에 쓴 〈주객 아니라는 성명〉이란 글이 있다. 36세 때이다.

술을 찾아 어울려 다닌 것이 20년이라. 일배주一杯酒 안 마시는 날이 없고 보니, 하루 한 잔씩 쳐도 7,300잔인데 어디 한 잔으로 끝나는 술이 있던가. 풋술로 거드럭거릴 때는 막걸리는 대두 한 말도 무난했고, 약주는 선술로 대포 스물석 잔을 쾌음하여 입상한 기록도 있다. (사실은 내가 2석이요 나보다 두 잔 더 하여 우승한 배우 R은 8·15 전에 요절했다.) 게다가 여행을 좋아해서 도처에 주명酒名을 얻었고 글까지 술이 들어간 것이 태반이고 보니 타칭으로 주객이 되는 것도 용혹무괴容或無怪라 할 수는 있다.111)

그는 술을 좋아하지만 우악스럽게 마시는 폭주의 타일은 아니었다. "나는 혼자서 술을 마시는 일이 없다. 좋은 안주라도 있으면 아내에게라도 한 잔 권하고 나서 마시면 된다는 편법을 모르는 바 아니지만, 술이란 취한 뒤 보다 취하는 과정이 좋은 법인데 그 진미를 거세할 양이면 애당초에 포기하는 것이 상책이기 때문이다."112) 술보다 술을 마시고 '취하는 과정'을 중시하고 "나는 술에 뜻이 있지 않고 흥에 뜻이

110) 조지훈, 〈삼동三冬의 변〉, 《현대》, 1958년 1월호.
111) 《신태양》, 1956년, 《전집 4》, 85~86쪽.
112) 앞의 책, 86쪽.

있음을 안다"113)고 말한다.

> 나는 희로애락애오욕喜怒哀樂愛惡慾의 칠정七情에 흥분되었을 때 술을 마셔선 안 된다는 도리를 배웠다. "화풀이 술을 비롯한 일체의 잠재 감정을 술로써 풀거나 선동하는 것은 술의 사도邪道"라는 것을 알았다. "술은 언제나 무료와 권태의 극복을 위해서 마실 때가 상책"이란 말이다.114)

1950~60년대 인텔리들의 주석이면 으레 조지훈의 '주도론酒道論'이 화제가 되었다. 아마도 이태백 이래 동서고금의 수없이 많은 주객이 각자 나름의 '주도론'을 폈을 터이지만, 조지훈처럼 음주의 18계단을 들어 '학술적'으로, 또는 '철학적'으로 주도를 정립한 사람은 그가 처음이 아닐까 싶다.

조지훈은 1956년 3월호 《신태양》에 〈주도유단酒道有段〉이란, 술꾼 사회에 일대 센세이션을 일으키는 '명문'을 발표했다. 당대에 화제가 되었고 당연히 주석에서 애용되고 갖가지 아설亞說이 나돌았다. 그는 먼저 올바른 주도를 제시한다.

> 술을 마시면 누구나 다 기고만장하여 영웅호걸 되고 위인 현사도 안중에 없는 법이다. 그래서 주정만 하면 다 주정이 되는 줄 안다. 그러나 그 사람의 주정을 보고 그 사람의 인품과 직업은 물론 그 사람의 주력酒歷과 주력酒力을 당장 알아낼 수 있다.115)

---

113) 앞의 책, 87쪽.
114) 앞과 같음.
115) 앞의 책, 94쪽.

주도 18계단을 펴다

술 몇 잔 마시고 호걸인 양 주정을 부리는 주객은 주도를 모르는 사람이다. "주정도 교양이다. 많이 안다고 해서 다 교양이 높은 것이 아니듯이 많이 마시고 많이 떠드는 것만으로 주격酒格은 높아지지 않는다."

조지훈은 주도에도 엄연히 단段이 있다고 제시한다.

> 첫째, 술을 마신 연륜이 문제요, 둘째, 같이 술을 마신 친구가 문제요, 셋째는 마신 기회가 문제며, 넷째, 술을 마신 동기, 다섯째, 술버릇 이런 것을 종합해보면 그 단의 높이가 어떤 것인가를 알 수 있다.116)

조지훈은 '음주 18계단'을 제시한다.

①불주不酒 : 술을 아주 못 먹진 않으나 안 먹는 사람.
②외주畏酒 : 술을 마시긴 마시나 술을 겁내는 사람.
③민주憫酒 : 마실 줄도 알고 겁내지도 않으나 취하는 것을 민망하게 여기는 사람.
④은주隱酒 : 마실 줄도 알고 겁내지않고 취할 줄도 알지만 돈이 아쉬워서 혼자 숨어 마시는 사람.
⑤상주商酒 : 마실 줄 알고 좋아도 하면서 무슨 잇속이 있을 때만 술을 내는 사람.
⑥색주色酒 : 성생활을 위하여 술을 마시는 사람.
⑦수주睡酒 : 잠이 안 와서 마시는 사람.
⑧반주飯酒 : 밥맛을 돕기 위해서 마시는 사람.
⑨학주學酒 : 술의 진경眞境)을 배우는 사람(주졸 酒卒).

---

116) 앞과 같음.

⑩애주愛酒 : 술의 취미를 맛보는 사람(주도酒徒).

⑪기주嗜酒 : 술의 진미에 반한 사람(주객酒客).

⑫탐주耽酒 : 술의 진경을 체득한 사람(주호酒豪).

⑬폭주暴酒 : 주도酒道를 수련하는 사람(주광 酒狂)

⑭장주長酒 : 주도 삼매에 든 사람(주선酒仙).

⑮석주惜酒 : 술을 아끼고 인정을 아끼는 사람(주현酒賢).

⑯낙주樂酒 : 마셔도 그만, 안 마셔도 그만, 술과 더불어 유유자적하
         는 사람(주성酒聖)

⑰관주觀酒 : 술을 보고 즐거워하되 마실 수는 없는 사람(주종酒宗)

⑱폐주廢酒 : 술로 말미암아 다른 술 세상으로 떠나게 된 사람. (열반
         주涅槃洲).

불주 · 외주 · 민주 · 은주는 술의 진경 · 진미를 모르는 사람들이요,
상주 · 색주 · 수주 · 반주는 목적을 위하여 마시는 술이니 술의 진체
眞諦를 모르는 사람들이다. 학주의 자리에 이르러 비로소 주도 초급
을 주고 주졸酒卒이란 칭호를 줄 수 있다. 반주는 2급이요, 차례로
내려가서 불주가 9급이니 그 이하는 척주斥酒 반주당反酒黨들이다.
애주 · 기주 · 탐주 · 폭주는 술의 진미 · 진경을 오달悟達한 사람이요,
장주 · 석주 · 낙주 · 관주는 술의 진미를 체득하고 다시 한 번 넘어서
임운자적하는 사람들이다. 애주의 자리에 이르러 비로소 주도酒道의
초단을 주고 주도酒徒란 칭호를 줄 수 있다. 기주가 2단이요, 차례로
올라가서 열반주涅槃酒가 9단으로 명인급名人級이다. 그 이상은 이미
이승사람이 아니라 단을 매길 수 없다.[117]

---

117) 앞의 책, 94~95쪽.

유독 즐겨한 '삼도주'

'주도 18계단'을 설파한 조지훈은 유독 '삼도주三道酒'를 좋아하였다.
그는 반 40(20세)에 이 술을 배웠다(마셨다)고 한다. 쌀과 누룩으로 빚은
막걸리인데, 공자가 가꾼 쌀과 노자가 만든 누룩, 석가모니가 길어온
샘물로 빚은 술이라고 하여 '삼도주'란 이름이 붙었다고 풀이한다. 〈삼
도주〉를 소개한다.

삼도주

컬컬한 막걸리지만 청신한 맛이 천하 일품이다. 나는 반 사십에 삼도
주를 배운다. 몇 해나 취해야 나를 볼는지 알 수 없다.

이백李白은 선주만 마셨으니 신선이 되었지만 이 삼도주는 신선도
부처도 성현도 아무것도 될 리 없다.

목적이 있어서 술을 마시는 자는 술힘을 빌어서 싸움하려는 자를 두
고는 다시 없을 것이다. 신선이고 부처이고 성현이고 간에 목적이 있
어서 마시는 술을 하지하품下之下品이요 속주俗酒다.

술의 진미를 완미玩味하는 심경이면 독주 · 소주 · 약주 할 것 없이 가
위 도주道酒라 할 것이다.

오늘 달 아래 술을 거른다. 내 손수 따 온 머루와 솔잎과 당귀로 빚은
술이다.

내 앉은 키와 가지런한 술독이 아랫목에 앉아 있고 술지게미 말라 붙
은 체도 윗목에 걸려 있고 달 잠긴 샘물도 동승童僧이 길어 왔다.
두 팔을 걷어붙이고 주물러 걸러 내니 방 안에 이미 향기가 가득하
다.

조양造釀에 동락同樂한 침허화상枕虛和尙이 한 사발을 들이킨다. 뒷
입맛 다시는 소리가 북 소리 같다.

영서상통靈犀相通으로 청할 겨를도 없이 들어서는 석규화상昔規和尙

에게 선 채로 한 사발을 권한다.
검은 눈동자가 슬며시 옆으로 돌아간다. 어디 보자 나도 한 사발. 그 만하면 훌륭하군. 회심의 미소가 떠오른다.

머루 맛에서 노자가 웃는다.
솔잎 맛에서 불타가 웃는다.
당귀 맛에서 공자가 웃는다.

머루의 이 깨끗한 맛이여. 혓바닥을 몇 번 다시는 동안 날아가는 허무적멸. 솔잎은 씹을수록 향내 나는 그 묘미. 당귀의 향기는 너무 짙어서 쓰기까지 하되 훌륭한 보혈제다. 그러나, 이제 걸러 낸 술 머루는 어디 갔느뇨. 솔잎은 어디 갔느뇨. 당귀는 또한 어디 갔느뇨.[118]

'멋'을 아는 풍류객

조지훈은 그 자신이 풍류를 아는 멋쟁이고 '멋'에 관한 일가견을 가진 학자이다. 20세기 한국사는 식민지 기간의 왜색과, 해방 후에는 서양풍으로 한민족의 전통(정통)적인 풍류정신과 멋이 사라졌다. 해서 풍류라면 술 잘 마시고 오입하는 것으로 타락하고, 멋쟁이는 샘플한 외모치장 정도로 변질되었다. 이른바 근대화 바람에 겨레의 소중한 풍류와 멋을 잃어버린 것이다. 조지훈의 '글맛'이 나는 〈멋설〉을 발췌한다.

---

118) 앞의 책, 59~60쪽.

멋설

우주의 원리 유일의 실재에다 '멋'이란 이름을 붙여 놓고 엊그녁 마시다 남은 머루술을 들이키고 나니 새삼스레 고개 끄덕여지는 밤이다. 산골 물 소리가 어떻게 높아 가는지 열어 젖힌 창문에서는 달빛이 쏟아져 들고, 달빛 아래는 산란한 책과 술병과 방우자放牛子가 네 활개를 펴고 잠들어 있는 것이다.

멋, 그것을 가져다 어떤 이는 도道라 하고 일물一物이라 하고 일심一心이라 하고 대중이 없는데, 하여간 도고 일물이고 일심이고 간에 오늘 밤엔 멋이다.
태초에 말씀이 있는 것이 아니라 태초에 멋이 있었다.
멋을 멋 있게 하는 것이 바로 무상인가 하면 무상을 무상하게 하는 것이 또한 멋이다. 변함이 없는 세상이라면 무슨 멋이 있겠는가.

이 커다란 멋을 세상 사람은 번뇌라 이르더라. 가장 큰 괴로움이라 하더라.
우주를 자적自適하면 우주는 멋이었다.
우주에 회의하면 우주는 슬픈 속俗이었다.
나와 우주 사이에 주종의 관계 있어 이를 향락하고 향락당하겠는가.
우주를 내가 향락하는가 하면 우주가 나를 향락하는 것이다.
나의 멋이 한 곳에서 슬픔이 되고 속俗이 되고 하는가 하면 바로 그 자리에서 즐거움이 되고 아雅가 되는구나. 죽지 못해 살 바에는 없는 재미도 짐짓 있다 하라.

한 바리 밥과 산나물로 족히 목숨을 잇고 일상一床의 서書가 있으니 이로써 살아 있는 복이 족하지 않은가.
시를 읊을 동쪽 두던이 있고 발을 씻을 맑은 물이 있으니 어지러운 세상에 허물할 이가 누군가.

고루거각이 어찌 나의 멋이 될 수 있겠는가. 다만 멋 아닌 멋으로 멋을 삼아 법당을 돌고 싶으면 법당을 돌고, 염주를 세고 싶으면 염주를 세고, 경經을 읽고 싶으면 경을 읽으며, 때로 눈을 들어 먼 산을 바라고 때로는 고개 숙여 짐짓 무엇을 생각나니 나의 선禪은 곧 멋밖에 아무것도 없는가 보다. 오늘을 모르는 세상에 내일을 생각함은 어리석은 일일러라. 내일을 모른다 하여 오늘에 집착함은 더욱 어리석은 일일러라.

다만 남에게 해를 끼치지 않으며 나를 사랑하지 않으며 남을 도우려고도 않아 들녘에 피었다 사라지는 이름 모를 꽃과 같고자 하노라.119)

---

119) 앞의 책, 56~58쪽.

유머와 위트로 좌중 웃겨

　조선시대 선비들은 대단히 근엄하고 주자학의 원리주의자여서 허튼소리 한마디 나누기 어려운 인물들로 인식된다. 맞는 말이기도 하고 아니기도 하다. 유림 사회도 인간들의 모임인지라 각종 골계滑稽, 익살이 있고 짙은 농담이 오갔다. 조선 초기의 선비 서거정徐居正은 고려말과 조선조 초의 명사들 사이에 생긴 기문 · 재담을 모아서 《골계전》을 엮었다. 원래 이름은 4권짜리 《태평한화골계전》이다.

　조선사림의 선비 정신을 잇는 조지훈은 정신이나 몸가짐이 여일하게 대쪽 선비 같으면서도 주석이나 한담 자리에서는 격조 높은 골계 − 유머와 위트로 좌중을 웃겼다. 그리고 더러는 글로도 남겼다. 몇 가지 사례를 옮겨본다.

소신은 수탉이라 알 못 낳아서

　기경한 해학으로는 오성대감 이항복만 한 이도 드물다. 선조대왕이 한번은 이항복의 기경함을 꺾기 위해서 어느 날 다른 조신들에게는 내일 입조할 때 조복朝服 속에 달걀 한 개씩을 넣어 오라고 분부하고. 그 이튿날 파조罷朝 시에 선조대왕이 갑자기 조신들에게 급히 유용하니 달걀 한 개씩을 당장 구해 들이라고 했다.

　다른 조신들은 분부대로 준비해 왔던 달걀 한 개씩을 소매 속으로부터 꺼내어 어전에 드리되 오성은 홀로 드릴 것이 없었다.

　만조滿潮의 눈이 오성에게 집중되었다. 이번엔 기경한 그도 녹는구나 했더니 웬걸 오성은 조금도 주저하지 않고 두 조복 소매를 후다닥 치면서 '꼬끼오'하고 닭 소리를 외쳤다. 만조가 모두 놀랐고, 선조대왕이 그 까닭을 물었다.

오성이 가로되 "신은 암탉이 아니옵고 수탉이 되어 알을 낳지 못하와 대단히 황송하오이다" 하였다. 임금과 신하들은 포복절도하고 그 기경에 탄복할 뿐이었다.

자기의 난경을 벗어날 뿐 아니라 도리어 알 가지고 온 만조백관을 암탉을 만들어 놀려 주는 그 임기응변은 가위 천하일품이다.[120)]

트루먼이 진인 – true man 아닌가

《정감록》얘기가 나왔으니 말이지. 6·25 동란 때는 기상천외한 해석도 많았다. 비결이란 만든 사람보다 푸른 사람이 더 용하다더니, 듣고 보면 그럴싸 한 것도 많았다.

진인眞人이 출어해도出於海島랬는데 그 진인이 누군가 했더니 UN군을 파한派韓하게 한 트루먼 미국 대통령이더라고. 트루먼이 진인 – True man 아닌가 말이다.

이건 6·25 때 전란 중에 듣던 얘기다. 비결을 만든 사람은 그때 벌써 영어도 알았던 모양이다. 영어는 몰랐더라도 풀이가 그렇게 나오도록 한 것이 신통한 일인지도 모른다. 이러다간 UN은 또 궁을륵乙이라고 볼 수도 있지 않는가. U는 줄 없는 활, N은 을乙을 옆으로 쓴 것이라고.[121)]

금심숙장錦心·瀟腸

어떤 이 와서 조용히 묻되, "내 듣건대 시인은 금심숙장이라 하니 죽

---

120) 《민국일보》, 1961년 7월 9일치.
121) 《대한일보》, 1962년 9월 7일차.

으면 마땅히 극락이나 천당에 갈 것이 아닌가"라고….

내 두 손을 비비며 웃어 가로되 "들은 바 이 땅의 시인은 다섯 줄 글 쓸 종이가 넉넉지 못하고 따끈한 술 한 잔은 커녕 고요한 마음으로 차 한 잔 맛 볼 힘이 없다니, 죽어 극락에 가기 전에 시인은 마땅히 살아 북해도로 간다더라"고.

객이 또한 웃으며 가로되 "경經에 이르기를 살아 대도를 얻지 못하면 길이 육도六道에 윤회한다더니 꾀꼬리 같은 시인의 생사가 어이 이리도 함께 슬프뇨."

내 무연히 탄식해 가로되 "시인이 비단 마음 수놓은 창자 대신에 금심수장禽心獸腸을 넣으면 살아 천당에 오를 수도 있으려니와, 어중이 떠중이 시인으로서야 환장換腸이 어찌 쉬운 일이 되리요. 축생처럼 천지에 구차히 사는 것이 본회本懷니라."라고.[122]

'우익 좌파右翼左派'의 우스개

해방 이후는 물론이지만 6·25전쟁 뒤 이 땅에서는 이른바 '색깔론'이 맹휘를 떨쳤다. 특히 독재정권이나 보수성향의 권력자 시대에는 색깔론으로 반대·비판세력을 몰아치고 국민을 겁박하면서 권력을 유지했다. 정통성이 없는 권력자일수록 공안정국을 조성하고 색칠을 하면서 국정을 농단했다.

다음은 조지훈의 〈우익좌파〉라는 수필이다. 짧은 내용이어서 전문을 싣는다.

---

122) 《신천지》, 1953년 봄호.

우익좌파

이건 해방 직후의 일이다. 천하 사람이 모두 다 일조에 혁명가와 정객이 되어 남녀 노유가 함께 휘돌 때의 일이다. 부모 형제가 당파가 갈리고 행주좌와行住坐臥가 무비정론無非政論의 시절이었다.

누구나 아는 일이지만 그 때는 이른바 진보적 민주주의(사실은 계급독재주의의 동의어)란 양두구육의 그 양두인 진보 두 자 바람에 저 딴엔 똑똑하다는 패들은 모두 좌익투사연하며 독립주의자들을 우익이라 불러서 갖은 욕설과 모해를 감행하였다.

바로 그 무렵의 일이다. 오래간 만에 만난 친구 두 사람이 거리에서 만나게 되었다. 그 중의 한 사람인 급조 공산주의자는 대뜸 그 친구를 붙잡고 좌우익 시비를 주로 하는 그 정론일장政論一場을 시試한 친구의 소식을 물었다. 거기에 대답이 천하일품이다.

"난 요즘도 민주당을 하네."

묻던 친구의 놀람이 이만저만이 아니었다. 그때 민주당은 한국민주당으로 우익정당의 선봉이었기 때문이다.

"자네같이 깨끗하게 지내온 사람이 친일파, 민족반역자, 미군정의 주구 노릇을 하다니 그게 무슨 말인가. 빨리 자기비판하고 탈당하게. 그게 될 말인가 글쎄."

"난 민주당을 하지만 그래도 좌파야⋯."

"예끼 사람. 민주당은 천하가 다 아는 극우인데 그 안에 있으면서, 좌파가 다 무슨 좌파야. 자네가 봉건잔재와 국수주의자에게 굴종한다는 것은 아무리 생각해도 이해가 안 되네."

이번에는 아무 대꾸도 없이 공연히 흥분하는 이 좌익투사를 이끌고 오래간 만에 술이나 한 잔 나누자고 옆 골목 빈대떡 집으로 들어갔다. 자리를 잡고 나서 민주당파가 하는 말은 이러했다.

"여기가 우리 당 본부야."

영문을 모르고 눈이 둥그래진 좌익 씨에게 술잔을 권하면서 그는 이렇게 말했다.

"난 요즘도 막걸리를 마시네. 막걸리는 백성이 마시는 술이니 민주民酒 아닌가 그러니 난 민주당民酒黨이란 말일세."

그제사 말뜻을 안 좌익 씨 왈,

"그럼 좌파는 또 뭔구?"

"것도 모르나, 옛날엔 선술집에서 먹으니 입파立派였지만 요즘은 빈대떡 집에서 앉아서 마시니 좌파座派 아니구 뭔가?"

우익좌파右翼左派, 그는 실상 막걸리당 빈대떡 파였다.[123]

숙환과 괴한 이야기

조지훈은 기억력이 좋고 각 분야에 박학다식하여 유모어, 기지, 골계가 무한정했던 것 같다. 숙환宿患과 괴한怪漢도 평범한 가운데 위트가 넘치는 대목이다.

어떤 노인 한 분이 나에게 물었다.

"자네 병 중에 무슨 병이 제일 무서운 줄 아나. 이건 걸리면 꼭 죽고 마는 병이야."

나는 무섭다는 병은 모조리 주워 넘겼다. 흑사병·호열병 등. 그러나 이 노인은 웃으면서 종시 고개를 저었다.

"그건 숙환이란 병이야. 자네 사람 죽으면 부고를 받지? 부고를 보면 죽은 사람은 모조리 숙환으로 죽지 않았던가. 순환이란 병은 걸리면 못 낫는 거야."

"하아 참 그렇군요. 숙환이란 게 아마 심장마비인가 보죠. 무슨 병이든지 죽을 때는 심장이 마비되니까요."

둘이서 한바탕 웃어댔다. 이윽고 이번에는 내가 한 마디 물었다.

---

123) 《신태양》, 1956년, 7월호.

"선생님 사람 중에 제일 무서운 사람이 뭔지 아십니까?"

이번에는 이 노인이 한참 주워댔다. 도둑놈, 형사, 기자, 기생 등….
내가 고개를 흔들었다.

"그건 괴한이란 사람입니다. 신문기사 보세요. 암살 하수자, 강력 테
러범, 살인강도, 사람을 궂히는 놈은 모두다 괴한 아닙니까."

둘이서 한바탕 웃어댔다.

농중진弄中眞의 세계! 은근한 가운데 참이 있고 심심파적에 교훈이
있고 웃음 속에 눈물이 있는…. 그러나 그것보다 파안일소가 있을 뿐
아무런 죄도 없는 이 농담은 각박한 세상에 그래도 살 맛을 되살려
주는 공덕이 있다. 불역쾌재不亦快哉아! 124)

송시열 봉변주는 이야기

우암 송시열은 조선 중기의 대표적인 권세가였다. 《조선왕조실록》에
그의 이름이 3천 번 이상이나 등재될 만큼 역대 군왕 누구보다 권세와
유명세가 많았던 인물이다. 이런 송시열에게 봉변을 주고도 승진한 무
사의 이야기다.

이무李武란 무변이 있었다. 일찍이 투필하여 태안방어사가 되어 부임
하러 가는 길에 낮에 어느 주막에 들어 중화中火(점심) 참을 대었다.
이런 행차에는 경향을 막론하고 아무리 양반이라도 행색이 초초하면
자리를 피하여 주는 법이었다.

그런데 우암 송시열이 중경 대신으로 비루먹은 나귀에 상노 하나만
데리고 그 주막에 들어서 방어사 다음 자리에 앉으니 태안 관속은 함
부로 들어왔다고 시비를 걸다가 송 정승대감이란 바람에 혼이 나서

---

124) 《민국일보》, 1961년 6월 18일치.

방어사에게 이 일을 말했다.

일개 방어사로 즉석 파직을 고사하고 우암 심술에 걸리면 종신 귀양은 면할 수 없는 판이다. 그러나 이무는 무변이라 호매하고 담대하였다. 우암을 보고 "뉘댁이오"하고 물었다. "네, 나는 송시열이오"라고 대답하니 이무는 소리를 질러 꾸짖기를 "우암 송 선생은 도덕 문장이 당대 사림의 영수가 되어 아동주졸兒童走卒이 모르는 이가 없고 감히 그 함자를 부르지 못하거늘 노형은 시골 보리 동지로 어찌 남을 속이려고 우암 선생의 함자로 행세하누. 속히 고쳐야지."

"내가 이런 무식한 사람과 같이 앉은 것이 매우 창피하군" 하고 하인을 불러 속히 치행治行하라 해서 표연히 떠나 버린다.

우암이 생각하니 평생 처음 봉변에 어이가 없었으나 한마디 대답할 겨를도 없고 또 그 말인즉 자기를 위해 한 말이요. 무인으로서 기개가 있어 인물이 쓸 만하다고 보았다. 위에 아뢰니 평안병사로 승탁시키고 크게 등용케 했으나 불행이 병사兵使로 작고했다.[125]

재상이 자작시 읽기도 전에

어느 재상 집에서 일어난 일이다. 어느 날 주인 재상이 만좌한 손들 앞에서 자작시 한 편을 읊겠다고 하였다. 손님들은 아첨의 호기가 도래한 것을 기뻐하면서 어서 시 읽기를 초조히 기다리고 있었다.

재상이 막 소리를 내어 시를 읽으려 하는데 갑자기 말석에 앉았던 시골 선비 한 사람이 소리쳤다.

"참 좋습니다. 참 잘 지으셨습니다." 하고.

석중席中이 모두 눈이 둥그래져서 아연하고 있을 때 주인 재상이 그 선비에게 물었다.

"시를 아직 읽지도 않았는데 좋은 건 어떻게 아는구?"

그 대답이 걸작이었다. 그것이 바로 선신일침 최고의 아첨이었다.

"대감께서 시를 읽으시면 대감 가까이 앉은 분들이 갖은 찬사를 다

---

125) 《민국일보》, 1961년 7월 9일치.

할 테니, 시생侍生한테야 어디 좋습니다란 말 한마딘 들 차례가 돌아오겠습니까? 그러니 시생은 미리 좋다고 해두는 것이 올시다."
만좌가 파안대소를 하였다는 것이다. 그 선비는 이 일이 인연이 되어 그 재상에게서 벼슬 한 자리를 얻었다는 것이다.
아첨도 이렇게 멋 있게 풍자를 곁들일 양이면 가히 사랑할 맛이 있지 않는가.[126)]

호號에 얽힌 사연

"내 호가 처음에는 '지타芝陀'였지. 마침 여학교(경기여고) 훈장으로 갔는데, 내 호를 말했더니 학생이 얼굴을 붉히더군. 그래서 곰곰이 생각하니 '지타'라는 호야 아주 고생하지만, 내 성姓과 합성하니까 발음이 '조지타'가 되는 데!
걔네들이 내 호에서 다른 무엇(?)을 연상했나 봐. 그래 할 수 없이 '지훈'으로 고쳤어.

위의 것과 비슷한 일이 그 후에도 있었다고 한다. 아들 조광렬 씨의 기록이다.

1950년대 고려대학교 국문과 제자들 사이에는 '지다知多' 선생으로 통하셨다는 이야기를 제자분들로부터 들었다. 워낙 박학다식이라서 지어 올린 별호였다고 한다. 그때도 아버지께서는 빙긋이 웃으시면서 "그 위에다 내 성姓을 올려놔 봐. '조지다'가 되는군."
좌중이 박장대소였다는 이야기를 들었다.[127)]

---

126) 《신태양》, 1957년, 8월호.
127) 조광렬, 앞의 책, 56쪽.

'만해 한용운전집' 기획하다

조지훈이 사숙하는 인물은 한말의 지사 매천 황현과 일제강점기의 선사 만해 한용운이었다. 갈수록 이승만의 폭정이 심해지고 지식인들의 처신은 흩어져갔다. 마음이 외롭고 어지러울 때이면 매천의 〈난세시〉를 읽곤 하였다.

새짐승 슬피 울고 강산도 시름
무궁화 이 세상은 가고 말았네
책 덮고 지난 역사 헤어를 보니
글 아는 사람구실 어렵구나.

매천이 반세기 전의 인물이었다면 만해는 자신이 직접 만나 보았고 역사의 눈을 뜨게 한 학인이다. 두 분이 다 시인지사였다. 만해는 해방을 보지 못하고 광복 한 해 전에 입적하였다.

대통령 이승만이 1954년 5월 8일 담화를 통해 "대처승은 절에서 물러나라"고 한 이래 한국 불교계는 대처·비구 사이에 분쟁이 그치지 않았고, 승려들의 부패·탈선이 국민의 지탄을 받게 되었다.

그런가 하면 1957년 1월 13일 이승만 정권의 작용으로 유도회의 내분이 격화되고, 이승만을 지지하는 비주류파가 독립운동가 출신 김창숙위원장을 비롯한 정통파를 축출하면서 유교계의 분규가 계속되었다.

기독교의 파쟁과 타락도 도를 넘어섰다. 전후의 정신적으로 황폐한 시기에 국민을 보듬고 팍팍한 삶을 위로해 주어야 할 종교계와 유교계가 권력과 이권 놀음에 빠져들게 된 것이다.

조지훈은 무엇보다 만해 정신을 살리는 일이 시급하다고 보았다. 그래서 제자·후학들과 더불어 흩어진 만해의 글을 모아 전집을 내야 한다고 생각하였다.

그가 만해에 관해 처음으로 글을 쓴 것은 1958년 《사조思潮》 10월호에 〈한용운론〉이다. 그리고 1960년 4월 제자인 박노준·인권환 공저의 《한용운연구》에 서문을 지은 것이다.

〈한용운론〉은 본격적인 만해 연구 논문이다. 주석을 달지는 않았으나, 해박한 지식과 유려한 문장으로 쓴, 이 글은 이후 만해 연구의 길잡이가 되었다. 논문은 "만해 한용운 선생은 근대 한국이 낳은 고사高士였다. 선생은 애국지사요 불학의 석덕이며 문단의 거벽이었으니, 선생의 진면목은 이 세 가지 면을 아울러 보지 않고는 얻을 수 없는 것이었다."[128]라고 시작되었다. 몇 대목을 소개한다.

> 지사로서 선생의 강직한 기개, 고고한 절조는 불교의 은축과 문학작품으로써 빛과 향기를 더했고 선교쌍수禪敎雙修의 종장으로서의 선생의 증득證得은 민족운동과 서정시로써 표현되었으며, 선생의 문학을 일관하는 정신이 또한 민족과 불佛을 일체화한 '님'에의 가없는 사모였기 때문이다.
>
> 그러므로 선생의 지조가 한갓 소극적인 은둔에 멈추지 않고 항상 적극적인 항쟁의 성격을 띠었던 것도 임제선臨濟禪의 종풍宗風을 방불케 하는 것이요, 선생의 불교가 또한 우원한 법문이 아니고 현실에 즉한 불교였던 것도 호국불교·대중불교가 그 염원이었기 때문이다.[129]

---

128) 《전집3》, 304쪽

혁명가와 선승과 시인의 일체화 — 이것이 한용운 선생의 진면목이요, 선생이 지닌 바 이 세 가지 성격은 마치 정삼각형과 같아서 어느 것이나 다 다른 양자를 저변으로 한 정점을 이루었으니, 그것들은 각기 독립한 면에서도 후세의 전범이 되었던 것이다.[130]

사후에 '만해전집' 나와, 만해연구 길터

이와 같은 스승이었기에 조지훈은 그의 작품을 모아서 전집을 만들어 널리 읽히고자 하였다. 또 연구가들에게 자료로 활용되기를 바랐다. 아들의 회상이다.

> 휴전 이후 세상이 전쟁의 피곤에서 점차 안정기에 접어든 1958년에 한용운전집 간행위원회를 만해의 지기 및 고려대학교의 몇 제자 분들과 함께 구성하였다.
> 이 전집은 아버지를 지도교수로 하여 임종국 · 인권환 · 이기서 · 이화영 · 박노준 · 정진규 등 당시 고려대학교의 제자들이 주축이 되어 정리해서 출판되어 나왔다.
> 전집출판 뒤 학계 · 문단 · 불교계에 큰 반향을 일으켰고, 이로 인해 만해 연구에 불을 붙인 고려대인의 쾌사로 기록되었다.[131]

이 전집 편찬에 참여했던 박노준 교수의 증언이다. 조지훈은 어느 날 제자들을 집으로 불렀다 한다.

---

129) 앞과 같음.
130) 앞과 같음.
131) 조광렬, 앞의 책, 329쪽.

서재에서 우리를 맞은 선생은 차를 몇 모금 마신 뒤 천천히 입을 여셨다. 선생의 말씀을 다 들은 우리는 전혀 예상치 못한 '사업계획'에 놀라지 않을 수 없었다. 그 자리에서 선생이 밝힌 사업의 구상은 이런 것이었다. 즉 만해 한용운(1879~1944) 선생의 전집을 '고려문학회'가 책임지고 편찬하여 출판하자는 것. 책을 펴내어서 받는 인세로는 적당한 장소에다 만해 시비를 건립하여 그 분을 기리자는 것. 남은 돈으로는 자금사정으로 창간 이후 2집을 발행하지 못하고 있는 《고대문화高大文化》를 복간하자는 것 등 학생신분인 우리가 듣기에는 실로 거창한 것이었다.132)

조지훈은 제자들을 불러놓고 한용운에 관해 일장의 '강의'를 하였다.

만해로 말하면 〈님의 침묵〉으로 우리 문학사에 큰 족적을 남긴 시인이며, 근세 불교의 혁신적 바람을 일으킨 고승이고, 또한 33인의 한 분으로서 항일 독립운동사에 길이 이름을 남긴 지사인데, 그 분의 글이 적지 않으니 이걸 수집하여 전집을 내면 학계와 문단에 크게 기여할 것으로 전망된다고 하셨다.
이렇듯 의의가 있는 큰일에 문단이나 학계의 어느 누구도 관심을 기울이지 않고 있은즉, 우리 고려대학에서 소리소문 없이 해내면 학교의 명예에 보탬이 될 것이며, 이 일에 참여하는 우리 학생들에게도 큰 공부가 될 것이라고 말씀하셨다.
마침 임 선배(친일문제연구가 임종국, 필자)가 '고대문학회' 이름으로 《이상전집》을 엮은 경험이 있으니 후배들과 함께 작업에 곧 착수하는 것이 어떻겠느냐고 의견을 물으셨다. 권고인 듯 싶었으나 실은 지시나 다름없었다. 우리는 곧 작업계획을 짜서 일을 시작하겠다는 말씀을 드리고 나왔다.133)

---

132) 박노준, 〈한용운전집과 고대문학회〉, 《고대교우회보》, 젠426호, 2006.
133) 앞과 같음.

이렇게 시작된 《만해전집》 편찬 작업은 열정적인 제자들의 노력과 그동안 조지훈이 수소문해 둔 인맥을 통하여 진행되었다. 만해와 동고 동락했던 숨은 지사 남정 박광朴洸 선생이 소개되었고, 그를 통해 해인사 주지 등을 역임한 효당 최범술 선생을 만나게 되었다. 최범술은 만해의 많은 자료를 보관하고 있었다.

이어서 '한용운전집간행위원회'가 발족되었다. "위원장은 당연히 남정 선생이 추대되었고 원고정리의 지도는 지훈 선생이, 재정의 모든 지원과 출판에 관한 일체의 사무는 효당 선생이 맡았다. 전집이 간행되어서 들어오는 인세로는 우리가 당초 계획한 대로 만해를 기리는 시비를 건립하기로 결정하였다."134)

간행위원들의 노력으로 원고가 모이고 임종국이 전집의 체제로 틀을 잡았다. 2백 자 원고지로 1만 수천 매가 되는 분량이었다. 6권으로 분류하는 작업을 마무리하여, 늦어도 1960년 봄까지는 통문관에서 출간이 가능할 수 있도록 진행되었다.

그러나 무슨 사연이었던지 전집은 1973년에 가서야 통문관이 아닌 신구문화사에서 6권으로 간행되었다. 새로운 편집위원과 간행위원이 구성되었다. 이때는 이미 조지훈과 남정이 세상을 뜬 후였다. 전집 4권의 부록에는 조지훈이 《사조》에 썼던 〈한용운론〉이 〈민족주의자 한용운〉으로 게재되어 실렸다.

> 그 긴 10여 년 동안, 한평생을 독립운동을 하는 동지들의 뒷바라지를 하는 데 성력을 쏟았고, 말년에는 막역지우인, 만해전집의 간행에 전심전력하여 책이 나오기를 고대하던 남정 선생과, 전집발행을 최초로 발의하여 일의 순조로운 진행과정을 흡족하게 지켜보았으나 책이 나

---

134) 앞과 같음.

오지 않은 것을 그토록 안타깝게 생각하던 지훈 선생, 이 두 분이 불귀의 객이 되는 슬픔을 우리는 겪어야 했다.[135]

조지훈은 만해 선생의 얼을 지키고 알리고자 그의 전집을 구상하고 실행하다가 끝내 결실을 보지 못하고 눈을 감았다. 하지만 그가 뿌린 씨앗은 6권짜리 전집으로 뒤늦게나마 햇빛을 보게 되고, 만해 연구의 초석이 되었다. 마치 1937년 정인보 · 안재홍이 다산 정약용의 전집을 내면서 '다산학' 연구의 계기가 되었듯이.

수필집 '창가에 기대어' 간행

조지훈은 1958년 만해전집을 준비하는 한편 수상집 《창에 기대어》를 간행하였다. 첫 수상집이다.

제1부 '인생노트'는 《학생계》지에 〈소년의 서〉라는 이름으로 연재했던 글이고, 제2부 '램프를 켜 놓고'는 지난날의 감상문을 가려 뽑은 것, 제3부 '생활노트'는 《주부생활》지에 '생활의 꽃밭'이란 이름으로 연재한 글, 제4부 '청춘의 특권'에 수록한 것은 자신에게 던져진 문제들을 스스로 다루어 본 것, 제5부는 자작시초自作詩抄에서 평순한 것을 골랐다고, 서문에서 밝히고 있다. 서문은 이어진다.

아름다운 사상을 아늑한 정서로 쓰다듬어 주는 부드러운 문장 - 그것은 어린 날의 소망의 하나였다. 식후 몇 조각 과일 같이 싱그럽고, 피로할 때 맞는 한 대의 보혈주사처럼 흐뭇한 글을 쓰는 것이 어린

---

135) 앞과 같음.

마음에 커다란 용망으로 자리잡게 된 것은 내가 그러한 글에서 받은 감명이 너무도 컸기 때문이었다.

그러나 나는 아직까지 이러한 글을 한 편도 이루어보지 못하였다. 나의 정성과 공부가 모자라는 탓이리라[136]

《창에 기대어》에는 다양한 글이 실렸는데, 저자가 가장 중점을 두었던 부분이 〈소년의 서〉라는 이름으로 쓴 '생성의 장', '순결의 장', '입지의 장', '사모의 장', '탐구의 장', '고민의 장', '의욕의 장' 이 아닐까 싶다. 전후의 황폐한 시기인 데다 자유당 정권의 횡정과 사회지도층의 무기력으로 청소년들이 정신적으로 방황하고 있던 시기였다. 몇 대목을 골랐다.

입지의 장

소년아, 너희는 짐승 아닌 사람이 되기 위해서 훌륭한 사람이 되기 위해서, 가슴 속에 향기를 지니는 사람이 되어야 한다. 우리가 오랜 세월 학교에 다니고, 서적을 읽는 까닭도 실상은 이 마음의 향기를 마련하기 위함이다.

마음의 향기는 곧 인격이다. 교양을 가리키는 말이다. 향기는 눈에 보이지 않고 귀에 들리지 않으며 코로 맡을 수밖에 없다. 그러나 마음의 향기는 코로 맡는 것도 아니요, 마음으로 맡는 것이다. 마음 속 깊은 곳에서 은은히 풍겨 나오는 이 향기는 교양을 몸에 지닌 사람만이 다른 사람에게 베푸는 고귀한 선물인 것이다.

소년아. 너희는 장차 사회에 나와 이름을 드날릴 일꾼이 된다. 학자가 되든 정치가가 되든, 예술가가 되든, 어떤 방향에든지 그러한 너

---

136) 《창에 기대어》 서문, 《전집3》, 406쪽.

의 큰 뜻을 세워야 한다. 큰 뜻을 세우고 그 뜻을 이루기 위해서는 먼저 너희 자신을 모든 사람이 다 찾고 있는 훌륭한 사람 ― 참 사람으로서의 일반적이요, 기본적인 터전을 굳게 다져야 한다.

비바람치는 이 길고 어둔 밤을 곧고 날카로운 삼척의 칼을 갈아 밝은 날 아침을 맞아. 더럽고 어지러움을 힘차게 무찔러 버려라. 너희 스스로가 찾고 세운 뜻을 위해 끝까지 붙잡고 늘어질 근거를 가져라. 스스로의 머리를 날카롭게 닦지 않고 헛된 세월을 보낸다면, 제가 세운 뜻을 공중에만 매달아 두고 절로 이루어지기를 앉아서 기다린다면, 시작했던 일을 조그마한 난관으로 말미암아 쉽게 버리고 만다면, 너희는 죽는 날의 뉘우침 속에, 뉘우침이란 얼마나 가련하다는 것을 깨닫는 것만으로 끝날 것이다.

탐구의 장

중국이 낳은 성인 공자님은 말씀하시기를 "내 열 다섯에 학문에 뜻을 두어 서른에 비로소 서고, 마흔에 이르러 의심하거나 방황하지 않으며 쉰에는 천명을 알았노라" 라고 하셨다. 사람은 누구나 한 돌을 지나면 설 수가 있는데 공자님이 서른에 비로소 섰다는 것은 무슨 뜻이겠느냐.

공자님 같은 뛰어난 어진이도 서른에 비로소 섰으니 여느 보통 사람들이야 누구나 서른 살이면 정신적으로 뚜렷이 설 수 있다고 단언할 수는 없는 것이다. 소년들아, 사람이란 자칫하면 서른은커녕 예순이나 혹은 아흔이 되어도 혹은 죽는 날까지도 정신적으로 한번 자립해 보지 못하고 죽기가 첩경 쉬운 것이다.

하물며 열 다섯이 되어도 학문에 뜻을 두지 못하고서야 어찌 서기를 바랄 수 있겠느냐. 학교에 다니고 공부를 한다고 해서 모두가 학문에 뜻을 두는 것은 아니다. 오늘 우리나라 풍조를 보면 공부는 오직 무슨 시험을 치기 위해서만 있는 것 같다.

소년들아, 진실로 학문이란 사람살이를 향상시키고 잘 살기 위한 수단이라 할지라도 학문의 본 뜻은 그런 곳에만 있는 것이 아니다. 학문은 사람을 바르게 성장시키는 데 참 뜻이 있는 것이며 우리들의 인격을 구성하는 요소가 되는 것이다.

손년들아, 너희가 몸을 닦고 나라를 다스리기 위해 책을 읽든지 또는 예술을 위하여 책을 읽든지, 책을 읽는 마음의 공통된 것은 목적은 개인의 성장을 위한 노력과 인격의 구성을 위한 정성이라고 믿어라

열 다섯에 기어 다니고 스물에는 붙들고 서며 서른이면 일어서고 마흔이면 걸어 다니고 쉰에는 일하고 예순에는 앉아서 쉬며 일흔에는 누워 노래하고 여든에는 눈 감고 자는 인생 ─. 사랑하는 소년들아, 빨리 일어서서 늦도록 일하여라. 홀로 서기까지의 젖먹이들아.[137]

민권수호총연맹 중앙위원으로 인권운동

조지훈은 대단히 노성老成한 편이었다. 부정적인 의미라기보다 조숙한, 긍정적인 의미의 노성이다. 30대 후반에 문단이나 학계의 중진이 되고 많은 글을 쏟아냈다. 일찍 회천回天하기 위해 노성한 것인지, (재능이 있는 사람은 하늘도 시샘한다는 말도 전한다) 그는 노성한 청년 시인, 학자였다.

그가 처음으로 사회단체에 참여한 것은 1959년 민권수호총연맹(민수총) 중앙위원으로 선임되어 활동한 일이다. 자유당 말기 이승만 정권의 패악이 날로 심해지고 비판세력을 공산당으로 몰아 탄압하자 재야·종교·학계 인사들이 '민수총'을 조직하였다. 우리나라 재야 인권단체로

---

137) 《전집4》, 205~218쪽, 발췌.

는 처음이 아닐까 싶다.

'민수총'은 1959년 10월 21일 정부가 민주혁신당의 등록을 불허하자 강경한 비판 성명을 발표하는 등 4·19혁명 때까지 상당한 역할을 하였다. 민수총은 이승만 정부가 1960년 제4대 대통령과 제5대 부통령 선거를 3월에 조기 선거를 서두르고, 정부 조직과 반공단체 등을 동원하여 관권 부정선거 운동을 전개하자 조직개편을 통해 이에 적극 대처했다.

민수총은 1960년 1월 24일 3·15선거에 대비하여 공명선거 추진위원회(공선위)를 발족하였다. 조지훈은 여기서도 중앙위원으로 추대되었다. '공선위'는 전국학생위원회를 별도로 구성하는 등 공명선거 추진을 위해 앞장섰다. '공선위'는 2월 10일 여수 민주당 간부의 피살사건 등 자유당의 정치테러를 강력히 비판했다. 조지훈은 학교 수업이 없을 때는 사무실에 나와 이승만 정권의 말기적 폭압을 비판하는 성명서 등을 작성하였다.

조지훈은 1950년대 후반 이승만 정부로부터 정부에 참여해 달라는 제안을 받았다고 한다. 구체적인 관직은 밝혀지지 않았으나 상당히 고위직이었던 것으로 가족은 기억한다. 학계와 문단에서 지명도가 높고 능력이 알려지면서였다. 하지만 이를 받아들일 사람이 아니었다. 정부에서는 이승만 대통령에 대한 송시訟詩를 요청했으나 이 또한 거부하였다. 당시 많은 문인·작가·언론인·교수들이 이승만을 청송하는 시문을 쓰고, 돈 봉투를 챙겼다.

> 그의 절개와 용기를 웅변으로 말해 주는 일화나 행적이 그에게는 적지 않지만 그중 몇 가지를 소개하면 다음과 같다. 이승만 박사가 두 번째 대통령으로 취임할 때였던가, 그는 정부 당국으로부터 이 대통령 송시를 쓰라는 교섭을 받은 적이 있었다.

그러나 그는 언하름下에 거절하면서 한 말이 "나는 이 박사든 누구든 살아 있는 사람의 송시는 쓰지 않는다"는 것이었다. 그가 특히 열렬하게 이 정권에 대한 항변을 토한 것은 〈구철자법 사용령에 항抗하여〉라는 일문一文에서였다.

1953년 11월호 《문예》지에 처음 발표되었던 그 글에서 그는 이론 정연하게, 그리고 당당히 그 법령의 그릇됨을 논한 다음 ….138)

자유당 시절 개념 3월 26일은 어용 곡필 지식인들의 잔칫날이었다. 이날이 이승만 대통령의 '탄신일'이었기 때문이다. 해마다 신문들은 이날이 되면 지면에 이승만을 칭송하는 헌시 · 칼럼 · 사설을 실었다. 그중의 한 편 김광섭의 헌시 〈우남 선생의 탄신을 맞이하여〉를 소개한다. 우남은 이승만의 아호이다.

북악산 줄기찬 기슭에서
세기의 태양을 바라보는 언덕 위에
봄은 꽃보다도 일찍 오고
바람은 향기 앞에 부드럽다

먼 산은 아지랑이 빛을 띠고
새소리와 함께 흰구름을 따라서니
구원한 정기 이 언덕에 모여
핏줄기처럼 근역에 뻗친다

조국을 지키는 신성한 명령에
넘어져도 봉우리처럼 적 앞에 서나니
땅은 움직이고 하늘은 뜻을 내려

---

138) 김종길, 앞의 책, 429쪽.

용사들 시간을 다투어 진격을 기다린다

강토에 뿌리박힐 불멸의 영혼
이미 생사를 넘어
전신을 바쳐 반만년 소리에 귀를 기울이고
흰 머리칼 선생을 맞아 봄빛에 날리니
아 여기 섰도다 이 나라 지키는 정신.[139]

문인 조지훈에게서는 '문약文弱'이란 표현이 어울리지 않는 것 같다. 대단히 섬세하면서도 자유분방한 성격인데다 공사, 시비, 곡직이 분명하고 처신도 또한 그랬다. 담력이 대단하여 주위를 놀라게 한 적이 한두 번이 아니었다. 문단에 전하는 또 하나의 비화이다.

지훈의 왼손 손등 오른편에 푸르스름한 흉터가 있었던 것을 아는 사람은 다 안다.
서울 수복 얼마 후, 그러니까 1954. 5년 경 이었다고 한다. 명동성당에서 어떤 주교의 초청으로 당시 문인들과 주교 · 신부들이 자리를 함께한 적이 있다. 칵테일 파티였다. 이 자리에서 어쩌다가 '인간의 의지' 이야기가 나왔다.
주교님이 말하기를 담뱃불만 잠깐 스쳐도 그 뜨거움을 참지 못하는 것이 인간의 의지라고 하면서 지성인의 의지를 대단치 않게 평가하더란다. 그러자 지훈은 지난날 사육신의 실례를 들어 이를 반박하였다. 그래도 그 주교님이 별로 공감을 하지 않자, 그러면 내가 이 자리에서 보여주겠노라면서 성냥개비 대여섯개를 한꺼번에 움켜쥐고 불을 붙여 자기 손등에 올려 놓았다.
주위 사람들은 갑자기 무슨 영문인 줄도 모르고 이를 지켜보았다. 성냥개비와 함께 지훈의 손등이 지글지글 타들어 갔다. 주위가 숙연해

---

139) 《서울신문》, 1956년 3월 26일치.

지자 지훈은 오히려 태연자약하게 오른 손으로는 술컵을 들어 마시더란다. 한참 만에 손등의 불이 제풀에 꺼지자 입으로 혹 불어서 날려 버리고는 아무 일도 없었던 것처럼 술을 마시고 밖으로 나갔다. 이것은 생전에 지훈에게서 직접 들은 얘기였는데, 지훈 작고 뒤 목월 木月이 또한 그 자리에 함께 있어서 그 장면을 지켜봤노라고 확인하였다.140)

---

140) 홍일식, 앞의 책, 420쪽.

역사 의지 돋보인 '역사 앞에서'

연대기적으로 1959년에 조지훈은 많은 활동을 하고 저술을 남겼다. 민권수호국민총연맹 등 활동 그리고 《시의 원리》개정판에 이어 제4시집 《역사 앞에서》와 수상집 《시와 인생》, 또 번역서 《채근담菜根潭》을 간행하였다. 재론이지만, 그의 본령은 문인이고, 문인 가운데서도 활동력이 있는 문인이다. 왕성한 필력으로 고금古今을 넘나들었다. 그렇게 생산된 창작품이 몇 권의 저서와 번역서로 나왔다. 차례로 살펴보자.

《역사 앞에서》는 《풀잎단장》에서 3편을 뽑고, 〈암혈의 노래〉, 〈역사 앞에서〉, 〈전진 초〉, 〈검서루소영劍西樓嘯詠〉, 〈추모의 노래〉 등 5장으로 구성하여 신구문화사에서 간행하였다. 조지훈은 1959년 입동에 쓴 〈역사 앞에서 서序〉에서 책을 낸 사유를 밝혔다.

> 여기 수록하는 46편의 시는 주로 내가 겪은 바 시대와 사회에 대한 절실한 감회를 솟는 그대로 읊은 소박한 시편이다. 그중 5, 6편을 제외하고는 모두 다 나의 기간 시집 또는 어느 선집에도 수록하지 않은 것들이니 전연 미발표의 것도 십여 편 포함되어 있다.
> 발표할 수 없었던 탓으로, 발표할 시기를 놓쳤기 때문에, 혹은 좀 더 손을 보기 위해서 발표를 미루어 온 것을 한데 모으다 보니 따로 한 권의 시집을 엮고 싶어져서 이렇게 그것들끼리만을 일부러 한자리에 앉혀 보았다. 시집 이름을 《역사 앞에서》라고 붙이는 것은 그것이 여기 수록된 시제詩題의 하나일 뿐 아니라 이 시집 전체가 하나의 역사

의 흐름으로 일관된 것이기 때문이다.[141]

시집의 시제가 된 〈역사 앞에서〉는 앞에서 소개했으므로 여기서는
다른 몇 편을 골랐다.

첫 기도

이 장벽을 무너뜨려 주십시오 하늘이여
그리운 이의 모습 그리운 사람의 손길을 막고 있는
이 저주받은 장벽을 무너뜨려 주십시오

무참히 스러진 선의의 인간들
그들의 푸른 한숨 속에 이끼가 앉아 있는 장벽을
당신의 손으로 하루 아침에 허물어 주십시오

다만 하나이고저 − 둘이 될 수 없는 국토를
아픈 배 부벼 주시는 약손같이 그렇게 자애롭게
쓸어 주십시오

이 가슴에서 저 가슴에로 종소리처럼 울려나가는
우리 원願이 올해사 −
모조리 터져 불붙고, 재가 되어도 이 장벽을 열어 주십시오

빛을 주십시오. 황소처럼 터지는 울음을 주십시오. 하늘이여 − .[142]

이날에 나를 울리는

---

141) 《전집 1》, 127쪽.
142) 앞의 책, 153쪽.

아무 일 없어도 10년이면
강산조차 변한다는데

만고풍우에 시달린 가슴이라
10년이 오히려 100년 같다

강산은 변해도 옛모습 그대로
헐벗은 채 수려한 저 산용山容이여!

변한 것은 오직 사람 뿐이다
10년 전 오늘의 그 마음 어데로

옷깃을 바로 잡고 눈감아 보노니
몹쓸 인정에 병든 조국아

터지는 환희는 아쉬운 추억
갈사록 새로운 이 비원을 어쩌랴

못믿을 사람과 못믿을 하늘
더 없는 사람은 울다가 홀로간다

아 8월 15일 이날에 나를 울리는
모국이여 산하여 못 잊을 인정이여.[143]

---

143) 앞의 책, 195쪽.

천지호응 — 3·1절의 시

하고 싶은 말을 못하면
가슴에 멍이 든다
쌓이고 쌓인 분이
입을 두고 어디로 가랴

산에 올라 땅을 파서
하고 싶은 말을 흙에다 묻고

들에 나가 하늘을 우러러
하고 싶은 말을 바람에 부치다

그 원한 그 통분에
가슴치던 아하 10년을

온겨레 한마음으로 터진 목청
"대한 독립 만세"
하고 싶은 말 하늘이 들었으매
강산에 비바람 울고

하고 싶은 말 땅이 아는지라
초목도 함께 일어섰더니라

그립고 아쉬운 소망
입 아니면 또 어쩌랴

하고 싶은 말 아직도 많아
이날이라 더욱 가슴아프다.¹⁴⁴⁾

이승만 폭정에 맞서 저항시로 변모

조지훈은 1959년을 분기점으로 하여 순수시, 자연시 경향에서 저항시, 비판시 성향으로 변하는 모습을 보여준다. 이승만의 폭정 때문인 듯하다. 1958년 12월 24일 자유당은 언론과 야당에 재갈을 물리는 신 국가보안법을 날치기로 통과시켰다. 이해 8월에는 재야 지도자 함석헌을 구속하고, 1959년 4월 정론지《경향신문》을 무기 정간시키고, 7월에는 죽산 조봉암을 처형하였다. 그는 평화통일론과 '고루 잘 사는' 사회를 주창하다가 이승만의 정적으로 몰려 '사법살인'되었다.

이와 같은 정세에서 조지훈은 민권수호국민총연맹에 참여하고 시문도 저항시 경향으로 변모하였다. 한국문학사는 국난기와 망국기에 치열한 저항시를 쓴 사력史曆을 갖고 있다. 황현 · 신채호 · 한용운 · 이상화 · 심훈 · 이육사 · 윤동주로 이어지는 면면이다.

문학평론가 임헌영은 저항시의 형태를 세 가지로 분류한다.

> 첫째, 단체 · 비밀결사 등 지하운동에 직접 가담하는 경우.
> 둘째, 일시적인 의무 · 지원 등으로 저항운동에 참여하는 경우.
> 셋째, 순수한 정서적인 경우.145)

조지훈은 셋째의 경우라 하겠다. 이승만 정권의 날로 더해가는 폭정을 지켜보면서 시인으로서, 학자로서, 지식인으로서 저항심을 갖게 되고 저항시를 쓰게 되었다. 더러는 발표할 지면을 찾지 못하여 묵혀 두었던 것을 시집으로 엮은 것이다. 이 시기에 쓴 몇 편을 골랐다.

---

144) 앞의 책, 193~194쪽.
145) 임헌영, 〈순수의 고뇌와 절규〉,《문학사상》, 1976년 4월호.

어둠 속에서

어두운 세상에
부질없는 이름이
반딧불같이 반짝이는 게 싫다

불을 켜야 한다
내가 숨어서 살기 위해서라도
불을 켜야 한다

찬란한 빛 속에
자취도 없이 사라질 수는 없느냐
아니면 빛이 묻은 칼로라도 나를 짓이겨 다오

불을 켜도 도무지 밝지를 않다
안개가 자욱한 탓인지…
화투불을 놓아도 횃불을 들어도
먼 곳에서는 한 점 호롱불이다

저마다 가슴이 터져 목숨을 태우고 있건만
총소리처럼 울려갈 수 없는 빛이 서럽구나

닭이 울면 새벽이 온다는 데
무슨 놈의 닭은
초저녁부터 울어도 밤은 길기만 하고 ―

천지가 무너질 듯 소름끼치는
백귀야행의 어둠의 거리를
개도 짖지 않는다

명백한 일이 하나도 없으면
땅이 도는 게 아니라 하늘이 도는 게지
죽어버리고 싶은 마음을 달래어
죽기 싫은 마음이 미칠 것 같다

어둠을 따라 행길로 나선다
어둠을 가리키는 손가락이
찢어진 풀벌레같이 떨고 있다

가냘픈 손가락을 권총처럼 심장에 겨누고
가난한 피를 조금씩 흘리면서 나는 가야 한다
내가 나의 빛이 되어서 ―.[146)]

우리는 무엇을 믿고 살아야 하는가

이승만의 죄상은 깨어 있는 지식인이라면 침을 뱉거나 지탄해야 할 대목이 한 두 가지가 아니었다. 국가안보를 소홀히 하여 전쟁을 겪고, 정적을 죽이고, 통일보다 권력유지에만 매몰되어 공안통치를 자행하고, 적산과 원조물자 등을 특권층에게만 분배하는 등 실정에 폭정을 거듭하였다. 해서, 민생이 도탄에 빠지고 국민들은 초근목피로 생계를 유지하는 실정이었다. 여기에 영구집권을 향한 권력욕이 하늘을 찔렀다.

〈우리는 무엇을 믿고 살아야 하는가 ― 그것을 말해다오 1959년이

---

146) 《전집 1》, 203~204쪽.

여〉는 시의 형식이지만, 4·19혁명 전야에 나온 하나의 격문이다. 실어 줄 신문이 없었던지 자작 시집에 실렸다.

우리는 무엇을 믿고 살아야 하는가

우리는 무엇을 믿고 살아 왔는가 동포여!
정말 우리 무엇을 바라고 살아왔는가 서러운 형제들이여!

서른 여섯해 동안의 그 숨막히는 굴욕을 피눈물로 되찾은
이 땅위에
갈등과 상잔과 유리와 간난이 연거푸 덮쳐와도
입술을 깨물고 허리띠를 졸라매며 우리 말없이 살아온 것은 참으로
무엇을 기다림이었던가
그것을 말해다오 그것만을 말해다오 하늘이여!

우리의 단 하나의 보람 단 하나의 자랑 단 하나의 숨줄마저
무참히도 끊어진 오늘
겨레여 우리는 무엇을 믿고 살아야 하는가. 정말로 우리들은 무엇을
기다리고 살아야 하는가 원통한 원통한 백성들이여!

자유세계의 보루에 자유가 무너질 때 철의 장막을 무찌를 값진 무기
가 같은 전선의 배신자의 손길에 꺾이었을 때,
이 자유를 위해서 피흘린 온 세계의 지성들이여!
우리는 무엇에 기대어 싸워야 하는가. 무엇을 가지고 살아야 하는가
그것만을 말해다오 그것을 가르쳐다오 자유의 인민들이여!

공산주의와 싸우기 위하여 공산주의를 닮아가는 무지가 불법을 자행
하는 곳에
민주주의를 세운다면서 민주주의의 목을 조르는 폭력이 정의를 역설

하는 곳에
버림받은 지성이여 짓밟힌 인권이여 너는 정말 무엇을 신념하고 살
아가려느냐
무엇으로써 너의 그 아무것과도 바꿀 수 없는 긍지를 지키려느냐
그것을 말해다오 그것만을 말해다오 하늘이여!

백성을 배신한 독재의 주구 앞에 연약한 민주주의의 충견은 교살되
었다

온 나라의 마을마다 들창마다 새어나오는 소리없는 울음소리
사랑하는 동포여 서러운 형제들이여 목을 놓아 울어라
땅을 치며 울어라
내 가슴에 응어리진 원통한 넋두리도 이제는 다시 풀길이 없다

찢어진 신문과 부서진 스피커 뒤로 난무하는 총칼, 이 백귀야행의
어둠을 어쩌려느냐
정말로 정말로 잔인한 세월이여!

새아침 옷깃을 가다듬고 죽음을 생각한다
육친의 죽음보다 더 슬픈 이 민주주의의 조종弔鐘이여!

진주를 모독하는 돼지, 그 돼지보다도 더 더럽게 구복口腹에만 매여
서 살아야 할
이 삼백 예쉰 날을 울어라 삼만 육천날을 울기만 할 것인가
원통한 백성들이여!

우리는 무엇을 바라고 살아야 하는가 짓밟힌 자유여!
정말 우리는 무엇을 믿고 살아야 하는가 불행한 불행한 신념이여!147)

---

147) 앞의 책, 200~202쪽.

산문집 '시와 인생'에 담긴 정신

조지훈은 1959년 12월 산문집 《시와 인생》을 펴냈다. 박영사에서 출간한 이 책에는 총 64편의 산문이 실렸다. 〈자서自序〉의 한 대목이다.

> 제1부 〈시의 옹호〉는 주로 시단 시평으로서 그때 그때 부닥친 문제들을 논의한 것이요, 제2부 〈서정의 수맥〉은 서평·서문·발문·후기·추도사를 모은 것, 제3부 〈시적체험〉은 시단 월평, 작품평, 시 추천 후기, 시 선후감 들을 모은 것이며, 제4부 〈잊히지 않는 모습〉은 선배 시인 세 분의 인물로·추도문·호평기互評記를 한 자리에 얹혀 시인론으로 삼았다. 제5부 〈동양의 마음〉은 시론·선담禪談·수상·논고 등 10편을 묶은 것이다.[148]

조지훈은 1939년부터 1959년까지 20년 동안에 쓴 산문 형식의 글을 모아 단행본으로 출간한 것은 '역사의 현장'으로 좀더 나아가기 위한 작업이었던 것 같다.

제2부 〈서정의 수맥〉에는 9편의 서평·발문 등이 실렸다. '해'는 같은 청록파의 박두진에 관한 신문 서평이고, '산도화'는 역시 같은 청록파 박목월의 동명 시집에 대한 서평, '피리'는 시인 곤강崑崗의 시집에 대한 시평, '청자부'는 박종화의 동명 시집에 대한 서평, '상화와 고월'은 작고한 두 시인 추모집 출판기념회의 축사, '보병과 더불어'는 유치환 시집 서평, '낙화집'은 김관식 시집의 서문, '카오스 사족'은 정한모의 동명시집 시평, '박두진 시선'은 동명 시집에 대한 시평이다.

---

148) 《시와 인생》, 〈자서〉, 9쪽.

이 책의 특색이라면 그가 존경하거나 좋아해 온 한용운 · 홍노작 · 김영랑 3인에 대한 인물론을 모아서 제4부로 편입한 것이다.

제5부는 〈동양의 마음〉에 실린 10편의 산문 중 '대도무문大道無門'은 1955년 1월《현대문학》창간호에 실려 화제를 모았던 글이다. 22개 항의 단문으로 된 내용 중 몇 개를 골랐다.

(1)

대도大道에는 들어갈 문도 나올 문도 없다. 문을 찾아서 방황하다가 문을 잊어버리고 자적自適한다. 비롯도 없고 끝도 없으니 선후가 있을 까닭이 없으며, 위도 없고 아래도 없으니 주종主從이 있을 리가 없다. 안과 밖이 없는지라 들어갈 수도 나올 수도 없는 이 무문관無門關.

(2)

일찍이 이 무문관을 들어갔다가 나온 사람의 하나 ― 싯달다는 세 개의 법인法印을 찍고 갔다.
"제법무아 제행무상 일체개고"
출발점은 언제나 귀착점이다. 이 염세관을 보라. 이 제세관을 보라.

(4)

모든 것은 인연으로 화합한 것이기 때문에 인연이 다하면 사라진다 한다.
인연으로 이루어진 자는 그 자체가 없기 때문에 무아요, 공空이라는 것이다.
아我도 공하고 법法도 공하다.

(11)

내가 필연의 자기원인이 모든 것을 상호 인연화합케 한다. 생기生起가 죄악이 아니요. 집착만이 죄여야 한다. 생사를 여읨은 생사가 없는 것이 아니요, 생사에 집착하지 않으니, 생사가 다시 괴롭히지 않을 것이다.

(13)

육신을 타고난 자의 어쩔 수 없는 주검을 보인 불타의 쌍림열반 − 십자가상의 보혈로 속죄의 길을 마련한 골고다의 예수가 부르짖은 "엘리 엘리 라마사박다니."

(14)

마음을 좇아 외적 경험계가 현상이 되고 물物을 인하여 내적 인식이 비롯된다. 그러므로 물이 마음을 마음ㅎ게 하고 심心이 물을 물ㅎ게 한다.

(18)

만상이 이 음양의 변에 의하여 생긴다. 물과 심, 이도 음양지변의 하나이다. 그러나 음양지변이 원인으로 만물이 생하니 만물은 음양의 과果가 되는 것인가. 인因이 어디 비롯되는가. 과果가 있기 때문에 인因이 있으니 만물로 볼 때 만물이 인이요, 그 만물이 변하는 곳에 음양의 교변이 있으니 이는 과果다. 어느 것이 먼저며 어느 것이 나중인가.

(20)

모든 것이 자기 원인이 있다. 자기 원인에 따라 만물이 생주이멸生住異滅할 때 거기에 음양의 교역交易이 나타난다. 그러므로 이理가 거기 따른다. 음양지변을 떠난 물物은 없다. 그러나 물物의 자기 원인에 좇는 변역變易을 떠나 음양지변도 없다.

그러므로 자기의 원인이 이理기도 하다. 그 우주의 이理가 모든 것의 자기 원인이다. 모든 것을 그 자신에게 하는 것이다. 그러므로 자기 원인은 곧 자신을 떠난 유일실재唯一實在의 용用이기도 하다. 자기 이외의 실체의 것으로 자기존재의 인因을 삼는 자가 원인, 부분이 전체요 보편이 특수이기도 하다.

(22)

대도무단大道無端 달리무문達理無門, 이 준엄한 순환 논법 앞에 청년의 사색이 망연자실한다. 고도古道에 사람 자취는 드물고 흐르는 물소리만 높아 간다. "입차문내入此門內 막존지해莫存知解"[149]

채근菜根 같은 삶, '채근담' 편역

조지훈이 한용운을 닮은 점의 하나는 《채근담菜根譚》을 편역한 것이다. 한용운은 1915년 전북 순창 구암사에 머물 때 《정선강의 채근담》을 독해 · 강의한 것을 탈고하였다. 《채근담》은 중국 명나라 말기 홍자성洪自誠이 유 · 불 · 도 삼교 일치의 처세훈을 정선하여 적은 수양서다. 만해가 편역한 이 책은 1917년 동양서원에서 포켓판 276쪽으로 간행되었다. 만해는 일제치하에서 "분수에 맞지 않는 권력을 위하여 남의 턱짓하는 밑에서 한 허리를 만 번이나 구부리면서 부끄러움이 없는 삶을 살고 있는 자나, 불의한 복리를 위하여 비굴하게 살면서도 태연한

---

149) 《시와 인생》, 237~239쪽.

자들"을 일깨워 민족 독립의 정신을 심어주겠다는 일념으로 "조선 정신
계 수양의 거울"로서 이 책을 편역하였음을 밝혔다. 불교도뿐만 아니라
일반 대중의 수양을 위해서였다.

조지훈은 만해가 《채근담》을 편역한 지 42년 후인 1959년 비슷한
환경에서, 비슷한 목적으로 이 책을 펴냈다. 그는 젊었을 적에 《채근
담》을 두 차례나 읽었다고 한다. 만해가 편역한 책이었을 것이다.

> 내가 《채근담》을 처음으로 읽은 것은 열일곱 살 때의 일이다. 인생의
> 맛을 아직 모르던 시절이었으므로 나는 그때 실상 《채근담》의 진미
> 를 알지도 못하면서 《채근담》을 읽었던 것 같다. 그러나 나는 《채근
> 담》을 읽고 동양의 생리를 알았고 동양의 마음을 느낄 수가 있었다.
> 선비의 몸가짐과 마음씨는 마땅히 이러해야 한다고 제법 고개를 끄
> 덕이면서 옛 어른들이 어지러운 세상을 피하여 먼 시골로 낙향하던
> 심정을 생각해 보기도 하였다.[150]

대단히 조숙하였던 조지훈은 17세 때 이어 22세에 다시 이 책을 읽
었다고 한다.

> 내가 두 번째로 《채근담》을 읽은 것은 스물두 살 때의 일이다. 그 때
> 는 내가 병든 세상에서 쫓겨나 산암해정山菴海亭으로 외로운 발길을
> 옮기던 때라 《채근담》을 통하여 느끼는 둔세의 미미와 자적自適의 멋
> 은 나의 슬픔을 위로하는 정다운 벗이기도 하였으니 한바리의 밥과
> 일상一床의 선서禪書로 소유하던 그 날에 《채근담》은 참으로 좋은 길
> 잡이가 되어 주었다. 그 뒤의 십 년은 나도 세상의 풍파에 엔간히 부
> 대낀데다가 정신적으로도 훨씬 성숙했던 터이므로 《채근담》의 맛은
> 한결 더 깊이 갈 수밖에 없었다.[151]

---

150) 조지훈 편역, 《채근담》, 〈머리말〉, 4쪽, 현암사, 1959.

조지훈은 대구에서 종군작가단 시절에 한 지인으로부터 이 책의 편역을 권고받고 틈틈이 번역에 착수하였다.

환도하여 대강 자리를 잡고 나서 나는 이내 《채근담》의 번역에 손을 대었으나 역필이 지지부진하더니 지난해 여름에 내 수삭數朔을 병들어 누워 있는 동안 투병을 겸하여 정신을 가다듬고 다시 이에 손을 대었다. 새벽 창 앞에 혹은 초저녁 등불 아래서 하루 4, 5장씩 번역하기를 일과 같이 하여 그해 10월에 이 일을 끝내게 되었다. 무거운 짐을 벗었으매 가슴은 후련하였으나 이로 말미암아 내가 또 큰 허물을 남기게 된 것은 괴로운 일이었다.[152]

조지훈은 홍자성의 《채근담》을 저본으로 원저原著의 전집 225장, 후집 134장으로 나누어진 것을, 뒤섞어서 4편으로 분류하였다. 자연 · 도심道心 · 수성修省 · 섭세涉世 라고 각각 이름 지었다.

본문 각 장은 먼저 역문譯文을 앞에 놓고 원문을 그대로 싣는 한편 자신이 직접 해설하는 독특한 방식을 취하였다. 〈자연편〉에서 임의로 몇 장을 골라 소개한다.

(1)

바람이 성긴 대숲에 오매 바람이 지나가던 대가 소리를 지니지 않고 거러기가 차가운 못을 지나매 기러기가 가고 난 다음에 못이 그림자를 머무르지 않나니 그러므로 군자는 일이 생기면 비로소 마음에 나타나고 일이 지나고 나면 마음도 따라서 비나니라.

---

151) 《전집 9》, 13쪽.
152) 앞의 책, 15쪽.

(2)

산림에 숨어 삶을 즐겁다 하지 말라. 그 말이 아직도 산림의 참맛을 못 깨달은 표적이라. 명리名利의 이야기를 듣기 싫다 하지 말라. 그 마음이 아직도 명리의 미련을 못 다 잊은 까닭이라.

(4)

세월은 본디 길고 오래건만 바쁜 이가 스스로 짧다 하느니, 천지는 본디 넓고 넓건만 마음 천한 이가 스스로 좁다 하느니, 아, 풍화설월은 본디 한가롭건만 악착한 사람이 스스로 번거롭다 하느니.

(11)

사물 속에 깃들이어 있는 참취미를 깨달으면 오호五湖)의 풍경도 마음속에 들어오고, 눈앞에 있는 하늘 기틀을 잡으면 천고千古)의 영웅도 손아귀에 들어온다.

(13)

석화石火 같이 빠른 빛 속에 길고 짧음은 다툼이며, 이긴들 얼마나 되는 광음이뇨. 달팽이 뿔 위에서 자웅을 겨룸이여, 이겨 본들 얼마나 되는 세계뇨.

(15)

명리의 다툼일랑 남들에겐 다 맡겨라. 뭇 사람이 다 취해도 미워하지 않으리라. 고요하고 담박함을 내가 즐기나니 세상이 다 취한데 나 홀로 깨어 있음을 자랑도 않으리라. 이는 부처가 이르는 바 "법에도 안 매이고 공空에도 안 매임"이니 몸과 마음이 둘 다 자재自在함이라.[153]

---

153) 《전집 9》, 19~33쪽, 발췌.

《풀잎斷章》에서 3편을 뽑고 새 작품 47편과 함께 엮은
네 번째 시집《역사 앞에서》.(1959, 신구문화출판)

4월혁명 전야에 쓴 '지조론'

대통령 선거나 국회의원 선거가 있는 해는 엉뚱하게 철새가 욕을 먹는다. 철새들이 철 따라 옮겨 사는 것은 수만 년 생존을 위해 터득한 생태현상일 뿐 다른 이유는 없다. 변절자·변신자·기회주의자들 때문에 애꿎은 철새들이 사람들의 입방아에 오르고 도맷금으로 비하되는 것은 그들에게는 억울하기 그지없을 것이다.

조지훈이 〈지조론志操論〉을 쓴 것이 1960년 2월경, 《새벽》 3월호에 발표했다. 1960년 3월의 악명 높은 3.15 부정선거 바로 직전이다. 이승만 정권은 거듭된 실정과 1인 장기집권으로 공정한 선거를 통해서는 정·부통령 선거에서 전혀 승산이 없음을 알고 경찰과 행정기관 뿐만 아니라 반공청년단을 강화하여 이들을 일선 행동대원으로 앞세우는 등 관권 폭력선거를 획책했다.

3.15 정·부통령 선거를 앞두고 야당의원들의 탈당사태가 잇따랐다. 이승만 정권은 야당의원들을 빼내어 민주당의 전열을 흔들었다. 마산출신 허윤수 의원이 1월 6일 민주당을 탈당하고 같은 날 민주당 전 감찰위원장 김감근이 뒤를 따랐다. 1월 26일에는 경북 의성출신 김규만 의원, 2월 1일에는 경기도 용인출신 구철회 의원, 3월 2일에는 밀양출신 박창화 의원이 각각 민주당을 탈당하고 자유당에 입당했다.

이들은 탈당 성명에서 민주당의 신구파 내분을 들거나, 거창하게 국가민족의 장래로 보아 정권교체보다 정국안정이 필요하다는 이유를 내세웠다. 민주당은 허윤수 등 잇따른 탈당사태가 자유당 정권의 공작과 매수에 의한 것임을 지적하고 광화문 국회의사당 앞에서 규탄대회를 열었다. "변절자는 이완용이고 수절자는 사육신", "변절자 그대여, 부정한 황금은 조상의 이름을 더럽히며 후손에 오명을 남김을 그대는 아는가?"라는 플래카드를 들고 시위를 벌였다.

변질자들은 야당의원들 뿐만 아니었다. 학자·문인·종교인·예술인 등 지식인들도 정·부통령선거에 이승만과 이기붕을 지지하는 성명을 내고 부정선거 대열에 합류했다. 1960년 3월 15일 부정선거의 규탄시위가 가장 먼저 벌어진 곳은 마산이었다. 민주당원들과 마산 시민들이 허윤수의 집으로 몰려가 변절자와 부정선거를 규탄하면서 마산의거가 시작되었다. 이처럼 일반 시민들은 부정선거 못지않게 변절자들을 질타했다.

정치인의 가장 큰 덕목은 지조에 있었고 가장 큰 악덕은 변절이었다. 정·부통령 선거를 앞두고 권력에 매수되거나 돈에 팔려간 정치인은 패륜아로 다루어졌다. 정치인의 변절행위는 장엄한 4.19 혁명의 시발점인 마산의거의 한 계기가 될 만큼 휘발성이 강한 도덕률이었다.

조지훈은 정치인들과 지식인들의 거듭되는 변절행태를 지켜보면서 2월 15일 〈지조론〉을 썼다. '변절자를 위하여'라는 부제가 붙은 〈지조론〉은 《새벽》 3월호 24~29쪽의 권두논설로 실렸다. 조지훈은 서두에서 다음과 같이 썼다.

지조란 것은 순일純一한 정신을 지키기 위한 불타는 신념이요, 눈물겨운 정성이며, 냉철한 확집이요, 고귀한 투쟁이기까지 하다. 지조가 교양인의 의의를 위하여 얼마나 값지고 그것이 국민의 교화에 미치는 힘이 얼마나 크며 따라서 지조를 지키기 위한 괴로움이 얼마나 가혹한가를 헤아리는 사람들은 한 나라의 지도자를 평가하는 기준으로써 먼저 그 지조의 강도强度를 살피려 한다. 지조가 없는 지도자는 믿을 수가 없고 믿을 수가 없는 지도자는 따를 수가 없기 때문이다.

지조가 없는 지도자는 믿을 수가 없다는 것이다. 지도자가 갖춰야 할 덕목, 지도자를 평가하는 기준으로 '지조의 강도'를 제시한다. 지식인과 장사꾼은 다르다고 썼다.

여름에 아이스케익 장사를 하다가 가을바람만 불면 단팥죽 장사로 간판을 남보다 먼저 바꾸는 것을 누가 욕하겠는가. 장사꾼, 기술자, 사무원의 생활방도는 이 길이 오히려 정도이기도 하다. 오늘의 변절자도 자기를 이와 같은 사람이라 생각하고 또 그렇게 자처한다면 별문제다. 그러나, 더러운 변절을 정당화시키기 위한 엄청난 공언公들을 늘어놓는 것은 분반噴飯할 일이다. 백성들의 사람 보는 눈이 그렇게 먼 줄 알아서는 안 된다.

조지훈은 변절행위를 매섭게 질타한다.

변절이란 무엇인가. 절개를 바꾸는 것, 곧 자기가 심신으로 이미 신념하고 표방했던 자리에서 방향을 바꾸는 것이다. 그러므로 사람이 철이 들어서 세워놓은 주체의 자세를 뒤집는 것은 모두 다 넓은 의미의 변절이다. 그러나 사람들이 욕하는 변절은 개과천선의 변절이 아니고 좋고 바른 데서 나쁜 방향으로 바꾸는 변절을 변절이라 한다. 일제 때 경찰에 관계하다 독립운동으로 바꾼 이가 있거니와 그런 분을 변절이라 욕하지는 않았다. 그러나 독립운동을 하다가 친일파로 전향한 이는 변절자로 욕하였다.

조지훈은 변절자들이 내세운 그럴듯한 명분을 파헤친다.

변절자에게는 그럴듯한 구실이 있다.

첫째, 좀 크다는 사람들은 말하기를 백이숙제는 나도 될 수 있다. 나만 깨끗이 굶어 죽으면 민족은 어쩌느냐가 그것이다. 범의 굴에 들어가야 범을 잡는다는 투의 이론이요, 그다음이 바깥에선 아무 일도 안 되니 들어가 싸운다는 것이요, 가장 하치가 에라 권력에 붙어 이권이나 얻고 가족이나 고생시키지 말아야겠다는 것이다.

조지훈의 안목은 예리하다. 참 지식인의 혜안은 이승만 정권의 붕괴를 내다보고 변절행위의 중단을 촉구한다.

무너질 날이 얼마 남지 않은 권력에 뒤늦게 팔리는 행색은 딱하기 짝없다. 배고프고 욕된 것을 조금 더 참으라. 그보다 더한 욕이 변절 뒤에 기다리고 있다.

〈지조론〉의 마무리는 다음과 같다.

양가의 부녀가 놀아나고 학자, 문인까지 지조를 헌신짝 같이 아는 사람이 생기게 되었으니 변절하는 정치가들도 우리쯤이야 하고 자위할지 모른다. 그러나 역시 지조는 어느 때나 선비의, 교양인의, 지도자의 생명이다. 이러한 사람들이 지조를 잃고 변절한다는 것은 스스로 그 자임하는 바를 포기하는 것이다.[154]

조지훈의 대논설 〈지조론〉은 1962년 삼중당에서 《지조론》이라는 단행본으로 묶이어 발행되었다. 이 책에는 〈선비의 도〉, 〈혁명에 부치는 글〉, 〈민족의 길〉, 〈문화전선에서〉, 〈서재의 창〉 등 5장으로 나뉘어 그

---

154) 《새벽》, 1960년 3월호.(발췌).

동안 집필한 시론, 논문, 수필을 묶었다. 군사독재 초기인 데도 이 책은 공전의 인기를 모으고 조지훈의 문명文名을 드높였다.

교수단 시위에 앞장서다

이승만의 권력욕과 자유당 정권의 광기가 3·15 부정선거를 획책하고, 선거는 독재자의 한갓 장식품으로 전락하였다. 2월 28일 대구 고등학생들의 봉기에 이어 3월 15일에는 마산에서 시민·학생들이 부정선거를 규탄하면서 궐기하였다.

부정선거 규탄시위는 전국으로 확산되고, 4월 18일 고려대생 4천여 명이 국회의사당까지 진출하여 부정선거 규탄과 학원의 자유보장 등을 요구하였다. 학생들이 귀교 도중에 돌연 청계천 4가에서 식칼 등으로 무장한 반공청년단원들의 습격을 받았다. 이 습격으로 학생 40여 명, 기자 3명이 구타당하는 참사가 벌어졌다.

4월 19일 아침 신문에는 정치깡패들의 습격으로 얼굴에 피범벅이된 학생들의 사진이 실렸다. 이를 본 서울의 학생들과 시민들은 분노를 참지 못하고 거리로 뛰쳐나왔다. 마침내 4·19민주혁명이 시작되었다. 이날 이승만의 사병으로 바뀐 경찰의 발포로 1백 수십 명이 사망하고 수천 명이 부상당하였다. 4·19시위는 서울뿐만 아니라 전국 도시에서 일제히 일어났다. 정부는 이날 오후 3시, 서울 일원에 비상계엄을 오후 1시로 소급하여 선포하고 육군참모총장 송요찬 중장을 계엄사령관으로 임명하였다. 이와 함께 문교부는 전국에 임시 휴교령을 내렸다.

계엄령 아래서도 학생·시민들의 시위는 그치지 않았다. 이승만이 자유당 총재직의 사임을 발표하고, 이기붕이 부통령 당선 사퇴와 공직

은퇴를 선언했으나 국민의 분노는 가라앉지 않았다.

이런 과정에서 의식 있는 대학교수들이 은밀히 움직이고 있었다. 더는 시민·학생들의 희생을 지켜볼 수 없다는 데에 다수의 교수가 뜻을 같이한 것이다. 역사의 물굽이를 바꾸게 하는 4월 25일 교수단 데모 때 펼침막에〈학생의 피에 보답하라〉는 글씨를 썼던 임창순 교수의, 교수들이 모임을 갖게 된 과정에 대한 증언이다.

> 그다음날 저녁에 거기 모였던 분들이 가회동에 있는 고대 교수인 이상은 집에서 모임을 가졌대요. 그때 성균관대학과 고려대학은 교수들이 서로 오가며 출강을 했어요. 조윤제 선생도 참석했지. 성균관대학에서는 그 둘이 참석한 모양이에요. 조지훈·이정규·정석해·손동진 씨도 참석하고, 그 모임에서 25일 교수회관에서 서울 전체 교수회의를 가지고 거기서 성명을 내자고 얘기가 되었다는군요.
> 데모한다는 얘기도 아마 거기서 나온 것 같아요. 아침에 학교에 나왔더니 1시에 회의가 있다고 모이라고 해요. 그래서 갔더니 손명현 씨가 기초한 성명서를 보여주는데 대통령 물러가란 얘기가 빠졌어요. 그래서 내가 전에도 얘기를 했지만 이렇게 해서는 안 된다, 대통령을 빠뜨린다는 것은 골자가 없는 거라고 했지요.155)

임창순의 증언에 따르면 조지훈은 교수단 데모의 처음부터 주도적으로 참여했던 것 같다. 이승만의 학정에 분개해 온 것으로 보아 당연한 행동이었다. 학생·시민 수백 명이 학살되고 계엄령이 선포되어서 교수단의 데모 시도는 보통 결단이 아니면 어려운 상황이었다.

실제로 4월 25일 258명이 서명한 대학교수들은 국회의사당 앞에서

---

155) 청암 임창순선생 추모집,《학의 몸짓으로 높이 멀리》, 45쪽, 한길사, 2000.

〈학생의 피에 보답하라〉는 펼침막을 들고 시위에 나서 이승만의 하야를 요구하는 등 14개 조항의 시국선언문을 발표하였다. 이를 계기로 4월 26일 전국에서 10만여 명이 이승만 퇴진을 요구하며 시위를 벌이고, 이기붕의 집을 파괴하였으며 남산과 탑골공원에 있던 이승만의 거대한 동상을 끌어 내렸다. 내무장관 최인규의 집도 불을 질렀다. 조광렬 씨는 교수협회의 시국선언문을 선친이 썼다고 했으나 확인되지는 않았다.

4·19혁명은 이승만의 정치적 제스처와 계엄령 선포 등으로 자칫 미완으로 그칠 뻔한 것을 교수단의 전격적인 시위와, 이 대통령의 하야를 주장함으로써 4·26 국민시위로 연결하는 동력이 되었다. 이 과정에서 조지훈은 용기와 신념을 갖고 지식인의 역할을 다 하였다.

격문처럼 쓴 혁명시문

조지훈은 마산에서부터 시작되는 부정선거를 규탄하는 함성을 들으면서 4월 13일 박목월·박두진 등과 연작시 〈터져오르는 함성〉을 지었다. 이 시는 《새벽》지 4월호에 실렸다. 조지훈이 쓴 부문과 이 무렵에 쓴 〈잠언〉을 소개한다.

터져오르는 함성

네 벽 어디를 두다려 봐도
이것은 꽝꽝한 바윗속이다

머리 위엔 푸른

하늘이 있어도
솟구칠 수가 없구나
민주주의여!

절망하지 말아라
이대로 바윗 속에 끼여 화석이 될지라도
1960년대의 폭악한 정치를
네가 역사 앞에 증거하리라

권력의 구둣발이 네 머리를 짓밟을 지라도
잔인한 총알이 네 등어리를 꿰뚫을지라도
절망하지 말아라 절망하진 말아라
민주주의여!

백성의 입을 틀어 막고 목을 조르면서
"우리는 민주주의를 신봉한다"고
외치는 자들이 여기도 있다
그것은 양의 탈을 쓴 이리

독재가 싫어서 독재주의와 싸운다고
손뼉치다가 속은 백성들아
그대로 절망하진 말아라
민주주의여!

생명의 밑바닥에서 터져오르는 함성
그 불길에는
짓눌려 놓은 바위뚜껑도 끝내
하늘로 퉁겨지고 마는 것

가슴을 꽝꽝 두다려 봐도
울리는 것은 자유의 심장, 그것은 광명
암흑의 벌판에 물길을 뚫고
구비치는구나 이 격류에
바위도 굴러내린다

절망하지 말아라
이대로 가시를 이고 바다 속에 던져 질지라도
불의를 증오하고 저주하는 파도는
네 몸의 못자욱을
고발하리라 백일白日 아래
민주주의여!156)

잠언箴言

너희 그 착하디 착한 마음을 짓밟는
불의한 권력에 저항하라

사슴을 가리켜 말이라고 하는 세상에
그것을 그런양 하려는
너희 그 더러운 마음을 고발하라

보리를 콩이라고 짐짓 눈 감으려는
너희 그 거짓 초연한 마음을 침 뱉으라
모난 돌이 정을 맞는다고?
둥근 돌은 굴러서 떨어지느니 —

---

156) 《전집 1》, 252~254쪽.

병든 세월에 포용되지 말고
너희 양심을 끝까지
소인小人의 칼날 앞에 겨누라

먼저 너 자신의 더러운 마음에 저항하라
사특한 마음을 고발하라

그리고 통곡하라.[157]

늬들 마음을 우리가 안다

　조지훈은 4월 18일 제자들이 정치깡패들에게 테러를 당하고, 그런 속에서도 4월 19일 서울과 지방의 대학·고등학생들이 궐기하는 것을 지켜보았다. 그리고 해일처럼 장엄한 민주혁명의 전선이 형성되던 4월 20일 《고대문화》에 〈늬들 마음을 우리가 안다 ― 어느 스승의 뉘우침에서〉를 발표하였다. 4월 혁명 과정에서 조지훈의 심경과 행동의 면모를 살피게 한다. 이 시는 4월혁명의 대표시 가운데 하나로 꼽힌다.

늬들 마음을 우리가 안다

그 날 너희 오래 참고 참았던 의분이 터져
노도와 같이 거리로 거리로 몰려가던 그 때
나는 그런 줄도 모르고 연구실 창턱에 기대 앉아
먼 산을 넋 없이 바라보고 있었다

---

157) 앞의 책, 205쪽.

오후 2시 거리에 나갔다가 비로소 나는
너희들 그 무엇으로도 막을 수 없는 물결이
의사당 앞에 넘치고 있음을 알고
너희들 옆에서 우리는 너희의
불타는 눈망울을 보고 있었다
사실을 말하면 나는 그날 비로소 너희들이
갑자기 이뻐져서 죽겠던 것이다

그러나 이것은 어쩐 까닭이냐
밤늦게 집으로 돌아오는 나의 발길은 무거웠다
나의 두 뺨을 적시는 아 그것은 뉘우침이었다
늬들 가슴 속에 그렇게 뜨거운 불덩어리를
간직한 줄 알았더라면
우린 그런 얘기를 하지 않았을 것이다
요즘 학생들은 기개가 없다고
병든 선배의 썩은 풍습을 배워 불의에 팔린다고
사람이란 늙으면 썩느니라 나도 썩어 가고 있는 사람
늬들도 자칫하면 썩는다고……

그것은 정말 우리가 몰랐던 탓이다
나라를 빼앗긴 땅에 자라 악을 쓰며 지켜왔어도
우리 머리에는 어쩔 수 없는
병든 그림자가 머리에 있는 것을
너희 그 총명한 하늘 같은 머리를 나무랬더란 말이다
나라를 찾고 침략을 막아내고 그러한 자주의 피가
흘러서 젖은 땅에서 자란 늬들이 아니냐
그 우로雨露에 잔뼈가 굵고 눈이 트인 늬들이 어찌
민족 만대의 맥맥한 바른 핏줄을 모를 리가 있었겠느냐

176

사랑하는 학생들아
늬들은 너희 스승을 얼마나 원망했느냐
현실에 눈감은 학문으로 보따리장수나 한다고
너희들이 우리를 민망히 여겼을 것을 생각하면
정말 우린 얼굴이 뜨거워진다 등골에 식은 땀이 흐른다
사실은 너희 선배가 약했던 것이다 의기가 없었던 것이다

매사에 쉬쉬하며 바른 말 한 마디 못한 것
그 늙은 탓 순수의 탓 초연의 탓에
어찌 가책이 없겠느냐

그러나 우리가 너희를 꾸짖고 욕한 것은
너희를 경계하는 마음이었다. 우리처럼 되지 말라고
너희를 기대함이었다. 우리가 못할 일을 할 사람은
늬들뿐이라고 ―
사랑하는 학생들아
가르치기는 옳게 가르치고 행하기는 옳게 행하지 못하게 하는 세상
제자들이 보는 앞에서 스승의 따귀를 때리는 것쯤은 보통인
그 무지한 깡패떼에게 정치를 맡겨 놓고
원통하고 억울한 것은 늬들만이 아니었다

그러나 이럴 줄 알았더면 정말
우리는 너희에게 그렇게 말하진 않았을 것이다
가르칠 게 없는 훈장이니
선비의 정신이나마 깨우쳐 주겠다던 것이
이제 생각하면 정말 쑥스러운 일이었구나

사랑하는 젊은이들아
붉은 피를 쏟으며 빛을 불러놓고

어둠 속에 먼저 간 수탉의 넋들아
늬들 마음을 우리가 안다 늬들의 공을 온 겨레가 안다
하늘도 경건히 고개 숙일 너희 빛나는 죽음 앞에
해마다 해마다 더 많은 꽃이 피리라

아 자유를 정의를 진리를 염원하던
늬들 마음의 고향 여기에
이제 모두 다 모였구나
우리 영원히 늬들과 함께 있으리라.[158]

지식인들에 충격 준 '선비의 직언'

조지훈은 4·19혁명 4일 전인 4월 15일 〈선비의 직언 – 격동기 지
성인의 사명〉이란, 100여 매에 달하는 논설을 썼다. 이 논설은 《새벽》
5월호에 실려 4월혁명 공간에서 널리 읽혔다. 유약했던 지식인들에게
큰 충격과 분기를 불러일으켰다. 《새벽》 3월호의 〈지조론〉에 이어 두
번째로 '낙양의 지가'를 올린 논설이었다.

조지훈은 3·15부정선거 기간에 지식인들이 이를 외면하고, 부정선
거에 항거하여 시민·학생들이 봉기하여도 침묵하는 것을 지켜보면서
선비의 심경으로 붓을 들고, 격동기 지식인들이 해야 할 사명을 일깨웠
다.

이번 3·15 선거를 겪고 나서 국민들은 모두가 다 정부와 집권당에
걸고 있던, 그래도 그래도 하던 일말의 기대와 염속마저 무참히도 끊

---

158) 《전집 1》, 257~260쪽.

어졌다는 것도 알았다. 정치파동, 개헌파동 등 그 많은 파동의 원인이란 한결같이 건전한 상식으로는 이해할 수 없는 억지와, 도의나 체면도 일찌감치 내동이친 파렴치로 일관된 것이요, 그 억지와 파렴치는 구경 영속집권의 저의에서 일어난 것이기 때문에 강압의 폭력을 빌 수밖에 없었던 것임을 백성들은 너무도 잘 알고 있다. 그러나 백성들은 번번이 속으면서도 파동 이후나마 집권당의 반성과 개전 또는 자숙과 선의가 행여나 있을까 하고 기대를 했던 것이 사실이다. 이러한 기대마저 이번 선거를 치르고 나서 완전히 단념하지 않을 수 없게 되었다는 말이다.

조지훈은 이승만 정권의 폭정의 사례를 열거하고 비판하면서, 한말 매천 황현의 예를 들면서 지식인들의 역할을 강조한다.

지성인 ― 오늘의 식자인識字人들은 어떤가. 지식인으로서의 명분과 긍지까지도 포기해 버린 느낌이 아닌가. 선비의 사명을 반성하고 자각할 성의조차 잃은 것은 아니던가. 지성인은 침체하고, 현실은 혼란하고, 정신은 격동하는 것이 오늘 우리 사회의 현상이다.

지식인들의 나약성과 무책임성을 비판한 조지훈의 논설은 이어진다.

지성인 곧 선비는 나라의 기강이요 사회정의의 지표이다. 그러므로, 한 나라의 기강을 바로잡고 사회정의의 지표를 확립하자면 무엇보다도 먼저 선비가 기절氣節을 숭상함으로써 선비의 명분을 세우지 않으면 안 된다. 선비가 만일 시류에 부침하거나 권세에 추종하는 것만을 일삼는다면, 선비의 명분이 땅에 떨어질 뿐 아니라 선비의 그러한 자모自侮는 마침내 간악한 소인으로 하여금 폭력으로서 선비의 바른 언론을 봉쇄하고 선비의 밝은 도道를 억압하게 하는 지경에 이를 것이다.

선비의 성충誠衷이 짓밟힌 곳에 어찌 나라의 기상이 바로 잡히며 선비의 지성이 무찔린 곳에 어찌 사회정의의 지표가 설 수 있을 것인가. 고래로 선비가 지절을 숭상하여 목숨까지 바쳐서 지켜온 것은 진실로 부정과 불의에 대한 항거로써 선비의 명분을 삼기 때문이다.

조지훈은 현대적 의미의 선비였다. 어느 측면에서 그는 한국의 마지막 선비라 불러도 괜찮을 것이다. 선비의 정신. 선비의 자세, 선비의 행실이 그러했다.

선비가 다시 기절을 세우고 부정과 불의에 항거하지 않으면 안 될 때가 왔다. 타락한 시속時俗의 못된 선비들을 경계하지 않으면 안 될 계제에 우리는 봉착한 것이다. 정正과 사邪가, 의義와 불의不義가 뒤죽박죽이 된 세상을 백성 앞에 분명히 흑백을 가려 줄 사람이 누군가. 지성인을 두고 이 일을 능히 할 사람이 없을 것이다.

난세에 구차히 성명性命이나 보전한다는, 이른바 명철보신의 태도나, 내 힘으로는 어쩔 수 없다는 자포자기의 태도는 이제 백성의 이름으로 규탄될 것이다. 나라의 힘으로 길러지고 백성의 신망을 짊어진 식자인의 의무를 저버릴 수 없고 남의 희생만을 요구할 수도 없으며 애국성충을 바치기 전에 앉아서 자멸을 기다릴 수는 더구나 없는 것이다.

조지훈은 오래전부터 지식인(지성인)의 사회적 역할에 대해 탐구해 왔다. 매천과 만해의 정신을 기려왔고, 그래서 4·19혁명의 대열에 기꺼이 참여하였다. 논설의 마지막 부문이다.

선비의 기절은 먼저 몸소 행하고 마침내 살신성인의 경지에까지 그 청신의 높이를 끌어올릴 수 있는 신념 있는 행동에의 사모다. 나라는 흥망의 관두에 서 있다. 선비도 해야 할 일이 있고 하지 않으면 안 될 일이 있다. 오랫동안 은인자중해 온 지성인들도 일이 이에 이르면 침묵만 지킬 수 없을 것이다.

우리가 당면한 중대한 문제에 대한 지성인의 태도를 언명해야 할 때가 왔다는 말이다. 직언하는 선비는 함부로 죽이지 못한다. 역사의 준엄한 감시가 있기 때문이다. 바른말 한마디로 목숨을 잃는 세상이라면 그런 세상에 살아서 뭣할 것인가. 그렇게 생각해야 한다.[159]

4월혁명에 관한 좌담회에 참석했을 때.(왼쪽으로부터 이한직, 박목월, 지훈, 박남수, 박두진, 그리고 사회를 맡았던 당시 새벽사의 이종석)

---

159) 《새벽》, 1960년 5월호. (발췌).

오늘의 대학생은 무엇을 자임自任하는가

민주주의라는 나무는 피를 먹고 자란다는 말이 있듯이, 한국의 민주주의도 다르지 않았다. 4.19혁명은 수많은 국민의 피를 흘리고 성공하였다. 4월 26일 전국에서 10만여 명의 민중이 반독재 시위에 나서자 이승만은 더 이상 버티지 못하고, 이날 마침내 하야를 발표하였다.

헌법 절차에 따라 외무장관 허정이 4월 28일 과도내각을 수립하고, 4월 28일 학생혁명의 표적이었던 이기붕 일가가 자살했다. 무모한 권력욕에 도취되었던 그는 아들의 손에 피살되었다. 5월 29일 이승만이 하와이로 망명하고, 6월 15일 내각책임제 개헌안이 국회에서 통과되었다. 이승만의 독재가 대통령중심제의 제도 탓으로 인식되고, 내각제가 대안으로 손쉽게 채택되었다.

12년 동안의 1인 장기독재가 물러나면서 사회는 혼란기를 겪었다. 당연한 과정이기도 하지만 혁명주체이던 학생들이 대학으로 복귀하면서, 한국사회는 힘의 진공상태가 되었다. 혼란이 따르기 마련이었다.

조지훈은 염려스러웠다. 학생과 시민들에 의해 독재타도에는 성공했으나 민주당은 오랜 야당 생활과 자유당 정권의 탄압으로 근대적 정당체제를 갖춘 수권정당이 되지 못한 상태에 있었다. 그렇다고 학생들이 집권할 수는 없었고, 자유당은 이미 국민의 신뢰를 상실한 폐기된 정당이었다. 허정 과도정부 수반은 이승만이 임명한 국무위원이어서 명분과 실체면에서 취약할 수밖에 없었다. 이런 상황에서 이승만 퇴진 후에도 데모가 그칠 날이 없었다. 교원노조와 전국은행노조연합회가 결성되고, 긴 세월 탄압에 시달렸던 혁신계 인사들이 활동을 시작했다. 하지만 여전히 대학생들의 동향이 정계의 방향타가 되었다.

조지훈은 1960년 4월혁명 뒤 5.16쿠데타가 일어나기 전까지 1년 남짓 동안 민주혁명의 성공을 위하여 많은 글을 썼다. 학생·지식인들에게 당부하는 한편 민주발전의 방향을 제시하였다.

4월혁명 성공 뒤 처음 쓴 글이 《고대신문》에 기고한 〈오늘의 대학생은 무엇을 자임하는가 − 그 긍지와 체면에 대한 반성〉이란 시론時論이다.

> 기미운동을 전후한 무렵의 우리의 대학생들은 민족의 지사로서 자임하였고 구국의 투사로서 긍지를 지녔었다고 한다. 역사의 기록을 보거나 그 당시의 대학생이던 선배의 회고담을 들으면 그것이 하나의 허영으로서의 과장이 아니라 명실공히 민족의 선도자로 자임하는 비분강개의 기백이 일대를 휩쓸던 풍조였음을 알 수 있거니와, 당시의 대학생이 지녔던 순정과 패기는 하나의 위의威儀를 이루어 민족과 사회가 대학생을 대우함에 신망과 존중으로써 하였던 것은 오늘의 우리들 대학생의 위치에서 보면 확실히 부러운 일임에 틀림없다.

조지훈은 1919년 3·1혁명을 주도한 식민지시대 대학생들의 '위의'를 소개하면서 "일제의 말기에 가까워지면서 우리의 대학생들은 저 자신을 스스로 '엽전葉錢'이라고 불렀다. 돈은 돈이지만, 못 쓰는 돈, 쓰일 곳이 없는 엽전의 신세로서 자신의 사회적 위치를 평가하고 민족의 운명을 자조하였던 것이다."고 소개하면서 1960년 봄·여름의 대학생들의 모습을 살핀다.

그러나 오늘의 대학생은 무엇을 자임하는가? 우리들 대학생이 차지한 위치, 우리들 대학생이 사회의 이목을 받는 대우는 어떤 것인가를 반성할 때 거기는 엄청난 경정逕庭이 있음을 알 것이다. 우리는 분명히 쓰일 곳이 없는 돈 엽전은 아니다.

사실 오늘의 대학생은 벌써 엽전이란 것이 어떻게 생긴 것인지도 모르는 사람이 대다수 이게 되었다. 일할 것은 너무도 많은 데 대학생에게 주어진 가치는 지난날에 비하여 고등하였다고는 할 수가 없다. 오히려 참혹할 정도로 저락했다고 하면 지나친 독단일 것인가? 우리 민족의 처지에서 보면 오늘날처럼 대학생이 민족의 지사를 자임하고 구국의 투사로서의 긍지를 강력히 지녀야 할 때가 다시없을 것이다. 사회악에 물들어 대학생의 순정이 더럽혀지고 냉혹한 현실에 짓밟혀 대학생의 패기를 잃고 사그라지기만 한다면 대학생의 긍지는 어디로 가며 대학생에게 주어진 민족의 신망은 어떻게 된단 말인가? 우리의 반성이 이에 이르면 대학생은 죽은 학문을 안고 허덕이는 연민의 대상밖에 아무것도 아니고 말 것이다.

조지훈은 4월혁명 직후의 대학생들에게 역사의식을 일깨우고 시대적 사명을 강조한다.

오늘의 대학생은 무엇을 자임하는가? 학문에의 침잠을 방패 삼아 이 참혹한 민족적 현실에 눈감으려는 경향은 없는가? 연령은 패기를 거세하기로 마련이어서 우리의 선배들은 이미 관헌의 성가신 이목을 회피하기 위하여 현실과는 유리되거나 우회에의 방법론을 능사로 하기에 이르렀다.

대학교육이 과연 이러한 것만으로 족하다고 생각한다면 우리의 앞길은 자못 암담한 바 있다 할 것이다. 이것을 만회하는 길은 오직 우리들 대학생의 패기가 현실에 족하여 항상 이와의 대결로써 있어야 할 것이다. 그러기 위하여는 대학생은 무엇보다 먼저 자시자존自恃自尊

의 긍지를 탈환하여야 한다고 단언할 수 있다.

　반세기 전에 쓴 글이 마치 오늘 한국의 대학생들에게 들려줘도 마땅한 훈시처럼 들린다. 해서, 명문·명론은 시공을 초월한다고 했다. 시론의 마지막 부분이다.

　　오늘의 대학생은 과연 무엇을 자임하여야 할 것인가? 다시 한번 우리는 민족의 지사, 구국의 투사로서 자임해야 할 시기가 왔다. 아직도 민족은 우리들을 민족의 진실한 일꾼으로서 어느 부류의 사람보다 더 믿는 것을 단념하지는 않고 있다. 사십이 넘어도 대학생은 청년이니, 사회가 또한 그들을 청년과 마찬가지로 귀엽게 보아 줄 것이다. 지나친 조로早老의 병에 걸린 대학생과 체모 잃은 탈선을 정신의 패기와 혼동하는 대학생은 다시 한번 반성이 있어야 할 것이다.160)

'4월혁명에 부치는 글'을 쓰다

　4월혁명 뒤 대학생들에게 '훈계'나 혁명의 과제, 진로를 제시할 만한 스승과 교수는 많지가 않았다. 이승만 12년 독재 치하에서 많은 교수들이 어용화되거나 이른바 '우남족', '만송족' 이 되어 곡필을 휘들렀다. 우남雩南은 이승만의 아호이고 만송晩松은 이기붕의 아호였다. 혁명 뒤 대학가에서는 이들 어용교수 축출론이 제기되기도 했다.
　조지훈은 당당한 선배로서, 논객으로서 청년들을 훈계하고 잘못된 행위에는 가차 없이 질타할 수 있었다. 따라서 그의 글에는 무게가 실

---

160)《고대신문》, 1960년 6월 24일치. (발췌)

리고 정당성이 부여되고 공론公論이 되었다.

《새벽》7월호에 실린 〈4월혁명에 부치는 글 - 불의를 고발한 학생들에게〉도 이런 의미에서 호평이 따랐고, 화제가 되었다. 그는 이 논설을 6월 15일 썼다.

4월혁명에 부치는 글

사람의 처세에 스스로의 위신을 얻고자 하면 항상 극기克己와 근신과 절제의 수양을 바탕으로 하지 않으면 안 된다. 이러한 수련을 쌓지 않은 성급한 언동은 자기의 경망하고 공허한 본색을 드러내고 마는 법이다.

내가 이러한 비유를 이 글의 첫머리에 드는 것은, 이번 혁명의 봉화를 든 학생들의 그 뒤 행동이 스스로의 위의를 생각하지 않고, 함부로 처신함으로써 국민에게 맹호나 사자로 알려졌던 그 기개가 끝내 개나 고양이고 말았구나 하는 실망을 주는 방향으로 바뀌어 가고 있음을 솔직히 충고하고 경계하고 싶은 마음이기 때문이다.

4. 19 뒤 일부 학생들의 일탈 행위가 적지 않았다. 더러는 과격한 구호와 시위로 사회질서를 어지럽히는 경우도 있었다. 학생혁명의 반작용 또는 부작용 현상이었다.

이번 혁명이 터지기 전까지의 학생들은 조국흥망의 위기에 대하여 완전히 침묵하고 있었다. 이 위기를 극복할 힘과 꿈을 아울러 가진 자들은 제군들뿐이었기 때문에 제군에 대한 사회의 안타까운 기대는 제군의 무관심과 불신과 무기력과 퇴폐를 거의 절망의 눈으로 바라보았다는 것이 뜻 있는 사람들의 솔직한 고백일 것이다.

조국의 운명을 쌍견에 짊어진 학생들에게까지 배신당한 듯한 그 절망감은 바로 혁명의 발화점에 도달한 증좌였다. 다시 말하면, 제군을 두고는 다시 믿을 곳이 없기 때문에 제군에 대한 오해와 질책이 가중

되었던 것이다.

이러한 때 제군들 침묵의 세대는 일어나 일제히 입을 열었으니 그 첫 발언이 피를 뿜는 절규의 소용돌이었고, 그 절규의 힘으로 마침내 큰 일을 성취하였기 때문에 제군들의 8년간의 안타까운 침묵은 도리어 제군의 위의를 높여 주었으며, 그 깊은 침묵의 나머지 용감한 궐기의 성과는 그동안 제군에 대한 오해와 불신을 깨끗하게 불식했을 뿐만 아니라, "그러면 그렇지"라는 찬탄과 환호의 파도까지를 일으킨 것은 제군이 익히 목격했을 것이다.

조지훈은 학생들의 위업을 찬양하면서, 1960년 6월 15일의 '현재 상황'에서 안타까움을 토로한다.

그러나, 혁명의 방향이 제군이 피를 흘릴 때 부르짖은 것과는 관계없이 엉뚱한 방향으로 가고 만다면, 혁명을 터뜨린 그 보람은 무슨 아랑곳이 있는가 말이다. 이런 뜻에서 본다면 그리 터뜨렸을 뿐 아무 준비도 없이 기존의 법질서에 맡기고 물러앉은 제군들의 과업은 아직도 미지수라는 것을 제군들은 알 것이다. 잘 되면 새로운 명예혁명으로서 가장 진보적인 혁명의 전형 하나를 성취할 것이요, 못 되면 혁명도 아무것도 아닌 것, 다 쑨 죽에 코 빠지는 격이나 죽 쑤어 개 주는 격이 되고 말 이 난과정難過程에 제군들은 위치하고 있는 것이다.

조지훈은 "4월혁명 뒤 한 달이 채 못 되어 혁명의 선봉에 섰던 학생의 대열에 혼란이 오고, 그 공동전선이 와해된 데" 대해 두 가지 큰 까닭을 들었다.

첫째, 그것은 우연적이요 돌발적인 순정의 발로였다는 점이다. 이것이 4월혁명이 도의혁명 또는 양심의 혁명으로 불리는 소이연이다. 둘째, 그것은 비계획적이요 무조건적인 의분의 오합지중이었다는 점이다. 이것이 4월혁명을 무주체 혁명, 지속적 혁명으로 만드는 까닭이 된다.

이 두 가지 기본성격은 이번 혁명을 성취시키면 그것이 그대로 장점이 되고 실패시키면 그대로 맹점이 되기로 마련이다.
영예로운 혁명이 되느냐 보람 없는 정변이 되고 마느냐는 앞으로 남은 문제이고, 이 두 가지 분기 이전에 그대로의 의의를 지니는 것은, 독재정권에 불을 질러 민주주의를 비로소 올바른 방향으로 이끌어서 혁명의 계기를 지은 학생의거이다. 그것은 전초전적이면서 그대로 완결된 것이다. 4월혁명이 특수한 형태를 지녔다고 하는 것은 그것이 곧 의거와 정변과 혁명의 어느 이름으로 불러야 좋을지 한계가 모호한 데 있고, 또 세 가지 성격을 다 아울러 지닌 점일 것이다.

조지훈은 4월혁명의 성격 규정과 관련하여 모호성과 더불어 의거 · 정변 · 혁명의 세 가지 성격을 아울러 지닌 점을 들었다. 그리고 일부 학생들의 일탈행위를 분석하고, 신랄하게 비판한다.

학생들의 동태가 오늘과 같은 혼란에 빠진 데는 학생들 자신이 이번 혁명에 대한 자신들의 공을 지나치게 과장하여 자부하기 때문인 듯하다. 사회의 여론이 너무 감격적이었고 죄지은 사람, 무위無爲했던 사람들이 너무 많았기 때문에 자책이 심각하여 마침내 일률적으로 자학적 증상에 빠졌기 때문에 지각없는 학생들의 영웅심은 기고만장하여 무소불위의 망동을 하는 것은 아닌가.
바로 말하면, 4월혁명은 학생들 힘만으로 이루어진 것은 아니다. 마산에서도 서울에서도 전체 시민의 성원과 협력이 절대한 힘이 되었다. 4.19 때만 해도 밤늦도록 전 시민으로 넘쳤으며, 그 충격 속에 시민들이 문을 잠그고 들어앉아 거리가 쓸쓸했다면 제군들의 투지가 어떻게 되었겠으며 독재정권의 발악이 어느 정도에 이르렀겠는가 생각하면 모골이 송연할 것이다. 혁명에 앞장선 것은 학생이요 주동이 된 것도 학생들이지만 억센 동반자는 시민이었다. 희생된 시민의 수가 학생의 갑절이 되는 것을 보아도 알 일이다.

조지훈은 4월혁명의 불쏘시개 역할을 하고, 혁명 대열에 직접 참여하고, 혁명 후에는 이의 성공을 위해 다른 지식인들이 하기 어려운 발언을 쏟아냈다. 이 논설의 마지막 부분이다.

조용히 힘을 기르라. 먼저 황폐한 학원을 재건하고 출발전야의 제2공화국이 제군의 피를 헛되게 하지 못하도록 깨끗하고 거창한 압력을 주라. 반동세력의 대두를 막기 위하여 그들을 국민 앞에 고발하고 주권자의 위신을 회복하기 위하여 국민을 계몽하는 선두에 나서라. 무엇보다 먼저 제군들이 그것을 분별하는 눈을 마련해야 하고, 제군들이 먼저 그것을 실천해야 한다.
우리가 바라는 바는 아니지만, 제군들의 고귀한 피가 또 한 번 뿌려져야 할 때가 올런지도 모른다는 의구는 아직 해소되지 않았다. 그런 불행이 오지 않도록 막기 위해서는 제군의 발언권이 증대되어야 하고, 그 발언권은 제군들이 자중하는 위의와 단결과 정화 속에만 얻어질 수 있는 것이라고 우리는 믿는다.[161]

조지훈은 청년들이 다시 피를 흘리게 되는 때가 올지 모른다고 예상하고, 역사의 반동을 우려하면서 학생들의 역할을 거듭 강조한다.

---

161)《새벽》, 1960년 7월호. (발췌)

혁명정신의 실종을 논하다

국회에서 내각책임제 헌법이 채택되면서 7월 29일 민·참의원 선거가 실시되었다. 민주당이 과반수 의석을 차지한 가운데 민·참의원 합동회의에서 윤보선을 대통령에 선출하였다.

총선에서 승리한 민주당은 고질적인 신구파로 파벌이 갈리고 혁명과업의 구현보다 분파활동에 더 힘을 쏟았다. 윤보선은 자파 출신인 김도연을 총리 후보로 지명했으나 인준받지 못하고 8월 19일 신파의 장면이 총리로 선출되었다.

민주당 신구파는 총리 인준, 즉 집권과정에서 감정 대립이 심화되고 사사건건 대립하였다. 이런 소용돌이 속에 군 일부에서는 쿠데타 음모가 진행되고 있었다.

무능한 과도정부에 이어 들어선 장면 정부는 압도적인 국민의 지지로 태어나고도 역량부족과 시대적 한계에서 혁명과업을 순조롭게 이행하지 못하였다. 조지훈은 8월 27일 《고대신문》에 다시 〈혁명정신은 어디로 갔는가 ― 우리는 그것을 되찾아야 한다〉는 시론을 썼다.

혁명정신은 어디로 갔는가

우리가 어쩔 수 없이 맡기고 물러나면서 이미 염려한 바 있지만, 혁명과업 완수에의 기대는 과도정부의 무능한 시종과 새 국회의 불안한 출발로 말미암아 커다란 절망을 느끼고 있다. 독재정권의 원흉들이 옥가운데서 당선되는가 하면 혁명 당시는 살려주는 것만으로도 감지덕지하던 반민주 세력이 후안무치하게 재출마하여 그 대다수가 당선되었을뿐 아니라 참의원 선거에서는 몇 사람의 최고 득표자조차 나왔다.

조지훈은 이 시기 누구 못지않은 영향력 있는 논객이었다.

혁명정신은 어디로 갔는가? 참으로 혁명정신은 지하에서 통곡하고 병원의 베드 위에서 저주하고, 학원의 캠퍼스 구석구석에서 침통한 우수와 뉘우침의 안개 속에 싸여 있다. 오직 순정과 의분으로 혁명에 임했던 학생들이 독재정권을 무너뜨림으로써 자족하고 물러설 때 식자들은 그것을 찬양하고, 그런 자세가 어쩌면 새로운 혁명의 전형으로서의 영예를 성취할지도 모른다는 일말의 기대를 걸었던 것이 사실이다. 그러나 그 기대는 마침내 바로 그대로 맹점이 되고 말았다. 혁명정신은 과연 어디로 갔는가? "재주는 곰이 부리고 돈은 되놈이 먹는다"는 속담대로 피는 학생들이 흘리고 공은 정치가들이 따고, 민중의 신임은 혁명대변 세력이 받고, 칼자루는 반혁명 세력이 쥐었다는 이 어처구니없는 현실은 바로 인세무상人世無常의 그것을 다시 한번 깨우쳐 준다.

조지훈은 불안한 앞날을 예감하고 있었던 것 같다. 뚜렷한 주체세력이 없는 민중혁명은 성공하기가 쉽지 않다. 프랑스혁명 뒤 파리코뮌이 그렇고 스페인 내전 당시 민중전선이 국제적인 연대에도 불구하고 실패한 사례를 들 수 있다. 이런 점에서 조지훈은 혁명의 진행에 불안감을 갖게 되고, 이를 거듭 역설한 것이다.

해방 때도 그랬다. 수십년 독립운동의 지사들은 유리개걸流離丐乞의 지경에 빠지고 친일의 잔재들이 득세했으며 정부수립 후도 마찬가지였다. 진실한 반공투사는 뒤로 밀리고 공산주의의 전향자들이 중용되었다. 친일의 관료파, 친미의 군정관리파, 친공의 전향정치인파, 독재 아부의 반동정객파, 들이 제각기 결속하여 이합농간하는 이 악순환이 제거 광정되지 않는 한 청순한 세력은 언제나 고립되기 마련이다.

조지훈이 분개하는 데는 역사의 아픈 대목에서 다시 겹친다.

> 나라를 망치고 우리에게 총을 쏘고 그자들과 더불어 갖은 악행을 다
> 저지른 자들이 다시 국회에 나와 활갯짓을 하는 꼴을 그냥 보고 앉아
> 혁명 희생학도 동지에 대한 면목이 없다는 점이다. 가위 우리들이 내
> 세우다시피 한 제2공화국의 새 국회와 새 정부가 과연 우리의 기대
> 에 부응하는 입법과 혁명정책을 수행해 줄는지는 미덥지 않다는 점
> 이다.
> 혁명정신은 어디로 갔는가? 배신당한 듯한 슬픔에 자포자기하는 학
> 생들아! 우리는 깊은 반성을 통하여 자신의 내부에서 혁명정신을 다
> 시 찾지 않으면 안 된다. 무엇을 허물 할 것인가? 당초부터 우리에게
> 혁명성취의 역량이 갖추어지지 않았던 것이 아닌가? 누구를 원망할
> 것인가? 암매한 민도民度를 하루아침에 어쩐단 말인가?[162]

조지훈은 4월혁명 전선에서 활동하고 글을 쓰는 한편 1960년 가을
한국교수협회가 발족하면서 중앙위원에 피선되었다. 또한 세종대왕 기
념사업회 이사, 3·1독립선언기념비건립위원회 이사, 고려대 아세아
문제연구소 평의원 등으로 다양한 활동을 전개하였다.

1960년은 그의 나이 40세였다. 불혹不惑의 나이에 보기 드문 조숙성
으로 하여 시인·교수·논객·학자로서 4월혁명기를 어느 지식인보다
충실하게 보냈다.

---

162) 《고대신문》, 1960년 8월 27일치. (발췌)

혼란기에 '인물대망론' 펴다

조지훈은 역사의 격동기에서 온전한 학자·시인으로서만 남을 수 없었다. 그의 생애가 평온한 시대였다면 순수시를 쓰고 국학 등을 연구하면서 안일한 삶을 유지하였을 거였다. 다양한 재능을 갖고 있었던 그는 어느 분야에서든 특출한 능력과 기량을 발휘했을 터이다.

> 지훈의 교양은 다방면에 걸쳐 있었고, 그의 재능 또한 여러 면을 가지고 있었다. 그의 지성은 사변적이면서 동시에 실천적이며 창조적이었다. 그것은 어떠한 부문에 적용되어도 뛰어난 성과를 거둘 수 있는 엘리엇의 이른바 '보편적 지성'이었다. 그의 기질은 일견 낭만적이면서도 한편 냉철할 수 있었고, 그의 서정시는 화사하고 멋지고 분방한 경우에도 전아한 고전미를 잃지 않았으며, 격동하는 역사와 현실 속에서도 그의 판단이 정곡을 얻어 그의 위신에 요동이 없었음은 그의 뛰어난 지성의 소치였다.163)

조지훈에 대한 연구 논문은 수없이 많다. 그런데 대부분이 시 분야에 집중되고, 민족운동사와 전통문화와 관련하여 몇 편이 있을 뿐이다. 더욱이 '논객'으로서의 조지훈은 연구 분야에서 크게 '홀대'받고 있는 것이 아닌가 싶다. 독재 타도에 앞장서고 4월혁명의 현장에서 사회비

---

163) 김종길, 앞의 책, 437쪽.

평 관련 있는 시론(논설)을 쓰는 등, 그는 1급의 논객으로서 격변기에 큰 역할을 하였다.

4월혁명 이듬해인 1961년 상반기에 쓴 일련의 논설은 내용·시의성·품격·영향력 등에 있어 당대에 손꼽히는 작품이었다. 이 부문이 소홀히 다뤄진 것은 아쉬운 대목이라 하겠다. 혁명 후의 시대상활을 살펴보자.

1960년 9월 24일 소장 장교 16명이 참모총장에게 3·15부정선거와 관련 숙군과 사퇴를 요구하다가 체포되고, 10월 11일 4월혁명 부상자들이 부정선거와 발포사건 원흉처벌법 제정을 요구하며 의사당에 난입하고, 11월 24일 민주당 구파가 분당하여 신민당을 창당했다. 1961년 1월 8일 혁신당이 결성되면서 한반도의 영세중립화·남북한 경제교류 등을 주장했다. 1월 21일에는 통일사회당이 발족되어 민주적 사회주의 노선을 천명한데 이어 2월 21일 혁신계 정당과 사회단체들이 중립화통일연맹을 결성하고, 2월 25일 민족자주통일중앙협의회가 결성되었다.

장면 정부와 국회는 부정선거와 발포책임자 등 처벌에 미온적이었다. 검찰과 법원이 구속된 원흉들을 풀어주는 등 반동적이었다. 그래서 정부가 특별법 제정을 서두르지 않을 수 없었다.

조지훈이 대표로 있는 한국교수협의회는 국회에 조속한 특별법 제정을 촉구하는 성명을 발표하는 등 혁명입법 제정에 힘을 보탰다. 한국교수협의회는 〈북한지식인에게 보내는 메시지〉를 발표하고, 남한의 학생들이 독재정권을 축출했듯이, 북한에서도 괴뢰정권을 축출하여 통일의 광장을 마련하자."라고 제의하였다.[164]

---

164) 《고대신문》, 1961년 4월 29일치.

국회는 곡절 끝에 △부정선거 관련자 처벌법 △반민주행위자 공민권 제한법 △부정축재 특별처리법 △혁명재판소 및 혁명검찰부 조직법 등을 제정하고 출범한 기관들은 활동을 개시했다.

4월혁명 정신을 잇고 이승만 잔재를 처리하는 데서 조지훈의 역할은 언론을 통한 방법이었다. 1961년 전반부터 5·16쿠데타 직전까지 그가 쓴 몇 편의 논설은 '논객 조지훈'의 역량을 여지없이 보여준다.

이 기간 조지훈은 〈인물대망론〉, 〈붕당구국론〉, 〈대기무용변〉 등을 《민국일보》에 실었다. 《민국일보》는 자유당 시절 여당지였던 《세계일보》가 1960년 7월 9일 천관우를 편집장으로 하고, 각 언론사에서 양심적인 기자들을 뽑아 게재한, 공정하고 참신한 신문이었다. 이 신문은 5·16쿠데타 뒤 필화사건을 겪다가 1962년 7월 무기 휴간되었다.

조지훈의 《민국일보》 첫 기고는 〈인물대망론 – 봉조부지鳳鳥不至의 탄難〉이다. 4월혁명과 그 뒤 처리 과정에서 '봉조 – 봉황'과 같은 인물이 없음을 개탄하면서 인물다운 인물을 기대한다는 내용이다.

실제로 4월혁명 뒤 집권한 장면 정부와 민주당, 여기서 갈라선 신민당을 비롯하여 보수 정치인들은 이승만 정권과 이념적으로 크게 다르지 않았다. 사법부도 마찬가지였다. 부정선거 원흉들과 발포명령자들을 처리하는 특별검찰과 재판을 맡겠다고 나설 사람이 없었다. 기존 법관과 검찰은 대부분 이승만 정권의 라인이고 재야 법조인 중에는 그만한 '그릇'이 없었다. 조지훈의 개탄이다.

> 모두들 인물이 너무 없다고 탄식한다. 아닌게아니라 사람 기다림에 지쳐서 이제 짜증이 나다 못해 민족의 운수가 어찌 이 지경에 이르렀느냐고 망연히 하늘을 우러르게 된다.
> 우리 민족처럼 끊임없이 덮쳐 온 국난에 허덕이는 족속도 많지는 않을 것이다. 그러나 역사를 돌아보면 국난이 있을 때마다 그래도 이를

극복할 인물은 미리 마련되었다. 을지문덕 · 개소문 같은 이, 서희 · 강감찬 같은 이도 그 예가 되지만, 국토가 추적의 발굽에 짓밟힌 임진 · 갑오 · 기미운동 때만 해도 인물은 많았다.

전 세대의 인물도 쓸 만하다고 알려진 인물들은 해방을 전후하여 옥사 · 객사 · 아사 · 분사하고 암살 · 포살 · 납치 · 거세되고 인재의 빈곤이 말이 아니다.

조지훈은 역사적 사례를 들면서 '인물부재'를 개탄한다. 실제 이승만 12년의 독재는 국정 전 분야에 걸쳐 뿌린 해악이 많지만 김구 · 조봉암 등 정치지도자의 암살 · 사법살인과 혁신계 탄압 등으로 인물이 성장할 수 있는 여건이 되지 못하였다. 그래서 정계나 사법부 · 입법부 할 것 없이 인물의 '난쟁이화' 현상이 나타났다.

4월혁명 이후 갑자기 높아진 "기성세대를 불신한다"는 젊은 세대의 구호도 알고 보면 시대를 통찰하는 신념을 가지고, 민중을 저버리지 않는 신의를 가지고, 정열에 불타는 신념을 가지고 백성을 이끌어 주는 신앙의 지주가 될 지도자를 찾는 마음의 표현이며, 따라서 그것은 낡은 세대의 무정견한 고식책과 자기 지지자와 애원하는 민중을 배반하는 무지조의 술수와 비록 스스로는 깨끗하고 올바른 방향을 안다 할지라도 어쩌지 못하고 함께 병들어 가는 무기력을 혐오하고 실망한 나머지 새로운 인물을 대망하지 않을 수 없게 된 민심의 발로인 것이다.

조지훈은 스스로도 민주주의란 인물중심이 되어서는 안 되고 제도중심이어야 한다는 것을 강조한다. 하지만 민주주의 제도가 정상적인 안정상태에 도달하지 못한 현실에서 인물의 중요성을 강조한 것이다.

우리가 대망하는 인물은 경천위지經天緯地하는 옛 재상의 기器나 호풍환우呼風喚雨하는 명장도 아니다. 지극히 상식적이어서 좋다. 다만 언행이 일치하여 솔선궁행하는 사람. 청렴강직하되 무능하지 않아 말단의 부패까지 불식 통솔하는 능能이 있는 사람. 앞날의 정치적 생명을 개의하지 않고 목숨까지 걸어 국정의 대의에 임하는 사람! 우리는 오직 지사적인 인간만이 이 시대를 구제할 수 있다고 본다.

오랫동안 버림받은 백성들은 조그만 고마움에도 눈물을 흘리며 매달릴 것이다. 이러한 백성의 마음을 돌보지 않고 권력에만 연연하다가 몰락의 날을 자취하는 정치가들에게 우리는 이제 아무것도 기대할 수가 없는 것이다.

조지훈의 '인물대망론'은 꼭 인재를 기다린다는 뜻이기보다 '인물론'의 의미를 함께 담고 있다.

생선이 잘 썩는 셈으로 청순했던 사람. 이 사람은 그렇지 않으리라 믿었던 사람도 자리에만 앉으면 형편없이 썩는 것을 우리는 많이 보았다.

또 그까짓 더러운 정치에 참여해서는 무엇하느냐는 사람도 있을 것이다. 원래 일류는 재야在野하고 이류 삼류가 입각해야 하는 법이긴 하다. 그러나 플라톤도 《이상국가》에서 말하지 않았던가. 소인이 국정을 망칠 때는 군자라도 들어가 맡아야 한다는 뜻으로 ─.165)

'도둑놈 세상에 의적은 없는가'

조지훈은 이어서 같은 지면에 〈거세개도설擧世皆盜說 ─ 의적은 하나도 없다〉를 썼다. 4·19 뒤 드러난 자유당 정권 고관들의 부정축재

---

165) 《민국일보》, 1961년 4월 21일치.

사실은 국민의 분노를 사고도 남았다. 백성들은 절량농가에 초근목피를 면치 못하는 데 그들은 주지육림에 놀아나고 국민의 혈세를 빼돌려 거금을 쌓아놓고 있었다. 그리고 그들 세계에서는 의적義賊이 하나도 없었다. "모든 세상의 도둑놈들"이라는 〈거세개도설〉은 물론 이승만 시대 권력자들을 총칭한다.

> 우리를 의분에 떨게 하는 것은 저 하나의 영달을 위해서 아주 시치미 딱 떼고 나라와 백성의 고혈을 터는 악질 정치배의 대도행위大盜行爲다. '무거운 돌'(重石, 자유당시대 부정부패 사건의 하나이던 '중석불 사건', 필자)을 막 집어 먹어도 배탈도 나지 않고 어엿이 살아서 국회의원으로 나오기도 하고, 남이 먹고 탈 없는 걸 보고 저도 한몫 먹겠다는 건지, 요즘도 또 이 '무거운 돌'을 훔쳐 먹으려다 들킨 소문이 장관들 뒷구멍에서 파다하게 전해지는 걸 보면 한심스럽기만 하다. 이러고도 도둑놈을 잡으라 한다면 세상의 좀도둑놈들이 코웃음을 칠 것이다.

남을 비판할 때는 상대적으로 청렴강개해야 한다. "X묻은 개가 겨묻은 개"를 나무라는 격이어서는 세상의 웃음거리가 될 뿐이기 때문이다. 조지훈은 대단히 청렴한 생활인이었다. 선비는 물욕에서 초연한다. 다음의 비화는 '거세개도'의 세상 물정과는 예외인 자신의 모습을 보여준다.

> 얼마 전의 일이다. 내가 밤늦게 돌아온 탓에 서로들 대문 잠그는 것을 잊어버리고 대문을 열어 놓은 채 잔 것을 아침에야 알았다. 다행히 도공盜公의 심방은 안 받아서 없어진 것은 없었으나, 이건 정말 우리나라 고대사를 현실에 보는 것 같아서 하루 종일 마음이 흐뭇했다. 알고 보면 썩은 판자를 고치지도 않았고 지붕 차양이 다 떨어지

고 한 집안 꼴을 보면 도둑놈도 별 입맛을 당기지 않을 테니 원인은 바로 그런 데 있었을 것이다. 단벌 헌 양복, 헌 라디오라도 없으면 당장 아쉬운 것들이지만, 주인이 그리 대수롭지 않게 여기는 걸 훔쳐 갈 사람인들 그다지 흥미가 있겠는가.

　앞장에서 조지훈의 '글맛'을 얘기했지만, 그는 평론이나 시론時論 같은 글을 대단히 쉽고 재미있게 쓴다. 한학의 대가이고 각 분야에 전문성이 남다르지만, 어떤 장르를 막론하고 중학교(당시) 졸업생 정도이면 해독이 가능한 글을 썼다. 그리고 적절한 사례를 들어 가독성을 높였다. 〈거세개도설〉에서 두 부문을 뽑는다.

　세상이 하도 도둑놈 세상이 돼 놓고 보니 도둑질하는 놈은 뽐내게 되고 도둑질 못하는 놈이 병신 노릇하게 돼 가는 판이다. 게다가 한술 더 떠서 도둑놈이 도리어 양심 가진 사람을 보고 호령하는 판이 되었다. 죽지 못해 사는 게지 세상 돼 가는 꼴 보니 일부러 보약먹어 가면서까지 오래 살고 싶은 생각은 정말이지 없다.
　내 아는 사람 하나가 이런 얘기를 했다. 한 번은 술이 취해서 돈이 한 푼 없이 밤늦게 사람이 잘 안 다니는 언덕길을 질러오자니 밤손님이 은근한 말씨로 가진 돈을 다 내놓으라는 것이다. 툭툭 털어도 술값이 모자라서 외상 달아 놓고 오는 데 가진 돈이 어디 있겠느냐 했더니, 그럼 뒤져보겠다는 것이다. 이 친구 한참 뒤 져도 돈이 없으니 혀를 한 번쩍하고 차더니, "에잇, 순도둑돔 같으니라구. 그래 이렇게 돈 흔한 세상에 백 환짜리 한 장도 없이 다니는 놈이 어디 있느냐."고 꽥 소리를 지르고 가버리더라는 것이다.
　그런 익살맞은 선도善盜였다. 소금도 없이 간 내먹는 셈이지. 하기는 돈 한 푼 없이 훔침질, 뺏음질 다 안 하고 살려고 드는 것이 어쩌면 도둑 심사 같기도 하다.

온 세상이 다 도둑이니 그 세상에 살면서도 내가 도둑이 아니라고 아
주 우길 수가 없다. 이왕 도적이 될 바에는 몇 친구와 짜 가지고 의적
義賊이 한 번 돼 봤으면 하는 생각을 해 보는 때도 있기는 하다.[166]

5 · 16 쿠데타 뒤 군사정권에서 자행된 '4대의혹사건'을 거쳐 박정희
시대의 부정부패, 전두환 · 노태우의 천문학적 자금 갈취 그리고 최근
정부 각 부처 장관 후보들과 각계 지도층 인사들의 청문회에서 드러난
'비리백화점'을 보면, 조지훈이 개탄했던 '거세개도설'은 소꿉장난의 수
준이었던 것 같다. 도둑놈들의 배포가 늘고 금액도 엄청나게 증가했다.

'대기무용변大器無用辯'을 쓰다

조지훈은 4월혁명 후에 활동한 정치인들과 관계 · 학계 · 법조계 인
사들의 면면을 보아 실망을 금치 못했을 것 같다. 그래서 〈대기무용변
– 군자불기君子不器에 대하여〉란 글을 썼다. 동양사회에서는 전통적으
로 사람을 논할 때 '그릇'에 비유하였다.

인품을 논할 때 흔히들 그릇器에 견주어 그 대소大小를 말한다. 오늘
"그 사람은 그릇이 크다" 왈 "그 사람은 그릇이 작다"라고 —.
그릇이란 실용의 물건이요, 그 용用이란 것은 무엇을 담는 일이다. 사
람도 일자리에 앉히려면 그 용량의 대소를 보지 않을 수 없다.

---

166) 앞의 신문, 1961년 4월 30일치.

조지훈이 전개한 '인재 그릇론'은 오늘날에도 유용한 가치기준이 될 것 같다.

　사람이라는 그릇에 무엇을 담는가. 첫째, 사람을 얼마나 담을 수 있느냐의 포용력·둘째, 현실을 어떻게 요리하느냐의 구상력. 셋째, 얼마만큼 견디어 내느냐는 견인력. 이 세 가지 역량이 결국 사람의 그릇으로서의 대소를 결정짓는다는 것은 자명한 일이다.

조지훈은 '그릇'의 대소와 각기 쓰임새를 설명하고, 제사상에 그릇을 적절히 배치하듯이 지도자들도 인재를 잘 골라서 적재적소에 배치하는 일이 중요하다고 말한다.

　도대체 그릇이란 쓸 자리에 따라서 선택의 기준이 달라진다. 작은 잔칫상에 도미찜을 담는 쟁반도 큰 잔칫상에 나물 접시가 되는 수 있고 국대접도 간장 그릇이 되지 않을 수 없기도 하다. 통돼지찜이 오른다고 하면 도미찜을 담는 쟁반 가지고는 어림이 없다.
　그릇이란 이런 것이다. 아기자기한 작은 그릇만 찾아서 상을 차릴 수가 없다. 이 사실은 곧 사람이 그릇이라는 제 나름의 쓸모가 있고 대소층의 그릇이 갖추어져야 상차림이 제대로 된다는 말이다. 그러한 여러 가지 그릇을 구해오고 그것을 제자리에 앉히는 것이 배설자排設者의 안목이요 역량인 것이다.
　우리가 받아둬야 할 것은 큰 그릇에 작은 것을 담는 것은 어색하고 우습고 해도 담는 것이 불가능한 것은 아니지만, 작은 그릇에는 큰 것을 담을 수가 없을 뿐만 아니라 억지로 담으면 그 그릇이 깨어지거나 엎질러져서 상을 엉망진창으로 망치고 만다는 사실이다.

이 글은 4월혁명 직후에 쓴 것이지만 그로부터 반세기가 지나는 동안 한국사회의 일부 권력자들의 행태를 내다보고 쓴 것이 아닌가 싶기도 하다. 쿠데타를 하거나 부정선거 등을 통해, 그리고 '정치공학'으로 최고권력자가 된 인물 중에는 너무도 그릇이 작아 큰 것을 담지도 못하고 상을 엉망진창으로 만든 경우가 적지 않았다. 조지훈의 〈대기무용변〉의 본지本旨는 큰 인물은 결코 그릇이 아니라는 '역설'에 있는 듯하다.

각설하고, 군자는 그릇이 되지 않는다. 무엇이든지 담을 수 있는 가능성만 지니고 끝내 그릇이 되지 않는다. 간장 담으면 간장 그릇, 국 담으면 국그릇, 똥 담으면 똥그릇 — 그릇의 이름에 고착되고 논란되지 않는다. 무엇 때문인가. 그릇으로는 너무 커서 쓸모가 없을지도 모른다. 그보다는 군자는 원래 그릇이 아니요, 그릇을 만들어 내는 틀이다. 또 군자는 담는 자가 아니라 담기는 자다. 담기에도 너무 커서 담을 그릇이 없는 것이다. 설령 담긴다 하더라도 요리로서 담기는 것이 아니고 담길 요리는 만드는 물이나 불이나 소금으로 담긴다.

군자(선비 – 참지식인)은 "그릇이 아니요, 그릇을 담기는 틀"이라는 조지훈의 견해는 독특하다. 그리고 여기에 군자의 상징인 공자의 논법을 빌려 온다.

군자불기君子不器란 공자의 사상이다. 공자 일생을 취직난이라고 평한 재담이 있거니와, 평천하平天下의 포부를 지니고 쓰임을 얻고자 천하를 주유하던 공자는 50이 지나 노정공魯定公의 지우로 그 재상이 되어 대부大夫 소정묘小政卯의 목을 베고 크게 치적을 올린 것이 그 일생에 단 한 번 득의의 추秋였다. 이때는 공자도 희색을 감출 수 없었다고 한다.

그러나 이것은 한때의 일이고 공자의 일생은 불우로 시종했다. 공자가 군자불기를 말하게 된 것은 위정爲政의 용用을 자임했던 자기를 체념한 결과의 표명이 아닐 수 없었다.

조지훈의 군자불기의 명쾌한 논리는 글의 말미에서 더욱 필력을 얻는다.

> 너무 커서 쓸 곳이 없는 대기大器는 쓰지 못하는 데 쓸모가 있다. 무용無用으로 위용爲用이란 말이다. 용납되지 않음은 현실의 소기배 小器輩가 알지 못하고, 감당하지 못하고, 버리고 구박하고, 깨뜨리려 하는 탓이요, 군자 그 자신은 더 큰 민족과 인간에 봉사해서 지키는 도道가 있는 것이다.
> 국민운동의 지도자! 국민의 사표! 청신한 저류低流로서의 정신의 지주가 없다는 것이 우리 민족의 비운이다. 아무것도 안 담아도 좋다. 모든 것을 다 담을 수 있는 큰 그릇을 본 사람은 없는가.167)

'붕당구국론朋黨救國論'의 의미

조지훈은 5 · 16쿠데타 직전에 〈붕당구국론 — 선비의 당이여 나오라〉는 시론을 썼다. 민주당의 분당과 혁신세력의 지리멸렬상을 지켜보면서 한국 정당의 이상과 현상을 논파한 글이다. 실제로 1961년 상반기는 학원이나 사회가 전반적으로 안정을 찾아가고 있었다. 하지만 새 시대를 열어가야 할 정치인들은 파쟁과 이합집산을 거듭하여 국민에게 지탄받고, 군부의 야심가들에게 명분을 주게 되었다.

---

167) 앞의 신문, 1961년 5월 1일치.

당파싸움 때문에 나라가 망한다고들 한다. 조선의 그 피비린 당쟁의 역사를 아는 사람은 과연 그것을 근심함 직한 일이다. 그러나 민주주의는 정당정치를 바탕으로 하는 데야 어쩌랴. 알고 보면 조선의 노소 남북의 사색당쟁도 일종의 정당싸움이다. 다만 그것이 민중의 선거로 집권당이 되는 것이 아니고 임금을 끼고 권술로 암약하는 당쟁이기 때문에 민주주의 정당이 아니라는 것뿐이다.

조지훈은 현대적 정당의 가치와 조선시대 붕당싸움의 사력을 이해하면서도 혁명의 과제는 뒷전이고 자당자파의 이익에 매몰되어 싸우기만 하는 제2공화국 정치인들의 행태를 비판한다.

당파싸움 때문에 나라가 망한다고 하지만 내가 보기에는 우리나라에는 진정한 정당이 없고 당파가 제대로 된 것이 하나도 없다. 같은 정당 안에 다른 몇 개의 정당이 있다는 것이 우스운 데다가 그것을 또 그 정당이 공인하는 것도 더 우스운 일이다.
무이념의 오합지중이 머릿수 입수만 묶어서 자리를 노리고 강요하는데 어찌 통일된 정책과 방안을 만들 신념과 힘이 생기며 백성이 어찌 또 그것을 신용할 수 있겠는가. 여·야와 보수·혁신을 막론하고 오늘 우리나라의 정당은 이 타성을 벗어난 게 하나도 없다.

현대의 대의제 민주주의는 건전한 정당의 존재를 바탕으로 이루어진다. 해방 뒤 10여 년 동안 6·25전쟁과 이승만의 독재로 건전한 보수 정당이 성장하지 못하고, 혁신계는 존립의 뿌리부터 잘려나갔다. 4월 혁명으로 압제의 제방이 무너지면서 자유의 물결이 넘치다 보니 긴 세월 고통스러웠던 정치인들이 목소리를 내고, 혁신계가 꿈틀대는 것은 이해 못 할 바는 아니었다. 하지만 무엇보다 엄청난 국민의 희생으로 성취한 혁명과업을 맞는 상황이었다.

조지훈은 구양수歐陽修의 〈붕당론〉을 들어 "소인은 무붕無朋이요, 군자라야 유붕有朋이라 하였다. 소인들은 붕당을 만들 수 없고 군자만이 붕당을 만들 수 있다."라면서, 다음과 같이 주장한다.

> 왜 그럴까. 소인은 동리위붕同利爲朋하고 군자는 동도위붕同道爲朋하기 때문이다. 다시 말하면, 소인은 이利 붙이 때문에 붕당을 모으니 이해관계가 상충되면 그 자리에서 붕당이 깨지고 말지만, 군자는 동도同道 곧 같은 이념으로 뭉치기 때문에 그 붕당이 견고하다는 말이다.
>
> 확실히 진리를 갈파한 말이다. 고깃덩이에 엉켜 붙는 파리 떼, 모기 떼 같은 소인의 무리들이 당을 모으면 얼마나 가겠느냐. 당 안에 당을 모으는 것도 고기 배당에 실리가 있으니 모이는 것이다. 군자의 신념은 그 이념의 완수를 위해서는 양보와 희생을 아끼지 않는다. 사양하고 추대되는 곳에 개인적 이해의 상충이, 환난이 될 까닭이 없지 않는가.

조지훈은 조선 선비의 후예답게, 그의 심중에는 군자君子와 소인小人의 구분이 확고하게 자리 잡고 있었다. 소탈하면서도 근엄하여 소인배들이 함부로 접근하기 어려웠다. 그의 정당관을 들어본다.

> 군자들은 죽음으로써 자기의 도를 지키고 동지적 결합을 풀지 않을 수 있다. 절조로서 몸을 가누고 인생감의기人生感意氣로써 뜻을 세우고 위국애민으로 기임己任을 삼을 수 있는 것이다. 어찌하여 오늘에 이런 진짜 붕당은 없느냐. 당파 때문에 나라가 망한다고 생각하지 말고 요사스러운 당파, 가짜 당파 때문에 나라가 망한다고 생각해야 한다.

당파 때문에 나라가 망하는 것이 아니라 동도위붕同道爲朋의 진정한 당파가 없기 때문에 나라가 망한다고 생각하라. 무수한 기성 정당 단체는 붕당이 아니다. 당벌黨閥 · 재벌 · 학벌 · 문벌 · 지방벌들이 뒤범벅이 되어 혼전하는 이 암야에 불을 밝힌 자는 동도위붕의 진실한 이념으로 뭉친 붕당의 출현에 기대할 수밖에 없다.[168]

---

168) 같은 신문, 1961년 5월 7일치.

5·16쿠데타 초기 휘어진 필봉

1961년 5월 16일 미명에 군사쿠데타가 발생했다. 조지훈이 그토록 우려했던 일이 발생한 것이다. 참담한 심경이었다. 4월혁명의 '산모' 역할을 하였던 그에게 군사쿠데타는 좌절과 충격이 아닐 수 없었을 것이다.

민주당 정권의 무능과 혁명 뒤 1년 남짓 동안에 일어난 사회상에 실망이 컸으나, 막상 쿠데타를 겪고 보니 나라의 앞날이 걱정되었다. 《고대신문》 1960년 5월 28일에 게재된 〈썩지 않은 민족정기를 후세에 바로 전하라〉는 시론은 내용으로 보아 5·16 전에 썼던 것 같다.

> 인격적으로 아직 미완성인 제군은 사회와 학원의 황폐를 자진하여 막고 정진하여 역량을 기름으로써만 부당한 비판투쟁의 위엄과 감시의 발언권을 증장시킬 수 있는 것이다. "정신적으로는 언제든지 학원과 민족국가의 핵심체 속에 들어 있거라. 그러나 형식적으로는 항상 외부에서 비판자와 감시자가 되어라." 이 한마디 만이 학생제군들의 당연한 신조가 되어야 할 것이다.
> 무엇이 진실한 혁신세력이요 반동세력인가를, 무엇이 진실이 필요한 보수세력이요 추락한 오합烏合의 세력임을 간파하는 것은 제군의 당연한 공부의 과제요, 그것을 백성들에게 속지 않도록 계몽하는 것도 제군의 사명이다.[169]

---

169) 《전집 5》, 220쪽.

5·16쿠데타 세력은 거사 직후 전국에 비상계엄령을 선포하고, 국회해산과 전국 대학에 휴교령을 내렸으며, 언론을 검열하였으므로 누구도 비판적인 글을 쓸 수 있는 상황이 아니었다.

조지훈은 5·16 직후 《고대신문》 5월 27일 자에 〈군사혁명에 부치는 글 − 우리가 기대하고 염려하는 것〉이란 시론을 썼다. 일간 신문은 사전검열이 심했으나 대학신문은 비교적 느슨했던 까닭에 학교신문을 택했던 것 같다. 이 글에서 그의 5·16에 대한 기대와 염려의 일단을 살피게 된다.

군사혁명에 부치는 글

4월혁명은 실패로 돌아갔으나, 그 고귀한 혁명정신은 살아 있다. 단적으로 말하면, 이번 군사혁명은 정신에서나 그 방법에서 4월혁명의 경험을 바탕으로 하여 그 실패의 전철을 회피하는 주도한 계획을 선사 받았다. 무엇보다도 이번 혁명이 성공한 것은 혁명의 주체세력이 확립되었다는 점이다.

우리는 건국 이래 군부의 정치관여를 염려했고, 군부 자체도 그래서 안 된다는 것을 자각적으로 견지해 온 것을 우리는 안다. 그러면서도 이번 군부혁명이 불가피했다는 것을 혁명 당사자나 국민이 공인하지 않을 수 없게 된 것은 그만큼 미숙한 채로 병든 민주주의의 고질은 자율적인 소생이 거의 절망에 빠지고 말았기 때문이 아니던가.

조지훈은 이 글에서 군사쿠데타의 '불가피성'을 인정하는 듯한 논지를 편다. 4월혁명 후의 정치상황에 그만큼 실망이 컸던 때문일 것이었다. 그래선지 '불가피성'을 인정하면서 쿠데타의 '성격규정'도 놓치지 않는다.

4월혁명은 민주혁명이라 일컫는다. 4월의 민주혁명은 민권혁명이었으나 이번의 혁명은 민권보다 민생혁명의 면이 강하다. 빈곤과 기아에서의 해방 – 공산주의를 극복하는 첫 과제는 과감히 수행되고 있어 든든하다. 그러나 우리가 또 충언을 드리고 싶은 것은 공산주의와 싸우자면 민주주의는 항상 뒤늦고 불편하다는 것을 알면서도 공산주의에 대한 가장 강력한 무기는 역시 '자유'라는 점이다.

자유는 자신의 자유도 제한하는 자유도 가졌다. 더구나 비상시에는 자유는 제한되기도 마련이다. 여론에 세심히 귀를 기울여 끝까지 그와 유리되지 않고 자유의 자율적 제한이라는 공동전선을 무너뜨리지 말고 여론의 바탕 위에서 실질적으로 우리의 기회를 강력히 추진하는 것만이 건전한 민주주의를 위한 체통을 회복시키는 첩경이란 말이다.

조지훈은 사회과학자가 아닌 시인이었다. 해서 그의 시사적인 어휘 선택을 두고 크게 의미를 부여할 이유는 없을지 모른다. 당시 군사정권은 각 방면의 학자 · 교수들을 정책위원으로 영입하였다. 이와 관련한 부문이다.

강력한 추진력에 지성의 두뇌를 더한다는 것은 범에게 날개를 주는 격이 될 것이다. 사위지기자사士僞知己者死란 말이 있다. 아무리 숨고 회피하려는 선비도 성의로 받들고 명분을 세워주고 진퇴를 적당히 보장한다면, 그 대우와 의기에 느끼지 않을 이가 없을 것이다. 바라건대 이 구국의 대업에 우리의 동지적 결합이 섭섭하게 되거나 금가지 않기를 비는 마음 간절하다.170)

자유당정권기 어용 학자 · 지식인의 행태를 질타하던 모습과는 사뭇 다른 인식이다. '구국의 대업'이란 표현까지 쓰면서 비록 조건부이긴

---

170)《전집 5》, 156~158쪽, 발췌.

하지만, 지식인들이 "자기를 알아주는 권력에 참여"를 인정한다.

그는 며칠 뒤 다시 같은 신문 6월 24일 자에 〈혁명정신은 하나이다 – 빼앗긴 긍지를 돌려줘야 한다〉는 시론을 발표했다. 전반부에서 군사 정권의 부패 척결 의지를 높이 평가하면서 대학생들을 의기소침하게 해서는 안 된다는 주장을 폈다.

> 수많은 희생을 낸 4월혁명의 젊은 시자들은 머리를 들지 못하고 움 츠리고 있고 4월혁명의 기념탑은 서지도 못한 채 맥이 빠졌다. 혁명 정신은 하나이다. 그 타도의 대상이 다르고 궐기 당시의 상황이 달랐 고 방법이 달랐을 뿐이지, '순정의 동기와 결과의 지향'에 추호의 다 름도 있을 수 없다.
> 그러면서도 4월혁명에 앞장섰던 사람이 이렇게 버림받고 긍지를 꺾 이고서야 반발과 반등은 있을 수 없다손 치더라도 혼연한 참가를 하 기란 풋기운에 어려운 일이다. 이 상정常情을 살피지 않고 안 일어난 다, 윽박지르기만 하면 그것은 교육방법으로서 지극히 졸렬하다. 부 패에 처음 도전한 것은 누구냐? 신생활운동에 앞장섰던 자는 누구 냐?
> 정권의 교체에 배신당했고 신생활운동도 관권에 저지당했다. 국민의 자발적인 움직임을 받아서 도와주기는커녕 먼저 눌리고 나서 그 앞 장을 관이 대신 맡아 나선 것이 지난날의 역사가 이러한 고민에 처해 있는 대학생들을 용약하여 혁명과업에 자율적으로 총궐기시키는 길 은 과연 통제적 지시밖에 다른 길이 없는 것인가.

조지훈은 4·19와 5·16의 궁극적인 목표가 같으므로, 그리고 부패 척결과 신생활운동을 먼저 제시하고 행동한 것이 4·19학생들인 만큼 5·16세력이 그들의 긍지를 꺾지 말 것을 당부한다.

혁명정신은 하나이다. 잃어버린 우리의 꿈을 되살려 달라. 도로 찾게 해 달라. 우리의 이 티 없는 어리광을 부형父兄이 자식이나 아우를 보살피는 마음으로 선도하지 않으면 안 된다. 한때 길을 잃었던 이들에게 불량소년의 꼬리표를 다는 사람은 국민교화의 앞장에 설 자격이 없다. 놓아주고 제대로 바로 잡히도록 경계하라. 그리고 선도하라. 그른 것이 눌리는 것은 좋지만 허물이 없는 일까지 억눌려서는 안 된다. 경계하기 전에 먼저 위무를, 감시하기 전에 먼저 선도를 − 그것보다 먼저 젊은이의 어깨를 좀 펴게하는 것이 더 필요하다.[171]

조지훈은 군사정권이 유일한 저항세력인 학생들은 억압하고 학생써클을 해체하는 등 탄압 일변도를 유지하자, 우선 학생들의 의기를 살리라고 충고한다.

'재건국민운동 요강'을 짓다

4·19혁명에 직접 참여했지만 아버지는 4·19 이후 학생운동의 분열과 혼란이 발생하여 혁명이 실패로 돌아갈 것을 우려하면서 혁명의 바른길을 모색하셨다. 또한 아버지는 민주당 정권의 분열로 인해 혁명정신이 실종되는 것을 우려하셨다. 이러던 차에 5·16군사정변이 일어났다.
이에 아버지는 학생운동의 혼란과 민주당 정권의 무능으로 인해 실패로 끝난 4·19혁명의 정신을 다시 살릴 수 있는 기회로 생각하게 되었다. 5·16 초기에는 그렇게 기대를 거셨다. 그리하여 아버지는 국가재건최고회의에서 추진하고 있었던 재건국민운동의 사상적 토대와 실천방법을 기술한 〈나라를 다시 세우는 일 − 재건국민운동요강〉

---

171) 앞의 책, 162~163쪽, 발췌.

을 작성하기도 하셨다.[172]

쿠데타에 성공한 군사정부는 1961년 6월부터 국가재건최고회의 산하에 재건국민운동본부를 설치하고 관 주도의 국민운동을 전개하였다. 군사정부는 용공사상의 배격, 내핍생활의 여행, 근면정신의 고취, 생산 및 건설의식의 증진, 국민도의 앙양, 정서관념의 순화, 국민체위의 향상 등 7개항을 내걸고 이에 기초한 여러 가지 사업을 추진하였다.

군사정부가 역점사업으로 추진한 재건국민운동본부의 산하에 각종 지부가 설치되고, 중요 민간단체의 임원·저명한 언론인·교육자·연예인·종교지도자를 이 운동의 지도적 위치에 임명하였고, 누구나 자발적으로 회원이 되도록 요구하였다. 그 결과 390만 명의 회원이 확보되었다. 재건국민운동은 1964년 8월 본부가 해체될 때까지 4년 남짓 동안 관주도의 국민운동을 전개하였다.

조지훈은 쿠데타 초기에 군사정권을 현실로 받아들였던 것 같다. 민주당 정권에 대한 비판의식이 반동세력에 대한 '호감'으로 바뀌게 된 것인 지는 알 수 없지만, 재건국민운동 본부에서 의뢰한 〈나라를 다시 세우는 길 – 재건국민운동요강〉을 작성하게 되었다.

내용의 전체적으로는 제목 그대로 '나라를 다시 세우는 길'을 찾는 방안이지만, 부분적으로는 5·16쿠데타를 인정하는 대목이 더러 깔려 있다. 혁명공약 6항의 "참신하고 양심적인 정치인에게 정권을 이양하고 군인 본래의 임무인 국토방위에 되돌아간다."라는 내용을 그대로 믿었기 때문이었을 것이다. 하지만 민주주의 신봉자였던 그가 군사쿠데타 정권에 대한 긍정적 인식과 일정한 기여는 이해하기 어려운 부분

---

172) 조광렬, 앞의 책, 386쪽.

이다, 재건국민운동에는 다수의 학자가 참여하였다.

> 국민의 군대는 마침내 흥망의 관두에 선 조국의 운명을 방치해 둘 수
> 가 없어서 오랫동안 자중했던 그들의 의분과 사명을 폭발시킴에 이
> 르렀다. 이것이 5 · 16군사혁명이다. 타락하고 그릇된 민주주의를 바
> 로잡아 진정한 민주주의로 환원시키기 위해서 군대는 일어서지 않을
> 수가 없었던 것이다.
> 오랜 봉건의식과 관권 만능주의에 절어 있는 터전에다 아무런 시험
> 도 훈련도 없이 선진국가가 장구한 역사를 겪은 끝에 얻은 최고도의
> 민주주의 제도와 형식을 메워 놓은 우리의 현실을 직시하고 민도에
> 맞는 민주주의, 현실에 맞고 백성이 원하는 제도를 수립하기 위해서
> 국민의 군대는 국민의 뜻을 대신하여 일어서지 않을 수가 없었던 것
> 이다.
> 이것이 혁명이 일어난 까닭이요, 이것이 또한 인민을 위하여 인민의
> 손으로 인민의 정부를 세우려는 민주주의 대원칙이 되는 이유이기도
> 하다.[173]

5 · 16 뒤 쿠데타세력의 논리에 맞춰 상당수 지식인 가운데는 '5 · 16
불가피론'을 제기하였다. "민주주의를 지키기 위해 일으킨 군사혁명"이
라는 논리였다. 여기에 "성경을 읽기위해 촛불을 훔치는 행위가 정당화
될 수 있느냐"는 반론이 제기되었다. 2년 전 〈지조론〉을 썼던 조지훈의
5 · 16에 대한 논거는 납득하기 어려운 부문이 적지 않았다.

> 4월혁명과 5월혁명은 그 정신면에서나 근본 동기에서는 조금도 다를
> 것이 없다. 다만 그 혁명이 터진 시기가 달랐을 뿐이고 타도해야 할
> 대상이 달랐다는 것뿐이다. 이 때문에 혁명수행의 방법이 달라진 것

---

173) 《전집 5》, 226쪽.

뿐이다. 자유와 민권을 뺏김으로써 나라가 망할 때 우리가 전취해야 할 목표는 자유와 민권일 수밖에 없었다. 그러나 부당한 자유가 절망의 구렁으로 조국을 몰아넣을 때는 자유를 제한하는 것이 그 먼저 취해야 할 방법일 수밖에 없는 것이다. 변비에는 하재下劑를 쓰지만 설사에는 하제를 쓸 수가 없는 것이다. 병에 따라 약을 쓰는 것은 정치에서도 마찬가지 원칙이다.[174]

'재건국민운동 요강'은 꽤 긴 내용이다. 1. 여기에 큰 길이 있다. 2. 혁명은 왜 일어났는가. 3. 혁명정부는 이것을 약속했다. 4. 혁명에 국민은 이렇게 협력하자. 5. 혁명은 이 나라를 누구에게 맡겨야 하나. 등으로 구성되었다.

조지훈은 쿠데타 초기에 박정희 등 주동자들이 일본군 장교 출신인 줄을 모르고, 그리고 '원대복귀'의 공약을 순수하게 믿고서, '재건국민운동의 요강'을 작성하면서 명실상부한 4·19정신을 잇는 '국민혁명'으로 승화시키고자 했을 것이다. 얼마 뒤 쿠데타세력의 권력욕이 드러나면서 그는 다시 반군정의 비판자가 되었다. 하지만 그가 쓴 글은 '오점'으로 남는다.

조지훈이 5·16 초기에 군사쿠데타를 수용하고 재건국민운동의 '요강'을 작성하는 등의 활동에도 불구하고, 그의 '인재론'은 변함이 없었다. '요강'의 〈혁명은 이 나라를 누구에게 맡겨야 하나?〉에서 다섯 가지 인재의 자격론을 피력한다.

첫째, 지조가 굳고 신념이 있는 사람을 골라야 한다. 사상적으로나 행동적으로 변화의 재주가 넘치는 사람은 믿을 수가 없다.

---

174) 앞의 책, 227~228쪽.

둘째, 식견이 있고 경륜이 있는 사람이어야 한다. 나라와 겨레를 위한 문제의 한 부분의 연구도 없는 사람과 자기의 포부를 실천할 경륜이 없는 사람은 백해무익이다.

셋째, 청렴결백하고 공명정대한 사람을 뽑아야 한다. 부패가 오늘의 위기를 조성한 것을 생각하면 그까짓 하찮은 권모술수를 가지고 정치적 역량인 듯이 자타가 공인하는 그런 부류는 소용이 없는 것이다.

넷째, 정성스럽고 삼가면서도 과단성이 있는 사람이어야 한다. 정성이 모자라면 세밀하지 못하고 허술하다. 판단성이 없으면 잘라야 할 것을 자르지 못하고 시작해야 할 것을 때를 놓치고 만다. 망설이다가 망치지 않으려면 박력이 있어야 한다.

다섯째, 제 먹을 것을 가진 사람, 가난을 알면서도 가난에 포원抱寃이 지지 않은 사람을 뽑아야 한다. 무식하고 돈 없는 자들이 국회의원이 되자니 무슨 짓이든 해서 되어 가지고는 그 벌충으로 들인 밑천을 뽑아내자니 나쁜 짓을 하지 않고 무슨 수가 있는가. 가난을 모르면 백성의 마음을 모르기 쉽다. 그러나 너무 가난에 포원이 된 사람은 돈과 권력의 유혹에 약할 뿐 아니라 생각이 편벽된다.[175]

처음이자 마지막의 해외여행

조지훈은 1961년 9월 벨기에 크노케에서 열린 국제시인회의에 한국 대표로 선정되었다. 격년으로 열리는 국제시인회의에는 43개국의 407명이 참석하고, 한국에서는 조지훈과 이하윤 서울사대 교수가 참석하였다. 여행길은 9월 4일 김포공항을 떠나 일본에 들러 친지들을 만나고 미국령 앵커리지를 경유하여 독일 함부르크와 프랑스 파리를 거쳐 브뤼

---

175) 앞의 책, 221~224쪽.

셀 공항에 도착, 열차로 회의장이 있는 해안도시 크노케인에 이르렀다.

귀국 뒤 작성한 〈국제시인회의 보고서〉에서 "이번 대회의 참가를 통해서 얻은 내 개인적 이득은 서구 시인의 생태와 그 시의 역사적 풍토적 배경을 직접 취득한 것이 한갓 정저와井底蛙(우물 안 개구리)의 편견이 아니라는 데 대한 자신을 얻은 점이다."176) 라고 썼다. '보고서'의 일부를 소개한다.

> 이 회의의 중요한 성과는 시인의 국제적 친선과 이해로, 시의 국제적 교류 내지 시문학의 공통된 당면문제의 공동토의와 질의가 시종 화기애애한 분위기 속에서 이뤄져서 이 대회 참가에 대한 매력을 더했고, 이러한 시인의 모임다운 분위기가 소수의 공산권 시인의 선전을 압도했다는 점이다.
> 이 회의에서만 영원히 공산주의는 교란전술을 쓰지 못하리라는 것을 느꼈다. 우선 그들은 수적 열세를 도저히 뒤 짚지 못할 것이다. 이 점에서 시인회의가 다른 작가회의와 다른 점이다.177)

조지훈이 이 국제대회에 참석하게 된 것은 당시 유럽에 머물던 이하윤 교수가 국제시인대회 본부에 편지로 신청을 해서 대표명단에 들게 되었다고 한다. '보고서'의 내용을 더 들어보자.

> 제1차 회의 때는 신청만 하고 참석하지 못했지만 그 의제 〈내일의 인간과 시〉에 대해서 발언할 준비를 했는데, 이번 대회에는 국내사정으로 말미암아 의제 연락을 못 받고 총총히 떠났기 때문에 토의에 발표할 기회는 못 가졌으나, 유지시인有志詩人의 개별초대 파티 같은 데서 간단히 한국의 시를 소개했고 텔레비전에 자작시 낭송을 녹음

---

176) 조광렬, 앞의 책, 364쪽.
177) 조광렬, 앞의 책, 365쪽.

하여 한국말이 아름답다는 찬사와 함께 해수욕장에서 사인공세를 받았으며, 라디오 콘 닥터의 요청으로 한국시와 영역시를 기록하였다. 또 각국 시인단체 대표자회의에 참석하여 의견을 교환하였다.[178]

조지훈은 귀로에 파리에서 유네스코를 방문하고 런던으로 건너가 지인들을 만났다. 여행 중 과로로 인해 피를 토하는 등 고통을 겪었으나 발길을 멈추지 않았다. 독일의 프랑크푸르트와 뮌헨을 거쳐 비엔나, 제네바, 피렌체, 스위스, 이탈리아 등지를 돌아보고, 테헤란, 카라치, 캘커타, 사이공, 마닐라를 경유하여 10월 13일 일본 도쿄에 머물렀다가 제자를 만난 뒤 귀국하였다.

짧은 기간에 유럽과 동남아 일주의 여행을 한 셈이다. 여비는 가는 곳마다 지인과 제자들이 있어 이들의 도움을 받았다고 한다. 그에게는 이때의 해외여행이 처음이자 마지막이 되었다.

조지훈이 여행 중에 가족에게 보낸 편지 한 부문에서 힘겨웠던 여행길의 모습을 찾게 된다.

> 나는 길 떠난 뒤로 신문도 잘 안 보고 음력도 잘 알 수 없어 세월이 어떻게 되는지 잘 모른다. 오늘이 아마 추석 날 쯤 된다는 말을 들은 것 같다. 몸이 피로해서 호텔에 앉아 편지나 쓰며 하루를 보낸다. 혼자서 하는 여행은 쓸쓸하고 고달프다. 모처럼 온 길을 그냥 갈 수 없어 그렇지 내 성미엔 그리 돌아가고만 싶다. 옷은 너무 많이 가지고 와서 짐만 된다. 내의나 양말, 손수건 모두 한 벌씩만 더 가지고 다니면 족한 것을 대여섯 벌씩 가져왔으니 말이다. 모두 다 경험이 없어 그렇다.[179]

---

178) 앞과 같음.
179) 앞의 책, 371쪽.

'큰일 위해 죽음을 공부하라'

조지훈에게 5 · 16쿠데타는 기대와 우려가 뒤 섞였던 것 같다. 그러던 것이 점차 군사정권 주체들의 본질이 드러나면서 다시 비판의 필봉을 들게 되고, 점차 정치현안보다 본령인 학문에의 길로 정진하였다. 하지만 군정의 역류에는 침묵하지 않았다.

쿠데타에 성공한 박정희 세력은 1961년 10월 이른바 혁명재판소를 통해 진보 성향의 조용수 《민족일보》 사장을 비롯 간부 6명에게 사형을 구형하고, 1962년 3월 정치활동 정화법을 제정하여 구정치인들의 정치활동을 규제하였다. 윤보선 대통령이 이에 항의, 하야하자 박정희는 거침없이 대통령권한대행을 꿰찼다. 이로써 박정희는 최고회의 의장과 대통령권한대행까지 맡아 1인 전재를 시작하기에 이르렀다.

조지훈은 4 · 19혁명 2주년을 맞아 《고대신문》에 〈큰일 위해 죽음을 공부하라 － 4월의 학생들에게〉라는 시론을 발표했다. 제목부터가 범상치 않았다. 군사쿠데타의 서릿발이 아직 가시지 않는 시점이어서 학생들도 크게 움츠리고 있었다. "4월혁명의 두 돌이 돌아왔다. 이날을 맞는 학생 제군들의 가슴속엔 수많은 감회가 서릴 것이고 그 감회는 곧 그대로 고난에 허덕이는 민족적 현실에 대한 제군들의 심각한 고민과 회의에 직결되어 있으리라는 것을 우리는 알고 있다."라고, 시작되는 글에는 조지훈 자신의 '심각한 고민과 회의'도 담겨 있을 것이다. 주요 부분을 발췌한다.

군사정부에 의하여 뒤늦게나마 5월혁명이 4월혁명의 계승이란 것이 공언되었을 뿐 아니라, 올해는 4월혁명 희생자에 대한 건국포장이 수여됨으로써 역사는 제군들의 움츠린 어깨를 펴주었다.

그러나 목숨을 걸고 혁명의 선봉에 섰던 제군의 긍지가 부당하게도 한때 여지없이 꺾이었던 일은 아무리 정치의 작희라고는 하지만 제군 순정純正 위에 쉽사리 지워지지 않을 상처를 주었으리라는 것도 이해하고 있다. 내가 이날을 맞아 제군에게 영광을 기리는 축배를 들지 않고 위로의 손길을 내미는 까닭이기도 하다.

젊은이로서 민족과 국가를 위해서 마땅히 해야 할 때 목숨을 걸고 일어서는 그 진기盡己의 인간성의 바탕을 제군들이 잃지 않음으로써 세상의 썩은 선비들이 못하는 일을 감행했고 이로써 제군은 선비로서의 본분을 다했다는 것이다. 실상을 말한다면, 제군의 궐기가 이 대통령을 하야시키는 데는 군부가 이 대통령의 주구走狗 노릇을 하지 않음으로써 간접적 공헌이 있었지만, 제군들의 궐기가 없었더라면 이 대통령의 주구가 많던 군부의 혁명적 봉기를 당시로 봐서는 거의 불가능하였고, 있었다 하더라도 그것은 큰 유혈의 비극을 가져왔을 것임에 틀림없었다.

제군의 이러한 뚜렷한 공이 인정되면서도 제군은 응분의 영예를 못 받는 것이 불만일지도 모른다. 만일 제군이 혁명은 성취되었으나 우리에게 돌아온 것은 무엇이냐를 생각하고 의기 소침하여 자포자기한다면 이것은 큰 잘못이다. 애초에 제군이 궐기한 것은 자유와 진리를 위해서 죽음도 불사한다는 희생적 각오에서였고, 그 희생은 민족전체를 위한 것이었지, 학생 제군의 개인이나 집단의 명리를 위해서는 아니었다.

참고 견딜 줄 알아라. 4월의 사자들아! 동물원의 우리 안에 있는 사자에게 돌을 던져 보라. 고개를 들어 조용히 주위를 둘러보고는 아랑곳

없이 눈감고 자는 것 밖에 사자가 한 번이라고 위의를 잃은 적 있던 가. 참으로 용감한 자는 참고 견딜 줄 아는 법이다.

벌판에서 가유롭게 달리는 자야 누가 날쌔고 용감하지 않겠느냐. 철책 속에 가두어 두어도 의젓한 사자가 될 수 있느냐. 나아가고 물러서는 기틀을 잡을 줄 알아라. 청년들아!

눈앞의 명리에 팔려 염치없이 올라서려 하지 말고 정성껏 일함으로써 성사 후에 그 숨은 공이 알려져 추대되는 사람이 되어라. 양보할 줄 모르고 공사를 구별할 줄 모르고 금전문제에 불분명한 사람이 큰 인물이 된다는 것을 나는 일찍이 들은 적이 없다. 남은 얼마든지 희생시키고 타락시키면서 자기 자신을 영원히 희생할 줄 모르고 타락할 줄 모르는 자 - 나는 악마를 이렇게 정의한 적이 있다.

제군들은 무엇보다 제군들의 순결무구한 이름에 때 묻지 않도록 그것을 생명을 걸고 지켜야 한다. 이 마음이 없이 제군은 지조와 신의를 말하지 말아야 한다. 명리 때문에 신념을 꺾고 지조를 바꾸는 자는 제 이름 석 자를 진흙탕 개똥밭에 마구 뒹굴어도 아무렇지 않게 알지만, 이름 지키기를 귀히 아는 자는 나락의 저 밑바닥에 떨어져 몸으로 견마의 욕을 무릅쓸망정 이름은 끝내 팔지 않는 법이다.

청명清名을 도사릴 줄 아는 사람이 되어라. 대의명분에 어긋나는 일에 뛰어들어서는 안 된다. 자기 언행에 책임을 지는 사람이 되어야 한다. 자기의 과오를 엄폐하거나 부당하게 합리화하지 말고 피간노담玻肝露膽하는 사람이 되어라. 과오를 솔직히 뉘우칠 줄 아는 사람이 되어라.

한마디 더 제군에게 부탁하는 것은 제군들은 죽음을 공부하는 사람이 되라는 부탁이다.

옳게 죽고 바르게 죽고 떳떳이 죽는다는 것은 하루아침에 되는 일이 아니다. 오랫동안의 공부가 있어야 된다. 내가 죽음을 공부하라는 것은 군중 속에 휩싸여서 군중과 함께 여러 사람이 싸여서 죽는 공부가 아니라 혼자서도 죽을 공부를 하라는 말이다. 더럽게 살지 않는 다는 것은 더럽게 죽지 않는다는 공부와 그러한 신념의 바탕 위에서만 가능하다.

너희 진실한 영예와 바꿀 것은 죽음뿐이라고 생각하여라. 반항한다는 사실이 대수가 아니다. 무엇에 대하여 무엇 때문에 무엇으로써 반항하느냐가 문제이고 그 신념을 끝까지 지키고 관철할 수 있느냐가 문제이다.

글하는 사람에게는, 선비에게는 만인 앞에 글로 쓰는 것이 그의 생명이다. 죽지 않고 이 땅에서 살아 있는 한, 일제의 정치에 직접 간접으로 조금도 순응하지 않은 사람은 드물 것이다. 우리가 허물하는 것은 만인의 신뢰를 받는 지사나 선비가 말과 글로서 이때까지의 얘기와는 정반대의 글을 써내는 그 변질적인 것이다. 선비의 정조는 글에 있는 것이다. 자기 신념에 맞지 않은 글을 써서는 안 되고 자의로 그런 글에 서명해서는 안 된다.[180]

‘한미행정협정체결’ 촉구논설 써

5 · 16쿠데타가 발생하면서 미국은 박정희의 남로당 행적 등을 이유로 한때 반란군을 진압하려는 등 불편한 관계가 유지되었다. 그러나 쿠데타 세력의 반공노선이 확고해진 듯하면서 태도를 바꾸었다.

---

180)《고대신문》, 1962년 4월 18일치.

1962년 1월 6일 경기도 파주에서 미군이 한국의 나무꾼들에게 총격을 가하여 1명이 현장에서 즉사하고 1명은 중상을 입고 입원 치료하다가 사망하는 사건이 벌어졌다.

　　한국 인권옹호협회가 진상조사를 벌여 '명백한 살인행위'라는 정식 항의문을 주한 미국대사와 메로이 유엔군사령관에게 제출하고 사과와 위자료를 미국측에 요구했으나, 민감한 한미관계라는 한국정부와 미국 측의 압력으로 더 이상 확대되지 않았다.

　　이 사건 이후에도 파주 · 양주 등지에서 미군에 의한 한국인 폭행사건이 잇따라 일어나자 6월 들어 고려대 · 서울대생들이 이에 항의, '한미행정협정'의 즉시 체결을 요구하는 시위에 나섰다. 쿠데타 이후 최초의 학생데모였다.

　　1960년을 고비로 주한미군에 의한 린치사건, 여성 삭발사건 등이 잇따라 일어나자 대학생을 중심으로 행정협정 체결을 촉구하는 시위가 곳곳에서 일어났으나 정부의 저자세와 미국 측의 외면으로 행정협정은 체결되지 않았다. 이런 소용돌이 속에 다시 미군에 의한 나무꾼 사살사건이 벌어지고 계엄령하에서 학생데모가 발생한 것이다. 그리고 정부와 미국, 국내외 언론이 덩달아 이를 왜곡 비난했다.

　　대부분의 지식인들이 침묵하는 가운데 조지훈은 1962년 6월 《고대신문》에 〈신념에 의혹은 없다 – 한미행협 촉구 데모에 대하여〉란 시론을 발표했다. 내용은 온건하지만 할 말을 다 했다.

　　　우리가 참을 수 없는 의분 때문에 마침내 결행한 한미행정협정 체결 촉구 데모는 전 국민의 한결같은 지지로 진실한 민중의 소리를 중외 中外에 선명한 바 있거니와, 우리 학생들이 스스로 흥분을 애써 가라앉히고 곧 학업에 돌아온 다음에 전개된 몇 가지 변상적變常的 사태는 우리의 순수무구한 의도에 누를 끼쳤을 뿐 아니라 그 뒤 의 국내외의 미묘한 반향은 우리를 괴롭히고 불쾌하게 하고 모독까지를 더하고 있다.

학생데모를 둘러싸고 정부는 물론 미국 측 그리고 일부 국내 언론과 외신에서 대단히 불손한 내용을 언급한 데 대해 조지훈이 이를 비판한 것이다.

우리가 이 데모를 결행하기까지에는 커다란 고민을 겪지 않으면 안 되었고 그러한 고민은 우리에게 깊은 사려와 분별을 자각시켰던 것이 사실이다. 그러나 그 사려와 분별도 우리의 의분을 자중이란 이름 아래 그냥 잠재울 수는 없었다. 준법정신을 배우는 우리는 계엄령하에서 집단데모는 할 수 없다. 그러나 아무리 계엄령 하라 할지라도 인권을 유린하고 동물에 대한 천대보다도 더 심한 만행을 자행하는 것을 좌사할 수는 없다는 이 이율배반 속에서 우리는 궁지에 빠진 나머지 이전의 데모가 반정부·반미운동이 아니라는 한계를 명시하고 궐기하기에 이르렀던 것이다.

문투로 보아 조지훈도 학생데모에 가담했던 것 같다. 반정부·반미의 정서에서가 아니라 국민의 인권유린에 좌시할 수가 없었을 터이다. 무기력한 정부에 대해서도 일갈한다.

혁명정부는 구경究竟 민족의 자립자주와 자시자존自恃自尊으로서 그 이념을 삼고 있음을 우리는 알고 있다. 국민은 이 이념으로서 정부를 편달할 의무가 있고, 정부가 못 하는 일, 민중이 못 하는 말을 감연히 석명하지 않을 수 없었던 것이 우리의 심정이었다.

조지훈은 아무리 계엄령 하라도 할 말은 해야 한다는 지식인의 자존의식을 거듭 표명한다.

> 우리는 한 범상한 사람이 칭찬한다고 뽐내지 말고 한 범상한 사람이 욕한다고 곧 움츠러드는 사람이 되어서는 안 된다. 스스로 깊이 생각하고 자중하면서 비겁에 떨어지지 말자. 내가 흔들리지 않으면 두려울 것이 무엇이냐. 부질없는 영웅심과 섣부른 판단을 경계하여 세상이 다 떠들어도 해서는 안 될 일을 해서는 안 되고 천하가 해서는 안 된다는 일도 해야 할 일은 역행力行하여 불혹不惑하는 사람이 되자.
> 정의를 위하여 굳게 잡은 신념, 그 신념의 견지, 이것만이 우리의 방황을 구원해 줄 것이다.[181]

조지훈의 이 같은 주장도 작용해서인지, 한미행정협정은 그로부터도 몇 해가 더 지난 1966년 7월 9일 한미 두 나라 정부에서 조인되고, 1967년 2월 9일 〈주한미군의 신분에 관한 협정〉이 체결되었다. 내용 상에는 불평등성이 많았지만, 그나마 미군 주둔 22년 만에 체결된 협정이었다.

'혁명정부에 직언'하고 문화정책 비판

조지훈은 군사정권 초기에 대단히 어려운 상황에서도 각 분야에 걸쳐 감시와 직언을 게을리하지 않았다. 군사정권의 반문화적인 시책에

---

181) 《고대신문》, 1962년 6월 23일치.

대해서도 날카롭게 비판했다. 〈혁명정부에 직언한다 - 문화혁명의 도외시에 대하여〉란 글이다. 주요 대목을 골랐다.

바로 말하면, 4월혁명은 성공하거나 실패하거나 민주주의 발전이요, 그 순수성은 길이 빛날 성질의 것이었지만, 5월혁명은 성공하면 구국의 대업을 이루어도 실패하면 민주주의에 오점만 찍을 뿐 아니라 그 뒤에 암담한 민족운명을 당국자나 국민이 함께 우울하지 않을 수 없는 건곤일척의 성질의 것임은 누구나 알고 있다. 여기에 혁명정부의 가는 일이 백성에게 믿음과 안타까움을 교체시키고 안심과 지원의 뒤에 연민과 불만을 또한 가지지 않을 수 없게 하는 까닭이 있다.

혁명정부가 4월혁명 계승을 공언하면서 구자유당계 인물의 우선 등용으로 반 4월혁명의 길을 걷는 것은 알 수 없다. 어느 한 정당을 두둔해도 안 되고 배격해도 안 되며 쓸 사람을 골라 써야 한다. 이것은 혁명정부가 주체세력을 위하여 자유당 시대의 자료에 의하여 인선의 한계를 지나치게 설정하고 새로운 인의 장막에 가려지지 않나 하는 생각을 자아내는 바 있다. 인용하등人用下等하고 승기자勝己者를 염厭하는 폐풍이 또 다시 일어나지 않게 해야 할 것이다.
"생선이 썩으려면 더 빨리 썩는다"는 말이 있다. 권력의 맛을 보고 나서 "나는 권력에 욕심이 없다"고 장담하기란 쉬운 일이 아니다. 《채근담》에도 그런 말이 있다. "산림山林의 낙을 말하는 자는 아직 산림의 참맛을 체득한 사람이 아니요, 명리의 말을 싫어하는 자는 아직 명리의 정精을 다 잊지 못한 사람"이라고.
사람됨이 문제지 군과 민이 어디 따로 있는가. 군인도 군복 벗으면 민이요. 민간인도 군복 입으면 군인이다. 더구나 정치란 좋은 의미의 권력욕에서 이루어지는 것이라면 거취를 솔직하게 표명하는 것이 더 군인답고 순수하다. 변질하지 않고 구국의 정치인이 될 신의만 지키면 된다. 눈치만 보고 어물어물할 일이 아니다.

뭐니뭐니해도 공산주의와 싸우는 데는 언론문화의 자유가 최대무기라는 것이다. 언론인의 공죄를 자기들도 알 것이다. 그 망동이 너무 두려워 언론과 문화에 통제를 지나치게 강화하면 그를 통해서 듣는 밑으로부터의 바른 여론의 길이 봉쇄되는 손해가 더 크다. 혁명정부는 제약했던 언론과 문화의 자유를 늦추고 여론을 취사선택하는 신념과 원칙을 확고히 붙들어 매진하면 득은 있고 실은 없을 것이다.

일관성을 가져야 한다. 개과천선은 좋지만 조령모개는 곤란하다. 여론을 안 듣는 듯 하면서 실상은 여론을 몹시 타고 여론에 비위를 맞추는 일이 곧잘 있다. 강제란 것은 신중해야 되는 것인데, 강제했다가 풀어놓을 때는 너무 물러서 모처럼 했던 강제가 보람없이 되어서는 안 된다. 과단성 있는 추진력도 이렇게 일관성 없는 근시안적인 임시고식책의 변동이 돼서는 딱한 일이 아닐 수 없다.

조지훈은 이 글에서 군정 당국의 문화정책에 대해서도 비판의 메스를 들었다.

몇 번 혁명이 터져도 혁명이 한 번도 없이 구태의연한 것은 문화계다. 인간개조에 문화혁명이 도외시된 것은 불성설이다. 고육정책·예술정책·종교정책은 대폭 수정이 있어야 한다. 탁상이론과 정책원칙 수립의 지연과 전철을 밟는 방법과 분규 당사자를 놓고 일방을 두둔하는 단합 종용으로 그 성과는 유야무有若無가 되고 말았기에 말이다.

구체적으로 말하면 예총은 전 '문총文總'보다 더 나쁘게 개편되었다. 순수한 문학예술을 한다는 이를 도와주지는 못할망정 그 자존심마저 꺾은 결과가 되었으니 말이다. 문총이 말기에 자유당의 앞잡이로 임화수를 문교장관까지 밀었다는 것은 웃지 못할 일이거니와 이것도 연예단체가 중심이 되어 한 짓들이다.

혁명 직후에 예술인 동원을 요청하는 기구와는 별도로 단체 활동의 전비前非의 맹점을 시정한 항구적 정상방안을 강구하지 않은 것은 중대한 과오다. 덮어놓고 통합시켜 모든 예술인을 배우로 만들려 한 것은 육성이 아니라 모욕이었다.
진정한 예술가가 가난에 쪼들리면서도 사도斯道에 정진하는 것은 예술하는 긍지 때문인데, 혁신하는 것은 하나도 없이 이 긍지마저 꺾은 결과가 된 혁명정부의 예술정책은 일단 실패를 자인하지 않을 수 없을 것이다.[182]

민족문화연구소장, '한국문화사대계' 발간

학자의 역할은 전문분야를 탐구하고 가르치는 일도 중요하지만 자료를 발굴하고 연대하여 연구업적을 묶어 문화발전에 기여하는 것도 못지않게 중요하다. 조지훈은 1962년 고려대 한국고전국역위원장에 선임되었다. 한국고전국역위원회는 1957년 유진오 총장에 의해 고려대학 부설기관으로 설립되어, 초대 위원장 이종우 교수, 2대 정재각 교수에 이어 조지훈은 3대 위원장에 선임되었다.

한국고전국역위원회는 "우리 고전을 우리 손으로 정리하고 전수하겠다."라는 목표로 설립되어 그동안 한국국역총서 제1집《대전회통大典會通》과《율곡성리학 전서》등을 국역으로 간행하였다. 조지훈은

---

182)《신사조(新思潮)》, 1962년 9월호.

1963년 한국고전국역위원회를 확대하여 '민족문화연구소'로 개칭하고 초대 소장에 취임하였다. 그의 민족문화연구소 설립은 우리 나라 '민족문화'로서는 일대 경축이 아닐 수 없게 된다. 《한국문화사대계》7권이 그의 사후에까지 간행되었기 때문이다.

그는 1945년 광복 이후 1970년대까지 한국학계에서 나온 3대 업적으로 한글학회의 《큰 사전》, 진단학회의 《한국사》와 함께 민족문화연구소의 《한국문화사대계》를 꼽을 정도로 학계는 물론 민족문화사적인 쾌거를 해냈다. 조지훈은 《한국문화사대계》의 발간을 위해 동분서주했다. 여기에 참여했던 홍일식 교수의 회고담이다.

> 조지훈 선생은 결코 단순한 시인이 아니에요. 지금의 삼성동 무역회관 앞에 있는 봉은사에서 《한국문화사대계》의 마스터 플랜이 짜여졌어요. 그땐 동대문에서 전차 타고 뚝섬까지 가서 배 타고 가곤 했지요. 예전엔 절에서 취향이 있고 해서 우리는 자주 그곳에 모였어요. 선생은 문화사라는 특수사를 쓰는 데 뜻이 있었어요. 통사가 아니라 분류사로서 한국문화사를 세분해서 다루자는 것이었지요.[183]

《민족문화사대계》의 의욕적인 편찬 작업은 조지훈의 선구적인 기획과 유진오 총장의 지원 그리고 《동아일보》 사장 김상만이 당시로는 거금인 120만 원의 후원금을 쾌척함으로써 가능했다.

1964년부터 시작한 편찬 작업은 조지훈 사후인 1972년까지 만 8년에 걸쳐 총 7권으로 이루어졌다. 우리 문화 가운데 중요한 12개 부문을 선정하고, 이를 밀접한 관계를 가진 2부문씩 묶어 6권을 만들었으며, 7권에는 증보·색인편을 마련하였다.

---

183) 조광렬, 앞의 책, 426쪽.

1964년에 간행된 제1권은 민족·국가사로서 〈한국문화의 지리적 배경〉(노도양), 〈한국민족의 체질·인류학적 연구〉(라세진), 〈한국문화의 고고학적 연구〉(김원룡), 〈한국민족형성사〉(김정학), 〈한국고대국가 발달사〉(김철준), 〈한국민족운동사〉(조지훈)의 6분야로 이루어졌다.

1965년에 나온 제2권은 〈한국정치사상사〉 등 8분야, 1968년에 나온 제3권은 〈한국농업기술사〉 등 10분야로 각각 간행되었다. 조지훈은 3권까지 나온 것을 지켜보고 눈을 감았다. 《한용운전집》을 기획·추진하다가 햇볕을 보지 못했던 것처럼, 이번에도 그랬다. 《한국문화사대계》에 관한 평가다.

> 이 책은 우리 민족의 기원으로부터 대략 개화기 전후시기까지를 연구대상의 시기로 삼아, 70명에 달하는 전문연구자들이 각각 전공부문에 대한 정리를 함으로서 민족문화 이해의 폭을 넓히는 데 공헌하였다.
>
> 또한 이 책은 그 체제에 있어 일반사로서 역사적인 현상의 인과관계를 다룬 것이 아니라, 우리 문화 전반을 12개의 부문으로 구분하고 이를 다시 수십 개의 특수사로 나누어 서술하는 분류사 체재로 엮음으로써 종합문화사적인 특징을 가졌다고 하겠다.
>
> 이 책은 광복 이후 한국학계가 식민사관을 극복하고, 한국사를 세계사적인 보편성 속에서 이해하면서 우리 역사의 독자성을 찾아가려고 노력하던 시점에서 이루어졌다. 여기에는 1960년대에 민족주의론이 활성화되면서 민족의 구체적 실체를 밝히고자 하는 학계와 사회의 전반적인 요구가 투영되어 있다. (…)
>
> 결론적으로 이 책은 1960년대 이후 1970년 초까지의 정치상·사회상을 학문에서 반영하고 있는 바, 각 특수분야사를 분류사체제로 엮음으로써 민족문화의 자기인식 수준을 높임과 동시에, 당시 한국학 연구를 종합하고 촉진하는 데 기여하였다 할 것이다.[184]

방대한 '한국민족운동사' 저술

조지훈은 1964년 11월 3일 간행된 《민족문화사대계》 제1권에 〈한국민족운동사〉를 집필하였다. 국판 300쪽 분량의 방대한 이 논문은 제1권의 547쪽부터 836쪽에 걸쳐 게재되었다. 그러니까 5 · 16쿠데타 이후 암울한 시대적 분위기 속에서 이 민족운동사 − 독립운동사를 구상하고 집필한 것이다.

그의 여러 분야의 업적 가운데서 〈한국민족운동사〉는 역사 전공자가 아니면서도 투철한 역사관과 사료를 바탕으로 쓴 독립운동사라는 데서 또 다른 평가를 받고 있다. 그가 민족운동사를 쓰게 된 동기 · 배경을 강만길 교수는 다음과 같이 정리한다.

> 첫째, 그는 일제시대를 비교적 민족주의적 환경 속에서 산 사람이다. 그는 1920년대의 민족운동전선에 나타난 민족유일당으로서의 신간회운동에 참여하였던 조헌영의 차남으로서 어릴 때부터 민족운동의 현장을 배울 수 있었다. (…)
> 둘째, 그는 어느 시인들보다 비교적 뚜렷한 역사감각을 가진 사람이었다. 해방 직후의 문단생활에서는 우익진영의 선봉에 서서 활약함으로써 사상적 혼란기를 선명하게 살았다. 이 선명한 삶이 역사를 쓰는데, 특히 민족운동사를 쓰는 데 반드시 유리한 조건이 될 수 있는가 하는 문제는 차치해 두고라도 이런 과정을 통하여 역사감각이 예민해졌고, 또 그것이 바탕이 되어 자유당 정권의 반역사성을 정확하게 파악하고 항거하게 하였던 것이며, 더 나아가서 민족운동사를 쓸 수 있는 시인이 되게 한 것이라고 생각할 수 있을 것이다.
> 셋째, 그는 민족운동사를 쓰는 데 필요한 가장 유리한, 그리고 유일한 자료를 가지고 있었다. 그가 해방 직후 고향인 영양에서 자치단체

---

184) 김채윤, 〈한국문화사대계〉, 《한국 민족문화대백과사전 24》, 53쪽, 1993.

를 만들어 일제의 관공서를 모두 접수하였을 때 경찰서 서고에서 입수한 〈고등경찰요사〉가 그것이다.[185]

조지훈이 이 글의 〈예언例言〉에서 밝혔듯이. 이 논문은 갑신정변 (1884)으로부터 을유해방(1945)까지 만 60년의 근대민족운동사를 종합 정리하고 있다. 서설에 이어 제1편에서는 경술국치까지, 제2편에서는 3·1혁명 전후, 제3편은 항일투쟁과 해방까지를 다루었다. 목차를 통해 이 글의 구성을 알아보자.

서 설
一. 민족의 형성과 민족의식
二. 근대민족운동의 발단
三 . 근대민족운동의 유형

제1편 민족자위항쟁사
一. 갑신정변과 근대화운동의 풍운
二. 동학의 민중봉기와 민족의식
三. 갑오경장과 보수적 민족항쟁
四. 독립협회의 민권항쟁
五. 러·일의 마수와 자위운동
六. 을사보호조약의 반대투쟁
七. 군대해산과 의병투쟁
八. 경술국치와 인민의 반항

제2편 민족해방투쟁사
一. 국외망명지사의 투쟁사

---

185) 강만길, 〈지훈과 '한국민족운동사'〉, 김종길 외,《조지훈 연구》, 243~244쪽.

조지훈은 이 글의 〈서설〉에서 다음과 같이 민족운동사의 의미를 부여한다.

민족운동사는 우리 역사를 대對 이민족 투쟁사 및 민족의식 발달사의 과정에서 고찰하려는 것이다. 그러므로 그것은 마침내 민족항쟁

---

186) 고려대학교 민족문화연구소, 《한국문화사대계 1》, 547~548쪽, 1964.

사, 곧 독립운동사에 귀결된다.

우리가 이 문제를 고구함에 앞서 부딪치는, 선결하지 않으면 안 될 문제는 이러한 민족운동사는 어느 시대에서부터 기필起筆해야 하는가라는 문제이다. 우리 선민先民의 대 이민족 투쟁은 아득한 상고에서부터 있었기 때문이다. 그러나 그러한 대 이민족 투쟁을 한 주체인 우리 선민의 집단투쟁이 민족의식의 자각에 의한 집결이 아닌 한, 그것은 민족항쟁이란 이름에 값할 수는 없는 것이다. 다시 말하면 민족항쟁사는 민족의 형성을 전제 조건으로 할 뿐 아니라 민족의식의 자각을 핵심으로 한다.[187]

어느 한가한 겨울날 서가에서.(1967)

---

187) 앞의 책, 550쪽.

'당신들 세대만이 더 불행한 것은 아니다'

박정희가 혁명공약을 뒤엎고 민정에 참여하면서 한국의 정치 정세는 다시 난기류에 휩싸였다. 1962년 12월 17일 국민투표를 통해 새헌법을 만든 박정희는 민정참여와 불참문제로 몇 차례 번의를 거듭한 끝에 1963년 2월 26일 사전에 조직한 민주공화당을 중심으로 재집권에 나섰다.

야당의 윤보선 후보와 접전 끝에 15만여 표 차이로 대선에서 승리한 박정희는 1963년 12월 17일 제5대 대통령에 취임하여, 이른바 제3공화국 시대를 열었다. 이에 앞서 1962년 11월 중앙정보부장 김종필과 일본 외상 오히라 사이에 거래한 한일 '굴욕회담'의 내막이 1964년 3월, 야당에 의해 폭로되면서 정국은 격돌하게 되었다. 야당과 학생·종교계·문화인·지식인들이 참여한 한일 '굴욕회담' 반대 투쟁이 거세게 전개되면서 박정희 정권과 정면 대치하기에 이르렀다. 군사쿠데타 이후 처음으로 민주세력과 군부정권이 접전하게 된 것이다.

조지훈은 1963년부터 장준하가 발행하는 월간 《사상계》의 편집위원으로 위촉되었다. 《사상계》는 이승만 때부터 비판적인 정론지로써 지식인과 대학생들의 필독서처럼 사랑받은 종합지였다. 이 잡지는 박정희쿠데타 이후 더욱 필봉을 벼리어 군정세력을 비판하고 민주주의 이념을 전파하였다.

장준하는 1963년에 편집위원 제도를 신설하여 당대 비판적 지식인들을 위촉하고 주요 필진으로 대우하였다. 조지훈이 위촉되었을 당시의 편집위원은 김성한 · 김영록 · 신일철 · 안병욱 · 여석기 · 이극찬 · 이만갑 · 조지훈 · 현승종(가나다 순)이고, 주간은 양호민이었다. 하나같이 당대의 명사 논객들이었다. 훗날 편집위원이 교체되고, 그중 일부는 변절하였지만, 세간에서는 《사상계》 편집위원이 박정희 내각보다 우수 인재들이란 평이 따랐다.

조지훈은 앞에서도 보았듯이, 1962년 12월호 《사상계》에 〈당신들 세대만이 더 불행한 것은 아니다 – 불운의 3대에 보내는 공개장〉을 썼다. 이 글을 쓰게 된 시대적 배경을 보면, 군사정권이 구악을 일소한다는 거사의 명분과는 반대로 '4대의혹사건'을 비롯하여 "구악이 신악을 뺨친다"는 속언대로 부패하고, '원대복귀'의 약속과는 달리 민정참여를 노골화하면서 정국은 더욱 어지러워졌다.

4월혁명을 주도했던 학생들은 좌절과 절망감에 빠지고 어디에서도 희망의 싹은 보이지 않았다. 거리에는 실업자가 넘치고 쿠데타 주체들은 부패하여 신흥귀족이 되었다. 마치 2010년대 한국 청년들이 '5포시대'를 겪고 중년들은 비정규직, 노인들은 생활고에 시달리는 것과 비슷한 상황이었다. 이 글은 오늘의 고뇌하는 3대와 오버랩되면서 어느 대목도 놓치지 어렵지만, 그래도 심정적으로 와 닿는 내용을 골랐다.

오늘, 우리가 흔히 볼 수 있는 60대와 40대와 20대 ― 이 부 · 자 · 손 3대간의 감정적 간격과 알력도 그렇다. 이 3대는 각기 자기 세대가 이른바 4천 년 역사 중 최악의 시대에 태어난 불운아들이라고 서러워하고 탄식하고 또 분노한다. 하기는, 그 3대의 얘기를 들어보면 그렇게 생각하는 까닭이 있고 그 까닭은 모두 다 이내 이해가 가는 것이 사실이어서 어느 세대가 더 불행하고 어느 세대가 더 행복하다고 등급을 따질 수가 없게 된다.

다만, 우리가 말할 수 있는 것은 이 3대가 하나같이 불행한 세대란 것이다. 불행한 세대끼리 내가 더 불행하다고 우기는 것이 그 불행을 극복하는 것과 무슨 관계가 있느냐는 문제다. 우리 세대가 가장 불행하니 동정하고 이해해 달라면 문제는 없다. 그러나, 가장 불행하니 가장 고생을 했고 가장 올바른 경험을 쌓았으며 올바로 보았으니 우리 세대의 주장만이 관철되어야 하고 우리 세대가 주도권을 쥐어야 한다고 고집한다면 얘기는 달라진다.[188]

서러운, 억울한, 방황의 세대에게

조지훈은 유려한 필치로 3대의 불운의 원인과 계기, 위치와 공과를 밝히고 비교하면서 절충하고 이해를 도모한다. 그는 먼저 60대를 '서러운 세대'라고 부르고, 40대를 '억울한 세대', 20대를 '방황의 세대'라고 작명한다. 그리고 역사적 사실을 들어 이를 설명한다.

서럽기로 말하면 60대보다 서러운 세대는 없을 것이다. 이 세대를 서러운 세대라 하는 것은 그분들이 이 3대 중에 가장 나이 많아 먼저 사라질 세대라 해서 그런 것만은 아니다. 60대의 마지막인 육십 구세는 1894년생이다. 이 해는 주지하는 바와 같이 우리나라 근대사의 분수령이라는 갑오경장의 해로서 동학혁명·청일전쟁·갑오경장이란 이름으로 계속되는 극동의 풍운이 휘몰아치던 때요, 개화의 해이며 망국의 비운이 비롯되기 시작하던 때이다.

그들은 10대에 을사조약, 병오·정미의 의병항쟁, 경술의 한일합방이란 슬픈 역사를 겪는 불운에 빠졌다. 그들은 업혀서 피난을 다녔고 서당에서 글을 배우고 부모의 강제로 조혼을 했었으며 상투를 깎고

---

188) 《사상계》, 1962년 12월호.

종아리를 맞고 도망질을 쳐서 신학문을 배웠으나 그들이 학교를 나왔을 때는 이미 쓰일 곳 없는 몸이었다.

애정 없는 결혼을 박차고 이혼을 하느니, 나라 없는 슬픔을 망명의 길에 뿌리느니, 이 모두 결코 적지 않은 고민과 고통이었다. 친일의 주구走狗가 되어 거드럭거리거나 지조를 지키느라 술통에 빠져 세월을 무심히 보냈으니 그들은 나라 없는 비극의 첫 희생자들이 되고 만 것이다.

이어서 40대의 혁사적·현실적 위치를 분석한다.

오늘의 40대가 민족 해방을 맞은 것은 스물세 살을 넘어서였다. 그렇게 기다리던 해방도 우리의 암흑과 겁에 질린 마음을 풀어 주지는 못하였다. 삼팔선이 생기고 이내 좌우익이 분열되고 반탁이냐 삼상회의 지지냐로 테러가 쏟아지고 10·1 폭동, 여수·순천 반란사건으로, 마침내 6·25동란으로 동족상잔의 피비린 싸움은 천벌로 내려졌던 것이다. 이리하여, 40년 동란 속에서 40대를 넘어선 그들이 50줄을 바라볼 때 그들은 기성세대 물러가라는 그 기성세대에 어쩔 수 없이 끼어들지 않을 수 없었던 것이다.

오늘 60대가 대학생일 적에는 그들은 구국의 지사를 자임하였다. 그러나, 오늘의 40대는 대학 시절에 스스로를 엽전葉錢이라 불렀다. 돈은 돈이지만 쓰지 못하는 돈 엽전이 바로 그들의 신세라는 기막힌 자조였다. 구국의 지사거나 엽전이거나 다 나라가 없기 때문에 생긴 자칭이지만 그 의기는 하늘과 땅 사이였다. 이로써 40대가 처한 역사적 불행이 60대의 그것에 비하여 얼마나 달라졌던가를 짐작할 수가 있을 것이다.

마지막 세대인 20대에 대한 분석이다.

방황하기로 말하면 20대보다 더 방황하는 세대는 없을 것이다. 오늘 20대의 마지막인 스물아홉 살은 1934년생이다. 이 해는 갑술년, 태평양 전쟁이 터지기 7년 전으로 그 전초전이 바깥에서는 불타고 있어도 감옥 속의 평화일망정 소강 상태에 있었다. 그러나, 그들도 열 살 안팎에 가열한 전쟁을 겪기 시작했고 오늘 스무 살 짜리는 바로 그 전쟁 속에서 태어났던 것이다.

그들은 민족의 역사를 모르고 자랐고, 따라서 민족 의식의 뼈아픈 항쟁을 체험하지 못했다. 그들은 열 살 안팎에 해방을 맞았고 자유란 이름의 괴물을 보았던 것이다. 철이 들기 전부터 좌냐 우냐, 반탁이냐 찬탁이냐, 보수냐 진보냐 하는 이러한 대립의 혼란 속에서 방황하게 되었고 그 방황은 아직도 기댈 신념의 기둥을 못 세우고 있는 것이다.

조지훈은 '불운의 3대'가 서로 위로하고 조화하여 시대적 난국을 극복해 나갈 것을 조언한다. 오늘의 시점에서도 가슴에 와 닿는 부문이다.

불운의 3대는 서로를 좀더 성의 있게 관찰하고 이해하고 인식함으로써 위로의 손길로 서로 어루만지며 각자에 주어진 새롭고 정당한 사명의 횃불을 만들어야 한다. 당신들 세대만이 더 불행한 것은 아니다. 어느 한 세대만이 혼자서 감당할 수는 없는 일이다.

잘되면 내 덕이요 못 되면 조상 탓한다는 옛말이 있거니와 이 괴로운 세상, 불운한 나라에 왜 나를 낳았느냐고 대어든다면 어느 부모 조상인들 할 말이 있을까마는 태어난 이상에는 이 무거운 짐을 회피할 수는 없는 것이다. 운명이란 회피할수록 더 혹독해진다. 그 운명 앞에 당당히 서서 네 가혹할 테면 더 가혹해 보라고 내어 맡기고 일어설 때만 불행은 극복된다.

불운한 3대여! 그대들은 아니 우리들은 쇄국과 개화의, 억압과 해방의, 분열과 통일의 과도기에 이 땅에 나서 희생한 세대들이다. 우리의 3대가 모조리 우리의 꿈을 못 이루고 죽어 갈지도 모른다. 한국의 쇠운을 타고난 사람들과 원수의 고문에 병든 사람들과 전쟁에 시달린 고아들에게 언제 이 죄없이 진 십자가가 벗겨질 것인가. 그러나, 우리는 성실한 의지를 다하여 민족의 정기를 전하여야 한다. 해방 후에 태어난 그 어린 세대에게 기대를 걸고 부끄러움 없는 선배가 되어야 한다.189)

'어떤 길이 바른 길인가'

조지훈은 《사상계》 1963년 3월호에 〈어떤 길이 바른 길인가— 이 길을 갈까, 저 길을 갈까, 그것은 언제나 너 자신이 우선권을 쥐고 있다〉는 시론을 썼다. 방황하는 젊은 세대뿐만 아니라 지식인과 언론인들이 정도를 버리고 현실에 타협하거나 굴종하는 모습을 지켜보면서 이들에게 경종을 울리는 내용을 담았다.

이 길이든 저 길이든, 우리가 찾는 길은 우리의 역사적 현실에 가장 적합한 길이어야 한다. 그러므로 이 길은 우리를 위하여 우리의 풍토에 맞추어 우리 손으로 닦은 길이 최선의 길이라는 것이 대원칙이지만, 이와 같은 길은 기성 이데올로기의 강력한 힘이 혐오하고 저해하고 봉쇄하고 파괴하려는 길이다. 그러나 우리는 조상이 닦아 놓은 길이든 외국 사람이 닦아 놓은 길이든 간에 그것을 오늘 우리가 가야 할 길로 선택할 때는 대폭으로 수정하지 않으면 안 된다.
오늘 우리가 찾는 길은 그 길을 처음 닦을 그때의 역사적 풍토와 그 사람들의 시점과는 많이 달라졌기 때문이다. 역사의 물길이 바뀌면

---

189) 앞과 같음.

우리는 거기에 맞추어 교량을 새로 놓아야 하고 우회하는 길은 단축해야 하고 험준한 길을 완화해야 한다.

목적지를 향하여 장애를 피하면서 최단거리의 길을 희구하는 것은 모든 사람의 본연의 소망이다. 그러나 예나 이제나 몰락의 길은 평이하고 향상의 길은 간고하다. 눈앞의 평탄에 속아 절망의 길을 자취하지 말고 처음에는 험난하더라도 초극의 길을 잡아야 한다. 이 길을 갈까 저 길을 갈까, 그것은 언제나 너 자신의 이니시어티브를 쥐고 있다. 그러나 그것은 너 자신만의 길이 아니고 민족 전체의 길에 연결되어 있다.

이 길을 갈까 저 길을 갈까 하는 문제는 그 길의 도입구에 대한 회의와 준순浚巡에 있지 않고, 그 길의 종착점에 펼쳐질 모든 가능성의 시비우열에 대한 비교검토에 있는 것이다. 회의와 준순으로 나태와 우수에 젖지 말고 신념과 자율로써 초극과 회심의 미소를 찾자. 이것이냐 저것이냐가 아니라 그 마음의 저 편에 있는 한 길을 붙잡아야한다. 그 길은 의지의 일도一刀를 들어 양도논법의 간지奸智를 타쇄打碎할 때만 탄연坦然한 것이다.

조지훈은 학생·지식인들이 걸어야 할 정도正道를 제시한다.

두 가지의 커다란 상반된 길이 놓여 있을 때 사람들은 대개 그 어느 길도 아닌 중간 길을 취함으로써 제삼의 길을 찾고자 한다. 그것은 곧잘 절장보단折長補短이니, 시시비비니, 엄정중립이니, 중용지도니 하는 이름으로 표방되고, 가장 공정하고 슬기로운 태도로 선전된다. 그러나 이 중간의 길에 있어 자각하지 않으면 안 될 것이 두 가지가 있다.

역사상의 세력 투쟁에 있어 양극단이 서로서로 양보하여 절장보단으로 지양 종합된 적은 한 번도 없다는 것이다. 아니 그렇게 지양 종합될 수 없다는 것을 가르친 것이 변증법적 발전 그 자체인 것이다. 정과 반의 합은 언제나 정의 내부의 모순적 존재인 반의 세력이 확대되어 그 반이 정을 타도하고 그 일자—者에 의한 타자의 자기에의 종속적 합이 이루어질 따름인 것이다. 양자 투쟁이 국외에 중립할 힘과 여건이 갖추어져 있다면 모르지만 그 틈바구니에서 엄정 중립이란 것은 있을 수 없다는 것이다.

뿐만 아니라, 중용지도란 것은 어느 쪽에도 치우치지 않은 수학적 의미의 엄격한 절반인 중간을 의미하는 것이 아니라는 점이다. 다시 말하면, 중용지도는 오른쪽이나 왼쪽이나 어느 쪽이든 한 쪽에 치우치면서도 성립되는, 아니 그렇게 함으로써 오히려 더 실질적인 중용이 될 수가 있는 것이다.

꼭 같은 무게를 양쪽에 달아 놓고 그 저울대의 한 중간을 들어서 균형을 잡는 중용이란 관념상의 것이요, 중용지도는 언제나 '시중時中'인 것이다. 그 때 그 장소의 그 비중을 보아서 중을 잡자면 그 중용의 저울에 다는 물건의 무게에 따라 알맞은 자리에 저울추가 놓여질 때만이 평형을 얻는 것이다. 질적으로나 양적으로나 다른 상반된 것을 양쪽에 매달아 놓고 엄정중립으로 중용을 잡겠다는 것은 허망한 관념의 논리인 것이다.

조지훈은 '충忠'에 대한 새로운 인식과 가치관을 제시한다.

우리가 국난에 임해서 취할 신조는 예나 지금이나 오직 '충성'이란 두 자가 있을 뿐이다. 상반된 주장, 상이한 시대를 넘어서 수긍되고 찬탄되는 덕은 충성 − 신념에 찬 그 진기盡己의 인간성 때문이다. 충성이라 하면 무슨 군주에게나 바치는 정성인 줄 알지만 자기를 다 바치는 것이 충이요 힘을 다하는 것이 성이라는 것이다. 진기와 갈력竭力으로 그의 행동이 조국에 바치는 열모熱慕로 나타날 때 그 길이 어느 길이든 모든 파벌을 초월하여 숭앙되지 않을 수 없는 것이다. 어느 길을 찾을까 하고 고민하는 사람은 그 고민이 무엇 때문인가부터 자각해야 한다.

어느 길을 가야 돈이 생길 것인가 어떤 길을 잡아야 명예가 높아질 것인가를 생각한다면 그것은 또 그대로의 길이 따로 있을 것이다. 집을 팔든지 나라를 팔든지 남을 속여 먹든지 그 가치관에는 아무런 주저와 허물도 없을 것이다. 그러나 길을 찾는 고민이 조국애에 있거든 어느 때 어떤 방향에도 다 통해 있는 이 충성의 길을 잡아야 한다.[190)]

'세대교체론'의 당위와 허위 논파

박정희 세력은 혁명공약을 저버리고 정권 연장을 도모하면서 이른바 '세대교체론'을 내세웠다. 자신들이 타도한 정권 세력을 구세대라고 몰아붙이고 자신들을 신세대라 칭하면서 세대교체론을 제기하였다.

세대교체론은 전두환의 5공시대에도 신군부세력과 이에 동조하는 사이비 언론 · 정치학자들에 의해 기성 정치인들을 몰아내려는 정치적 술책으로 이용되었다. 세대世代를 능력이나 정신에서가 아닌 자연적 연령을 기준으로 하는 생물학적 셈법이다.

조지훈은 쿠데타 세력에 의해 시대교체론이 한창일 때 문화방송(MBC)에 출연하여 이에 대한 시비를 가렸다. 당시 그는 43세의 중년이었다.

요즘 한창 떠드는 세대교체론은 두 가지 뜻이 있는 것 같다. 그 하나는 늙은 기성세대를 대신하여 젊은 신진세대가 교체해야 된다는, 말하자면 생물학적 세대교체론이요, 다른 하나는 이미 실험해 본 낡은

---

190) 《사상계》, 1963년 3월호.

242

식견의 구인물들은 물러나고 시험해 보지 않은 새로운 이념의 신예 인사가 등장해야 한다는, 이를테면 이성적인 세대교체론이 그것이다. 앞의 것 생물학적인 세대교체론은 내버려 두어도 늙으면 물러가게 되어 절로 세대교체가 되기 마련이다. 그러나 이념적인 세대교체론자의 눈으로 볼 때는 이렇게 늙어서 쓰지 못하도록 된 다음에 물러가게 되는 세대교체는 그 인사들이 영도하는 시기에 젊은 세대가 정치적으로 들어가 구세대와 동화되기 때문에 구세대의 타성을 이어받아 같이 때가 묻으면서 늙어가는 새세대는 나이만 젊었다뿐이지 정신적으로 신세대가 되지 못하고, "따라서 이념적인 세대교체는 백년하청이 된다"고 본다. 사실 늙은 세대는 완고한 집념으로 젊은 세대를 누르고 자가自家의 심부름만 시켰지, 자진해서 일선에서 물러나 젊은 세대를 밀어주는 아량을 보이지 않는 것이 상례이다.

그래서 이념적인 세대교체론자들은 이를 전취하려고 한다. 이 인위적인 세대교체론의 방향이 혁명이란 이름으로 구세대 인물의 희생을 강요하는 줄로 안다. 다시 말하면, 비민주주의적인 방법으로 세대교체를 강행한다는 것이다.

그러나 이념적인 세대교체론은 그 이념이 현실화 되기 전에는 즉, 현실에 맞는 명확한 방향과 이론의 체계를 보여 주지 않는 이상 사회는 그 이념적 교체를 승인하려 들지 않는다. 세대교체를 반대하는 구세대의 눈으로 볼 때는 연소기예가 나서야 한다는 세대교체론은 젊은 패가 집권하기 위한 고려장高麗葬 운동 같은 것이요, 하룻강아지 범무서운 줄 모르고 천둥벌거숭이들의 양두구육판이라고 본다.

조지훈은 군사쿠데타 주체들이 정략적으로 내세우는 세대교체론을 "천둥벌거숭이들의 양두구육판"이라고 비판한다.

이념적인 세대교체론이 내세우는 새세대는 구세대의 부패와 무능과 소극적인 고식책에 비해서 청신하고 패기 있는 적극적인 행동의욕은 있어 보이나 늙은이의 풍부한 경험과 예지와 능숙한 견제를 도움받지 않고 이를 분별없이 무조건 배제하는 독신론은 무능한 구세대가 안 물러가겠다는 것과 마찬가지 집권욕에 치우친 것 같다.

구세대고 신세대고 간에 거창한 소리를 내세우고 하는 것 없이 나랏돈 집어먹기에 눈이 벌건 것은 공통된 것 같다. 이래 가지고야 세대교체를 한들 무슨 보람이 있겠는가.

조지훈은 생물학적 세대교체보다 정신적·이념적 세대교체의 가치를 더 중요시한다.

정상한 의미의 세대교체는 무리 없이 저절로 이루어지는 방향으로 추진하면서 그 교체를 시기적으로 단축하고 이념적으로 개혁하는 것을 자극해야 한다. 이 시기적인 단축과 이념적 개선이라는 인위적 자극은 두 세대의 협동으로서만 가능한 것이다. 그러므로 나는 구세대를 향해서 "늙었다, 물러가라"라는 생각을 항상 지니라고 권하고 싶다.

군사정부에 대해서는 "좋은 충고를 듣자"라는 마음을 항상 가지라고 권하고 싶다. 피차간의 성실한 마음가짐만이 국가 만년대계를 위해서 필요하기 때문이다.

4월혁명 이후 "기성세대 물러가라"는 구호는 갑자기 높아 5·16을 거쳐 이 세대교체론으로 발전하여 상당한 물의를 일으켰거니와 그 신뢰와 정당한 방향에 대해서는 이미 사회여론이 수긍하고 인식하고 있는 듯 하다. 신구 세대가 원만히 이해하고 협조하면 무리 없는 성공을 거둘 수 있을 것이다.[191]

---

191) 《조지훈전집 5》, 40~43쪽, 발췌.

저서 '돌의 미학' 선풍일으켜

조지훈은 1964년 5월 《돌의 미학》이란 수필집을 간행하였다. 그동안 여기저기에 발표하여 화제를 모았던 글을 묶은 것이어서 발간과 더불어 선풍을 일으켰다.

이 책은 1. 3동三冬의 변, 2. 우국의 서, 3. 아삼속사雅三俗四, 4. 전통의 흐름, 5. 적막한 이야기, 6. 대도무문으로 크게 나누었다. 표제작으로 《사상계》 1963년 12월 문예증간호에 실린 〈돌의 미학 – 풍상의 역사에 대하여〉는 조지훈의 풍류정신과 멋사상이 깃든 대단히 품격 있는 글이다. 한 편의 수필에서 자신의 철학과 사상을 풀어놓을 수 있는 글쟁이는 흔치 않을 것이다. 띄엄띄엄 골라본다.

돌의 맛 – 그것도 낙목한천落木寒天의 이끼 마른 수석瘦石의 요경을 모르고서는 동양의 진수를 얻었달 수가 없다. 옛사람들이 마당어귀에 작은 바위를 옮겨다 놓고 물을 주어 이끼를 앉히는 거라든가. 흰 화선지 위에 붓을 들어 아주 생략되고 추상된 기골이 품연한 한 덩어리의 물체를 그려 놓고 이름하여 석수화라고 바라보고 좋아하던 일을 생각하면 가슴이 흐뭇해진다.
무미한 속에서 최상의 미味를 맛보고 적연부동寂然不動한 가운데서 전성벽력을 듣기도 하고 눈 감고 줄 없는 거문고를 타는 마음이 모두 이 돌의 미학에 통해 있기 때문이다.

내가 돌의 미를 처음 맛본 것은 차를 마시다가 우연히 바라본 그 바위에서부터였다. 선사禪寺의 다실에 앉아 내다본 정원의 돌이었다. 나의 20대의 일이다. 나는 한때 일본 경도京都의 묘심사에서 선禪에 든 적이 있었다. 천치백칙則 공안을 차례로 깨쳐 간다는 지극히 형식화된 일본선은 가소로웠지만 선의 현대화를 위해선 새로운 묘미가 아주 없는 것도 아니었다. 특히 흥미로왔던 것은 사뭇 유도처럼 매다 꼰지기도 하고 공부가 모자라 벌을 설 때는 한 겨울이라도 마당에 앉혀 놓고 밤을 세워 좌선을 강행시키는 그 조련에서 준열한 임제종풍 臨濟宗風의 살활검의 고조古調를 볼 수 있던 것이다.

그러나 얼마 가지 않아 나는 이 선禪의 수행에도 싫증이 났었다. 그래서 흥만 있으면 다실에 가서 다도를 즐기며 정원을 내다보는 것이 낙이 되었다. 일본의 정원미술은 다실과 떠나서 생각할 수 없고 다도는 선과 떼어서 생각할 수가 없는 것은 다 아는 사실이었다.

돌에는 피가 돈다. 나는 그것을 토함산 석굴암에서 분명히 보았다. 양공良工의 솜씨로 다듬어 낸 그 우람한 석상의 위용은 살아 있는 법열의 모습 그것이었다. 인공이 아니라 숨결과 핏줄이 통하는 신라의 이상적 인간의 전형이었다. 그러나 이 신라인의 꿈속에 살아 있던 밝고 고요하고 위엄 있고 너그러운 모습에 숨결과 핏줄이 통하게 한 것은 이 불상을 조성한 희대의 예술가의 드높은 호흡과 경주된 심혈이었다. 그의 마음 위에 빛이 되어 떠오른 이상인의 모습을 모델로 삼아 거대한 화강석괴花崗石塊를 붙안고 밤낮을 헤아림 없이 쪼아내고 깎아낸 끝에 탄생된 이 불상은 벌써 인도인의 사상도 모습도 아닌 신라의 꿈과 솜씨였다.

돌에는 맹렬한 의욕, 사나운 의지가 있다. 나는 그것을 피난 때 대구에서 보았다. 왕모래 사토砂土 길 언덕에 서 있는 집체보다 큰 바위였다. 그 옆에는 삐쩍마른 소나무가 하나 ― 송충이가 솔잎을 다 갉아먹어서 하늘을 가리울 한 점의 그늘도 지니지 못한 이 소나무는 용의 비늘을 지닌 채로 이미 상당히 늙어 있었다. 또 그 옆에는 이 바위보다도 작은 판잣집이 하나 있을 뿐이었다.

이 살풍경한 언덕길을 가끔 나는 석양배夕陽盃에 취하여 찾아오곤 하였다. 그 무렵은 부산에서 백골단 땃벌떼가 나돌고 경찰이 국회를 포위하여 발췌개헌안을 강제 통과시키던 소위 정치파동이 있던 임진년 여름이다. 드물게 보는 가뭄에 균열된 논 이랑에서 농부가 앙천자실한 사진이 신문에 실릴 무렵이었다.

그저 목이 타서 자꾸 막걸리를 마셨지만 술이란 원래 물이긴 해도 불기운이라서 가슴은 더욱 답답하기만 하였다. 막걸리집에 앉아 기우문祈雨文을 쓴 것도 무슨 풍류만이 아니었다. 이 무렵에 나는 이 사나운 의지의 돌을 발견하였던 것이다.

나는 그것이 자꾸만 열리지 않는 돌 문 앞에 매어달려 울고 있는 것으로 느껴졌다. 주먹으로 꽝꽝 두드려 보면 그 바위는 무슨 북처럼 울리는 것도 같았다. 이 석문을 열고 들어가면 맷방석만한 해바라기 꽃송이가 우거지고 시원한 바다가 열려 지는 딴 세상이 있을 것도 같았다.

나는 이 바위 앞에서 바위의 내력을 상상해 본다. 태초에 꿈틀거리던 지심地心의 불길에서 맹렬한 폭음과 함께 퉁겨져 나온 이 바위는 비록 겉은 식고 굳었지만 그 속은 아직도 사나운 의욕이 꿈틀대고 있을 것이다 하고. 그보다도 처음 놓여진 그 자리 그대로 앉아 풍우상설에 낡아가는 그 자세가 그지없이 높이 보였다. 바위도 놓여진 자리에 따라 사상이 한결같지 않다. 이 각박한 불모의 미가 또한 나에게 인상적이었다.

성북동 고개에 올라서서 성城돌에 앉아 우이동 연봉을 바라보는 맛, 삼선교에서 성북동 뒷산을 보며 황혼길을 걸어오는 맛은 동양화의 운치가 있다. 석산石山과 송림松林 위로 지나는 사계의 산기山氣 기운과 바람소리의 변화를 보고 들으며 내 암석사랑의 풍산의 열역閱歷을 샅샅이 알고 있는 옛 집에서 조용히 늙게 될까보다. 예지와 정열과 의지의 혼용체 – 이제사 전체로서의 바위의 묘경이 알아질 듯도 하다.[192]

---

192) 조지훈,《돌의 미학》, 15~23쪽, 발췌, 고려대학출판부, 1964.

어느 여름의 한때.(성북동 시절)

다양한 학문연구 '학자'의 위상

40대 초반에 이른 조지훈의 연구와 활동 분야는 해가 다르게 깊고 다양해졌다. 한국민족운동사에 이어 국어국문학·민속학·한국사상으로 확대되었다. 국학연구의 성과는 젊어서부터 다양한 독서와 탐구가 온축이 되어 이루어진 것이지만, 평생의 전공자들도 이루기 어려운 학문적 결실을 그는 50세 이전에 해냈다.

그는 1964년 동국역경원위원으로 위촉되어 활동하였다. 고려대 민족문화연구소 소장과, 동국역경원에 참여하면서부터는 정치나 사회현상보다는 학문연구에 오로지 하는 한편 제5시집 《여운餘韻》과 《한국문화사서설》을 간행하였다.

조지훈이 시인이고 논객이면서 학자로서의 평가를 받게 된 것은 그의 다양한 학문적 업적 때문이다. 좀더 장수하고 평온한 시대였다면 그는 학자로서 대성하였을 것이다. 정치적 혼란과 개인적 불우 속에서도 젊은 시절부터 학구의 역량을 보여주었다. 18세의 젊은 나이에 〈된소리에 대한 고찰〉과 〈어원소고語源小考〉를 발표한 것을 시발로 1940년 〈신라의 원의原義와 사뇌가詞腦歌 기타〉를 지었다.

이어서 〈민족문화의 당면과제〉(1947), 〈민족성 개조의 방향〉(1948), 〈한국예술의 원형〉(1948), 〈신라국호 연구논고〉(1955), 〈신라가요 연구논고〉(1962), 〈누석단累石壇, 신수神樹, 당집 신앙연구〉(1963) 등을 잇달아 발표했다.

젊었을 때부터 그의 핵심 이데아는 국학國學이었던 것 같다. 망국기에 민족주의자의 집안에서 태어난, 어쩌면 운명적인 가업이고 과업이었을 것이다. 이것이 시와 수필의 형태로, 때로는 품격 있는 시사평론으로 쓰이기도 했지만, 마음 깊숙이에는 언제나 원형의 국학이 자리잡고 있었다. 그래서 학국사상사, 정신사, 한국의 멋, 한국불교사, 한국문화사, 한국민속학 등의 연구에 빠져들었다. 그리고 적지 않은 성과를 얻어냈다.

《조지훈전집》7권에 묶인 문화사 관련 논문은 1, 한국문화사 서설. 2, 한국사상사의 기저. 3, 한국예술의 흐름. 4, 한국문화의 논의. 5, 한국정신사의 문제. 6, 한국예술의 이해 등 총 6편의 중후한 논설이 실렸다. 또한 《조지훈전집》8권에 묶인 《한국학연구》에는 〈신라가요 연구논고〉, 〈신라국호 연구논고〉, 〈신라의 원의와 사뇌가에 대하여〉, 〈산유화가와 서리리탄 기타〉, 〈산유화고〉, 〈연정사蓮亭詞·욯 노래 해제〉, 〈어원소고〉, 〈어원수제語原數題〉, 〈한글 창제의 의의〉, 〈한국민속학 소사〉, 〈누석단·산수·당집 신앙연구〉, 〈서남 간竿 고攷〉, 〈투수전〉, 〈한국사상의 모색〉, 〈고전의 가치〉, 〈민족운동사에 나타난 보전普傳〉, 〈정토고향론〉, 〈동학의 사상사적 의의〉, 〈한국불교의 종파변천〉, 〈선禪의 예비지식〉, 〈멋의 연구 : 한국적 미의식의 구조를 위하여〉를 모았다.

이 책들의 목차에서 보이듯이 그의 학문적 넓이와 관심분야는 가히 국학·문화·예술·종교·민족운동사 등 전반에 이른다.

예컨대 〈신라국호 연구논고〉라는 논문을 보자. 1. 문헌에 나타난 신라 국호. 2, 신라 국호에 대한 제설. 3, 지명에 보이는 '신라'의 유음. 4, 신라 국호 표기의 변화. 5, 신라 국호의 원의. 6, 신라 국호의 기저 관념. 7, 신라 국호에 나타난 신라 건국 등으로 짜여 있다.

그의 제자인 인권환 교수는 스승의 '학문과 업적'에 대해, "사실 그가 관심을 가지고 연구한 분야는 국학이라 이름할 수 있는 전영역의 인문과학 내지 사회과학 전반에 걸쳐 있다. 물론 여기에서는 그의 현대문학에 대한 학문적 업적은 제외되었다."라고 평한다.

인권환 교수는 조지훈의 학문적 정신을 다섯 가지로 요약했다.

첫째, 그의 학문의 바탕에는 어느 경우를 막론하고 항상 조국애와 민족애 그리고 주체적인 민족의식이 기조를 이루고 있고, 또 그러한 기반에서 입론이 되어 전래되고 있다. 이와 같은 점은 학문에서뿐 아니라 시인 · 지사로서의 경우에도 마찬가지인데 이는 그의 정신의 공통분모로서 세 가지가 상보적인 조화 속에서 지훈이라는 하나의 인간을 형성하고 있다.

둘째, 그의 학문에 있어서의 개념화 · 체계화 · 명명화의 특징이다. 이것은 그의 학자로서의 창의적이고 과학적인 특성에서 오는 면인 바, 이로써 한국문화의 일반 이론에서 그가 이루어 놓은 공은 지대하다.

셋째, 그는 항상 학문적인 안목에 있어 거시적이고 조감적이며 포괄적인 태도를 취했다. 그러면서 그는 치밀하고 분석적이고 세밀한 면을 보여준다.

넷째, 그는 학문적 방법론에서 다양하며 풍부한 자매과학을 원용하고 있다. 역사학 · 사회학 · 철학 · 종교학 · 문학 · 어학 · 인류학 · 지리학 · 민속학의 방법론을 다양하게 사용하고 있다. 이것은 박학에 기인하는 사실이거니와 이 방면의 연구자로서는 드물게 보는 폭을 지니고 있다.

다섯째, 그의 학문적인 공적으로 국학의 완벽한 정립과 그 바탕을 굳혀 놓았음을 들 수 있다. 그의 학문이 너무 넓어 집중적이 못 되는 것은 그가 국학의 전 영역에 손을 대었던 때문으로 보여진다. 그럼으로써 그는 오히려 국학의 전 분야에 대한 개척자의 구실을 한 셈이 된다.[193]

문화사탐구, '한국문화사 서설' 간행

《한국문화사 서설》은 1964년 탐구당에서 단행본으로 출간되어 학계의 관심을 모았던 저작이다. 이 책에는 그동안 잡지와 학술지 등에 썼던 한국문화와 관련한 글 18편을 엮었다. 조지훈은 서문에서 상·하편으로 나뉘어 실린 글은, 상편은 학국정신사를 논구한 논문들이고, 하편은 이와 관련된 평론들이라고 소개하였다.

조지훈은 한국사상사 분야에도 각별한 열정을 갖고 탐구하였다. 그가 이 분야에 처음으로 본격적인 논문을 발표한 것은 1959년 8월에 간행된 《한국사상》1·2호의 〈한국사상의 근거〉이다. 《한국사상》은 당시 이 분야 전문가들의 강좌와 연구 논문들을 묶어 내는 학술지였다.

《한국사상》제1·2집 합본호에는 조지훈의 글과 박종홍의 〈한국사상 연구의 구상〉, 김상기의 〈갑오동학운동의 역사적 의의〉, 김동화의 〈신라불교의 특성〉, 김성식의 〈한국의 민족운동〉, 최서일의 〈서화담의 사상〉, 최동희의 〈수운의 인간관〉, 한상갑의 〈율곡의 정치사상〉, 신정암의 〈정감록의 사상적 영향〉, 이광순의 〈최해월과 비폭력운동〉 등이 실렸다.

조지훈의 논문 말미에는 "이 소론은 해방 직후에 발표한 강연 초고로서 필자의 한국문화사관 노오트 제5장 〈한국의 사상〉 대목을 발췌한 것이다."라는 부기로 보아, 그가 25세 청년시절부터 '한국사상'에 대해 연구하고 있었음을 보여준다. 논문의 서두 부문이다.

> 우리는 한국의 사상을 말하기 전에 동양의 학문체계가 무척 종합적
> 이고 유기적인 것이라는 것을 지적하지 않을 수 없다. 그러므로 서구

---

193) 인권환, 〈지훈의 학문과 그 업적〉, 김종길 외, 《조지훈연구》, 324~325쪽.

적 학문방법이 수입되기 이전의 동양학은 하나의 거대한 사상사가 모든 분석적인 각 분야를 포섭하고 불가분의 체계를 이루고 있었음을 볼 것이다. 그러므로 우리는 한국의 사상이란 제題 아래 편의상 정치사상 · 철학사상 · 종교사상의 본질적으로 중요한 것을 골라 역사적으로 조금 고찰하기로 한다.[194]

조지훈은 학계의 중견 또는 중진으로써 1960년대 초중반에 여러 분야로 보폭을 넓혀 활동하였다. 1962년 출판사 박우사는 사계의 전문가들을 동원하여 《현대인 강좌》라는 연구논집 7권을 간행하였다. 연구논집이면서도 일반 독자가 이해하기 쉽게 쓰였다. 제1권 인간과 윤리, 제2권 행복과 자유, 제3권 학문과 예술, 제4권 사상과 종교, 제5권 사회와 가정, 제6권 현대와 생활, 별권 한국의 발견이다.

조지훈은 제4권에 〈한국의 종교와 그 배경 – 한국적 신앙에 대한 고찰〉을 실었다. "한국인의 종교적 신앙을 분류하면 대개 ①샤마니즘(보안교 · 무교 · 민간신앙) ②불교 ③도교 ④유교 ⑤예수교(천주교 · 기독교) ⑥신흥종교(천신교 · 유사종교) 등 여섯 가지 계통으로 크게 나눌 수 있다. 이들 여섯 계통의 신앙의 형성과 전래와 습합 또는 잔존형태의 특질을 종합하고 유추하여 한국적인 신앙의 원형을 찾아보고자 한다"면서 한국의 종교와 신앙을 정리했다.[195]

《현대인강좌》가 상업적으로도 어느 정도 성공하면서 박우사는 1963년에 다시 《20세기강좌》를 기획, 간행하였다. 제1권 '20세기의 과제'는 박종홍, 제2권 '20세기의 사조'는 김형석, 제3권 '20세기의 문예'는 백철, 제4권 '20세기의 세계'는 조의설, 제5권 '20세기의 한국'은 홍이섭 · 조지훈, 제6권 '20세기의 사회'는 최문환 외, 제7권 '20세기의 인

---

194) 《한국사상》, 1·2호, 고구려문화사, 1959.
195) 《현대인 강좌4》, 289쪽, 박우사, 1962.

물'은 이헌구 등이 각각 책임 편찬하였다. 모두 당대의 석학으로 불린 학자들이다.

홍이섭과 '20세기의 한국'의 책임편찬을 맡은 조지훈은 이 책을 1, 20세기 한국의 이상. 2, 사상문화의 역정. 3, 한국의 진로 등으로 분류하고, 30여 명의 사계 전문가를 필자로 동원했다. 함석헌의 〈한국은 어디로 가나?〉라는 특별 기고문도 실었다.

조지훈은 〈민족적 자아 발견의 거울〉이라는 서문에서 이 책을 편찬하게 된 배경을 밝혔다. 이즈음 그가 품고 있던 한국사상에 대한 관심의 일단을 읽게 한다.

> 현실은 과거의 연속이요, 그 누적의 결과인 동시에 미래의 단서요, 그 전환의 계기이다. 그러므로 현실은 우리에게 전통적 창조의 동력과 누습의 완강한 타성을 줄 뿐 아니라 동시에 자주전환의 무한한 가능성과 추수순응의 야릇한 매력을 주고 있다. 이와 같이 막연하고 혼란한 현실을 정확하게 파악한다는 것은 너무나 벅찬 일이지만 그러나 이에 대한 시도를 회피할 수 없는 시점에 이른 것이 사실이다. 두 대목을 골랐다.

> 민족적 자아발견에 대한 관심과 시도가 싹을 보인 일은 우리 역사상에도 몇 번 있었다. 17.8세기의 실학파 학자들에 의해서, 갑오경장 전후의 신문화운동 선구자에 의해서, 3.1운동 후의 국학자에 의해서 시도되어 또 제나름의 성과도 거둔 바 있으나, 그것은 아직도 전근대적인 유교적 사상의 기반을 탈각하지 못했고 엄밀한 의미의 과학적 방법이 결여된 것도 숨길 수 없는 사실이다. 그러나 우리 민족 · 우리 사상의 연구의 자유마저 거부되었던 이 민족에 의한 피압박의 시대에 있어서 학문이 단순한 학문으로서가 아니라 민족의식의 고수와 앙양에 결부되었던 것은 당연한 추세이기는 하였으나 오늘날 우리의 안목으로 보아서는 쇼비니즘의 경향을 띠었던 것도 부인할 수 없다.

《20세기의 한국》을 조감한다는 것은 곧 우리 근대문화의 거의 전 과정을 부관俯觀하는 일이다. "너 자신을 알라"는 말은 희랍 '델피' 의 신전에 새겨진 경구로서 소크라테스를 통하여 알려진 교훈이거니와, 오늘의 한국 – 우리들의 민족적 자아의 모습을 찾는데 일조가 될까 하여 이 책을 엮었다. 제 눈으로 제 눈을 볼 수는 없다. 역사의 거울에 비친 제 모습을 볼 수 있을 따름이다.

이 거울에 비친 20세기 세계사상의 한국의 모습이 과연 얼마나 정확한 지 우리는 아직 모른다. 자아는 각자가 체득할 수밖에 없으니 제 모습을 찾는 마음을 일깨우는 것만으로 이 책의 사명은 다한다고 할 수 있다.196)

'한국사상의 모색' 발표하고

조지훈은 1960년 초부터 한국사상, 사상사에 많은 관심을 보였다. 봉건체제에서 곧바로 식민지, 미군정과 동족상잔, 백색독재와 4월혁명, 군부독재를 겪으면서 한민족의 정신사와 사상사가 현실에 미치는 영향 등에 관심 갖고 탐구를 시작한 것이다.

《사상계》 1963년 3월호에 쓴 중량감 있는 논설 〈한국사상의 모색〉은 다시 한 번 이 시기 조지훈의 사유의 범위와 심층을 보여준다. 쉽게 접근하기 어려운 '한국사상'을 그는 박학으로 쉽게 풀어간다. 그는 먼저 이 글에서 한국사상의 실체문제를 제기한다.

'한국사상'이란 말은 우리에게 커다란 회의를 불러일으키고 있습니

---

196) 《20세기 한국》, 1~3쪽, 발췌.

다. 그것은 한국사상이란 실체가 과연 있느냐 하는 근본문제에 대한 회의입니다. 이 문제에 대한 최근까지의 우리 지식인들의 일반적인 견해는 한국사상이란 따로 없다는 결론으로 기운 감이 있습니다. 이른바 한국사상이란 따지고 보면 중국사상이요. 아니면 인도사상이요. 유럽사상이니. 오로지 한국만이 가진 한국의 고유 사상은 없다는 뜻입니다.

그러나 이러한 견해는 매우 소박한 또는 위험한 유견謬見에 속하는 것입니다. 이러한. 한국사상이 따로 없다는 견해는 근본적으로 두 가지 오해에서 연유하는 것임을 알 수 있습니다. 그 하나는 문화 내지 사상이란 말의 본질에 대한 오해요. 다른 하나는 고유라는 말과 민족적 개성이라는 어의에 대한 오해인 것입니다.

조지훈이 '한국사상부재론'을 반박하면서 제기한. 논문의 둘째 부문이다.

'고유'라는 말은 문자 그대로 본디부터 있었다는 뜻이 아닙니다. 다른 것과 같으면서도 다른 것과 구별되고. 다른 곳에는 다시 있을 수 없는 것을 고유라고 하는 것입니다. 그러므로 고유 사상은 본디부터 있는 사상이 아니라 오늘 이렇게 개성적으로. 주체적으로 있게된 사상이란 뜻이 됩니다. 다시 말하면. 인류 일반사상의 한국적 존재양식 또는 한국 민족이 같은 풍토적 환경에서. 같은 역사적 환경에서 공동의 집단생활을 영위해 오는 동안 공동으로 발견된. 사물에 대한 공동의 사고방식을 우리는 한국 고유사상이라고 부를 수 있다는 말입니다. (…)

만일 다른 민족의 사상과 완전히 구별되는 것이 아니면 한국 사상이란 이름을 붙일 값어치가 없다고 한다면. 그러한 논리는 한국사상이란 실체가 없다는 결론에 그치지 않고. 독일 사상이라든지 영국사상. 프랑스사상 이라는 것도 따로 없다는 결론에 도달하지 않을 수 없습니다.

256

왜 그러냐 하면, 독일·영국·프랑스의 사상도 인류의 사상이요. 그리스·로마 이래의 서구사상의 흐름을 각기 제 나름으로 개성화한 것에 지나지 않기 때문입니다. 그러나 우리가 독일사상을 관념론으로, 영국사상을 경험론으로, 프랑스사상을 이성론으로 대표적 성격을 삼아 부르는 것은 그들 사상의 고유한 성격이 그러한 특질로 형성되었기 때문입니다.

한국사상의 고유성이 있다는 논리도 이와 다름이 없습니다.

조지훈은 세계 어느 나라의 사상이든 고유성과 인류적인 보편성의 결합이라는 점을 강조하고, 이어서 '한국사상의 기저와 외래사상'을 분석한다.

우리의 고유문화 또는 재래의 사상을 이야기할 때는 대개 유교·불교·도교를 말합니다만, 사실 사상적 영향의 순서는 도·불·유의 순서가 될 것입니다. 물론 한자문화와 함께 유교가 들어오긴 했지만 그것은 도교나 불교처럼 종교사상이 아니었고, 서민층을 포함한 국민전체에 미친 영향으로 보아서도 도교·불교·유교의 순으로 이루어졌다고 보는 것이 타당한 것 같습니다.

그러나 도·불·유의 사상보다 먼저 우리 자체에 있었던 사상은 샤머니즘이 발달된 붉교(백교白敎)·시교市敎, 선교仙敎 또는 국선國仙으로 불리는 사상적 기저였습니다. 이 샤머니즘은 모든 민족의 원시종교에 공통된 유형이긴 합니다만 종교학상 특히 시베리아 제민족의 종교를 지칭하는 것으로서 자연숭배·동물숭배·정령숭배·조선祖先숭배·천인상즉天人相卽·천명사상·장생사상 등으로 우리의 고문헌과 종교사상에 흔히 나타나 있을 뿐 아니라, 현재도 발달된 문화의 하층에 뿌리 깊게 잔존해 있는 관념인 것은 주지의 사실입니다.

조지훈은 한민족의 고유사상을 탐구하면서, 샤머니즘에서 진화과정을 소개한다. "우리의 샤머니즘은 도교·불교·유교의 공통된 인자因子를 가졌고, 그 공통된 인자로서 자기동화의 계기와 요소를 삼은 것은 우리가 우리의 사상을 분석하면 용이하게 발견할 수가 있는 것입니다." 라고 전제하면서, 도교·불교·유교의 전래과정과 한국적 특성을 정리한다.

조지훈은 이 논문에서 '한국사상의 특질'을 매우 독특한 시각으로 보여준다.

> 이 문제는 여러 가지 사상의 전개사와 여러 사상가의 저술을 분석하여 도출할 성격의 것입니다만, 일반적으로 들 수 있는 점은 우리 민족이 항용 생각하는 바와 같이 감각에나 정서에만 치우친 민족이 아닌 매우 사색적이고 사변적인 소질이 높은 민족이란 점입니다.
>
> 우리는 실학의 가치를 재래 유학의 부문위학성浮文爲學性 곧 현실 일탈이라든지 공리공론에 반립反立하는 면에서 인정하게 됩니다. 그러나 그 공격의 대상이 된 도학이나 성리학이 도리어 실학과 같은 과학 논리의 생성의 바탕이 되었다고 볼 수가 있는 것입니다. 도대체 철학이 또는 논리적 사고가 발달되지 않은 곳에 과학의 발달이 더디다는 것을 우리가 인정한다면 성리학의 이기설理氣說이나 사칠논쟁四七論爭은 공리공론 임에는 틀림없으나, 그처럼 여러 학자가 오랜 세월을 두고 같은 문제를 가지고 그만큼 끈덕지게 파헤쳤다는 것은 놀라울 사실일뿐 아니라, 실학자들의 논리의 기초가 또한 여기에 있었다는 것을 지적할 수가 있는 것입니다.

조지훈은 〈한국사상의 모색〉의 결론을 다음과 같이 정리한다.

> 나는 한국사상의 모색을 위하여 먼저 한국사상이란 따로 없다거나, 있어도 하잘 것 없는 남의 모방에 불과하다는 견해를 파쇄해야 한다

고 강조하고자 합니다. 한국사상이 어떻게 있느냐 하는 우리의 관심
은 한국사상의 좋은 점과 나쁜 점을 있는 그대로 찾아보려는 것이지,
시원찮은 것을 과장하거나 좋은 것을 엄폐하는 일이 아니기 때문입
니다. 그러므로 이러한 선입견을 깨뜨리기 위해서 우리의 모화주의자
와 일본의 어용학자와 유물사관을 신봉하던 학자의 한국사상에 대한
사고와 주장을 재수정해야 한다는 것입니다.[197]

'멋' 연구성과 따를 자 없어

R. 러트는 〈풍류한국〉이란 글에서 "멋, 이란 말은 한국어의 특수한
단어로, 영역하기는 쉽지 않다. '멋쟁이'라는 사람이나, 어떠한 멋이 있
는 것을 영어로 말하기는 어렵지 않겠으나, 멋의 개념을 영어로 한 단
어로써 표현하기는 어렵다"고 쓴 바 있다.

조지훈이 '멋'에 대해 천착한 것은 오래 되었지만, 본격적으로 〈멋의
연구〉라는 장문의 논문을 쓴 것은 1964년 6월 《한국인과 문학사상》에
서였다.

〈멋의 연구 : 한국적 미의식의 구조를 위하여〉라는 제목의 논문은
1, 머리말. 2, 한국적 미의식의 의의. 3, 가치판단의 한국적 개념. 4,
한국적 미의 범주. 5, 한국적 미의식과 멋. 6, 미적 범주로서의 멋.
7, 멋의 미적 내용. 8, 맺음말로 구성되었다.

'멋'에 관해 이만큼 체계적이고 학술적인 글은 쉽게 찾기 어려울 것이
다. 근대화와 더불어 시작된 기계문명의 매카니즘은 '멋'보다 실용, 개

---

197) 《사상계》, 1963년 3월호, 발췌.

성보다 보편성이 더 중시되면서 우리의 전통적인 '멋'과 '미의식'은 잃어버리거나 변질·변용되고 말았다. 조지훈의 '멋'에 대한 탐구의 배경을 들어보자.

> '멋'이란 말이 '미적인 것'의 한 특수한 형상으로서 한국 민족의 예술적 생활의 표현 목표와 이념 또는 미가치의 한 표준을 의미하고 있는 것은 누구나 아는 일이다. '멋'은 오랜 세월을 두고 우리 민족의 미적 체험속에 체득되고 제작과 행위에서 수련되어 왔기 때문에 '멋'에 대한 취미성과 감수성은 우리 민족의 민중생활 일반에 보편화되어 있다.
> 그러나 이렇게 '멋'이라는 특수한 미에 대한 감수성과 취미가 한국적 미의식의 중요한 특성을 이루고 있으면서도 미적개념으로서의 '멋'의 본질 내용은 지극히 불분명하고 더구나 그것의 한국적 미의식의 구조상의 위치와 관계 내지 의미에 대한 이론적 반성과 고구考究는 일찍이 있어 본 적이 없다. 그러므로 한국적 미의식의 구조를 밝힘으로써 '멋'의 위치를 찾고, 아울러 미적 범주로서 '멋'의 내용과 나아가서는 생활이념으로서의 멋의 지향을 밝혀보려는 것이 본고가 의도하는 바 주체이다.

조지훈은 이같은 전제에서 한국적 고유한 '멋'을 탐구하는 장도에 오른다. 그는 '멋'의 어원을 이렇게 설명한다.

> '멋'이란 말의 어원이 '맛'에 있다는 것은 이미 통설이 되어 있다. 그러나 '멋'이란 말의 의미내용과 그것의 '맛'과의 관계에 대해서는 반드시 일치되는 것이 아니고 대략 두 가지 견해로 나뉘어 있다.
> '멋'은 '맛'이란 말과 같은 말로서 음상音相의 대립이 있을 뿐이라 하여 멋과 맛을 동의어로 보는 조윤제 씨 견해가 그 한 갈래요, 맛은 주로 감각적인 뜻을 가지고 있고 '멋'은 주로 감성적인 의미를 가지고

있다고 하고, 이 두 말은 음상이나 의미의 뉘앙스의 차에만 그치는 것이 아니라, 피차간 다른 개념을 가지기에 이르렀다고 보는 이희승 씨 견해가 그 다른 한 갈래이다.

이 장문의 논문을 요약하거나 발췌하기는 쉽지 않다. '멋'에 대한 방대한 자료의 섭렵과 자신의 연구 성과가 짜임새 있게 연결돼 있기 때문이다. 그는 어휘의 공분모인 '멋'이 표현하는 뜻을 찾아 해석한다.

여기에는 1) 멋쟁이. 2) 멋없다. 멋거리없다. 멋대가리없다. 3) 멋쩍다. 4) 멋모르다. 5) 멋내다 · 멋부리다. 6) 멋지기다 · 멋까리다. 7) 멋들다 · 멋있다. 8) 멋지다 · 멋떨어지다. 9) 멋대로를 차례로 해석한다. '멋쟁이' 부문을 보자.

멋쟁이는 멋을 지닌 사람, 멋이 질린 사람이란 뜻으로, 멋을 내고 멋을 부리는 사람을 가리키는 말이다. '〜쟁이'란 말은 대개 비하하는 말이니, '난쟁이', '뚜쟁이', '미쟁이'가 다 그렇지만, '멋쟁이'는 '멋'이라는 말이 지닌 뉘앙스 때문에 비칭보다는 애칭으로 들린다.
다시 말하면, 멋쟁이란 말에서 풍기는 멋이란 어감은 비하보다는 찬사요 암울이 아니라 명쾌며, 혐오가 아니라 친근의 정이 들어 있는 말이다. 그러나 '멋쟁이'란 말은 '〜 쟁이'의 어감 때문에 역시 '멋있는 사람', '멋진 사나이'라는 말에 비해서 격이 조금 낮고 좀더 통속적으로 들리는 게 사실이다.

조지훈은 자신의 '멋' 관을 다음과 같이 제시한다. 이 글의 알갱이가 아닌가 싶다.

멋은 아雅도 아니고 속俗도 아니다. 고아하다고 하기에는 통속적인 일면이 있고, 범속하다고 보기에는 법열法悅이 있어서, 실로 아속雅俗에 넘나들며 그 어느 쪽에도 떨어지지 않는 미묘한 줄타기와 같은 경지, 그 가느다란 선 위에 멋의 대도가 있다. 뿐만 아니라, 멋은 모든 면에서 고정불변의 것이 아니요, 이것이 멋이라든지 이런 것만이 멋이라고 고착시킬 수가 없고, 그 반대의 경우에서도 홀연히 멋이 성립될 수 있다.

조지훈의 '멋'의 긴 항해는 다음과 같은 내용을 담으면서 항해에 도착하여 닻을 내린다.

멋이란 말은 조선 이후에 생겼지만, 멋의 내용은 이 풍류도(최치원의 〈난랑비서〉– 필자)의 내용에서부터 연원한다는 말이다. 멋을 모른다는 것과 풍류를 모른다는 것은 같은 말이다. 지금도 음악을 풍류라 하고, 시 짓는 것을 풍월 짓는다고 하거니와, 이 풍류·풍월은 곧 자연과의 조화의 미를 누리는 생활이라 할 수 있다.
이와같이, 우리의 멋은 신라 이래의 오랜 전통이지만, 그러나 멋이 예술에서 가장 발현되고 꽃핀 것은 조선시대이다. 시조와 판소리에서 특히 두드러졌다고 할 수 있다. 그리고 멋이란 말이 성립된 것은 아무래도 조선 말엽 만근輓近 백년 이래의 일이요. 이것이 단편적으로나마 논의된 것은 24.5년래의 일이다.[198]

---

198) 《전집8》, 357~443쪽, 발췌.

'굴욕회담' 반대 성명과 연작시

참 지식인의 진가는 나라와 시국이 어려울 때 나타난다. 춘삼월 호시절에는 백화가 난방하지만 매화나 동백은 찬 서리 한 겨울에 피어서 더욱 값지다. 5, 6월이면 온갖 나무와 풀이 그야말로 '녹음방초'를 이루지만, 솔과 잣나무는 혹독한 겨울에도 푸르름을 잃지 않는다.

박정희는 한일 '굴욕회담'을 강행했다. 1962년 11월 김종필 중앙정보부장이 일본 외상 오히라와 비밀회담 끝에 일제강점 36년의 죄값을 무상 3억 달러, 차관 2억 달러에 타결하고, 이를 숨겨오다가 1964년 3월 야당에 의해 폭로되었다.

고려대학 총장을 지낸 유진오가 주도하는 야당(신민당)은 굴욕외교 반대 범국민투쟁위원회를 결성하고 반대투쟁에 나섰다. 《사상계》가 반대투쟁의 이념적 · 이론적 논거를 제공하고 각계의 용기 있는 지식인들이 참여하였다.

당시 조지훈은 《사상계》편집위원이었다. 그동안 학문 연찬에만 몰두하던 그는 정부의 굴욕적인 한일회담의 강행을 더 이상 지켜볼 수 없었다. 1965년 7월 9일 재경문인 82명은 한일 '굴욕회담'을 반대하는 성명서를 냈다. 조지훈은 앞장서서 이에 서명하고 동료들을 모았다. 서명자는 박종화 · 박두진 · 김수영 · 박화성 등 저명한 재경문인 대부분이 포함되었다.

5개 항으로 된 성명서의 4항은 "우리는 이러한 굴욕적 조약을, 학생을 비롯한 전체 국민의 여론을 탄압 봉쇄하고 강행하려는 정부가 양언하는 바, 주체의식만 확고하면 된다는 둔사를 규탄한다. 정부 당국이 주체의식을 망각한 태도를 맹성하기를 촉구하며 자기들의 책임을 국민에게 전가하려는 간계를 통렬히 반박한다."라고 규탄했다.[199]

조지훈은 7월 12일 재경 대학교수단 360여 명이 채택한 〈한일협정 비준반대선언〉에도 서명하였다. 양심적인 대학교수 다수가 참여한 시국 선언문이었다.

교수단 선언은 "우리 교수 일동은 한일협정의 내용을 신중히 분석 검토한 끝에 다음과 같은 이유로 그것이 우리의 민족적 자주성과 국가적 이익에 막대한 손실을 가져올 뿐더러 장차 심히 우려할 사태가 전개될 것이 예견되므로 이에 그 비준의 반대를 선언한다."[200]면서 반대 이유로 다섯 가지를 들었다.

《사상계》는 1965년 2월 〈신을사조약의 해부〉라는 주제로 긴급증간호를 발행하였다. 이 증간호는 권두에 박두진·박남수·조지훈의 연작시 〈우리는 다시 노예일 수 없다〉를 게재하고, 함석헌의 〈한국은 어디로 가나〉, 백낙준의 〈한국의 근대화와 일본침략〉, 이범석의 〈이제는 더 침묵할 수 없다〉라는 시론과, 〈한일협정문의 분석〉, 특히 각계 인사 105인의 앙케트를 실었다. 여기에는 김재준·이병린·강원룡·송건호 등 각계의 명사들이 참여하여 굴욕회담의 중단을 촉구했다.

다음은 〈우리는 또 다시 노예일 수 없다〉는 연작시 중 조지훈의 시 앞부분이다.

---

199) 《사상계》, 긴급증간호, 1965년, 3월 , 158~159쪽.
200) 앞의 책, 162쪽.

우리들은 잊지 않을 것이다
아니 우리들은 잊을 수가 없을 것이다

빼앗긴 나라의 황토 바닥에 엎디어 호곡하던 할아버지들을
비바람치는 광야에서, 모진 형벌의 감옥에서
외치다가 쓰러지다가 피투성이로 숨이져간 아버지들을

아아 쫓기고 짓밟히고 개처럼 끌려가 송두리째 잃어버린 우리들의
청춘을 -

어찌 잊을 수가 있단 말이냐
간에 새기고 입술을 깨물어 우리는 잊지 않을 것이다
아니 잊을 수가 정말로 없을 것이다.

빼앗은 자는 누구며 판 자는 누구며 빼앗긴 자는 누구였던가
60년 전 오늘, 되돌아간 을사의 그 기만의 요설과 잔인의 독아를

우리는 역력히 알고 있다
아니 원수가 하자는 대로 도장만 눌른 그 더러운 조약의 글자마다 어
구 마다가 샅샅이 보여주고 있다

이 수 많은 허점과 함정을, 잃어버린 주권을 국민 앞에 내려놓고
정신만 차리면 산다고 말하는 자는 누구며 그렇다고 맞장구치는 자
는 누구냐

우리는 용서하지 않을 것이다
아니 용서할 수가 없을 것이다

가부가 무엇이냐, 비준이 무엇이냐, 이 더러운 종이 쪽지를 의정의

자리에

내어거는 것 조차 용서하지 않을 것이다

어엿한 배상금을 청구권은 무엇이며 독립축하금은 무엇이냐

무상이고 유상이고 이것은 먹을 수 없는 미끼!

이 더러운 돈으로 나라의 피폐한 경제가 되살아 나리라고

웃기지 말아라. 그 철없는 도박을 우리가 믿고 허락하지 않을 것이다.[201] (하략)

'정부는 언론에 간섭 않기를 바란다'

일반적으로 독재자들의 특성은 국민여론이나 반대세력의 의견을 귀담아 듣지 않는다는 점이다. 자기 주장, 자기 편의 의견만을 경청한다. 이른바 '불통' 현상이다. 박정희는 쿠데타를 통해 집권하여 항상 권력의 정통성에서 콤플렉스를 갖고 있었고, 오랜 군인 생활을 하여 '상명하복' 식의 수직적 명령체계에 길들여져 있었다.

또 일본군 출신으로 입세入世해서인지, 일본에 대해서는 아련한 노스텔지어 같은 것이 남아 있었던 것 같다. 청와대에서 가끔 일본장교복장을 하고 있었다는 증언도 따른다. 박정희는 비록 민선으로 권력을 연장했지만, 정통성을 덮기 위해서는 경제개발이라는 가시적인 방법뿐이었다. 그래서 일본과 수교를 통해 경제발전의 자금을 조달하고자 했다.

하지만 이를 훤히 꿰고 있는 일본 정부가 호락호락할 리 없었다. 그들이 고자세로 나온 것은 어쩌면 당연한 일이었다. 박정희 정권의 굴욕

---

201) 앞의 책, 17~19쪽.

회담 강행에는 이같은 국내외적 배경이 깔려 있었다. 조지훈은 5·16 쿠데타에 '불가피성'을 인식하는 등 비판적 지식인 가운데서는 비교적 온건한 편이었다. 그런데 한일 '굴욕회담'이나 이를 비판하는 학생과 언론, 지식인들에 대한 정부의 혹독한 탄압을 지켜보면서 입장이 바뀌었다. 박 정권이 크게 잘못 가고 있다는 판단이었다. 해서, 다시 비판의 필봉을 벼리게 되었다.

1964~5년 《사상계》는 박정희 정권 비판의 전진기지 역할을 하였다. 1964년 당시 《사상계》편집위원은 김준엽·양호민·지명관·김성한·김영록·신일철·안병욱·여석기·이극찬·이만갑·정명환·조지훈·최석채·현승종(게재 순)이었다.

하나 같이 논객·전문가들이었다. 이러한 편집위원 체제는 발행인 장준하와 주간 김준엽이 광복군 출신이어서, 박정희의 굴욕적 한일회담은 도저히 용납할 수 없는 '매국외교'였다.

《사상계》는 1964년 10월호에 편집위원 일동 명의로 〈정부는 언론에 간섭 않기를 바란다〉는 성명을 실었다. 정부는 한일회담에 비판적인 언론에 재갈을 물리고, 언론을 장악하고자 언론윤리위원회법을 제정하려다 언론계의 완강한 저항으로 밀리고 있었다. 이 성명의 몇 대목을 골랐다.

> 우리는 깊은 의미에서 언론에 대한 유형무형의 탄압에 대하여 반대하지 않을 수 없다. 유명한 악톤 경의 금언을 다시 들어보자.
> "권력이란 부패할 경향이 있다. 절대적인 권력은 절대로 부패한다."
> 민주주의는 이러한 권력에 대한 불신을 반영하고 있다. 그리고 우리는 5·16 이후 그 절대적인 권력이 무서운 전락의 길을 달려온 것을 똑똑히 보아 왔다. 그러므로 오늘 이러한 불행을 되풀이하지 않기 위하여서도 그 권력을 견제하고 또한 경고하여 바른 방향을 찾게 하는

비판의 소리에 기대를 건다.

이 길만이 오늘의 어려움을 단절하는 길이고 또한 오랫동안 강압하는 권력 밑에서 바른 소리를 잃고 다만 권력에 야합하고 기식하여 온 우리 정신과 삶이라는 전재적인 악순환을 타파하는 길이라고 생각한다. 그렇기 때문에 비판의 자유, 표현의 자유, 언론의 자유를 우리는 심하게 갈구한다.

한편에서는 권력을 가진 자가 스스로 귀와 눈이 어두어져서 타락할 수 있다는 가능성을 자각하고 언론에 비판의 자유를 부여해 주려는 성실한 자세를 가지고. 또 한편에서는 이리하여 자유를 차지하게 된 언론이 스스로 바른 자리를 떠나지 않으려는 자기 경고를 잊지 않는다는 공동의 광장을 마련하기 위하여 오늘 우리는 새로운 노력을 다하여야 할 것이다.

그러므로 정부는 보복과 탄압이라는 자세가 음성화하는 언론윤리위원회법을 중심으로 한 설왕설래를 즉각 철회하고 언론이 강한 비판 정신을 지니고서 또한 스스로 자기에게 경고하려는 자유의지를 발동할 수 있도록 일체의 언론간섭을 포기하기 바란다. 여기에 《사상계》편집위원 일동은 이것이 국민의 뜻이며 이 국가 민족의 전진을 위한 일이라고 확신하고 이를 주장한다.[202]

《사상계》편집위원들은 1965년 1월호에 다시 〈우리의 제언 − 1965년을 맞으면서〉라는 공동 제언을 발표하였다. 잡지 편집위원들이 시국에 대한 성명을 공동 명의로 발표하기는 흔치 않은 일이었다.

편집위원들은 "이제 하나의 획기적인 전제가 마련되지 않는다면 이 민족의 앞날은 암담할 것이라고 생각한다. 그러므로 여기에 우리 《사상

---

202) 《장준하문집 3》, 《사상계 수난사》, 360~361쪽, 사상, 1995.

계》편집동인들은 국민으로서의 의무와 지성인으로서의 책임을 느끼면서 몇 가지 제언을 하고자 한다"면서 정치 · 경제 · 사회문화의 세 가지 문제를 제기하였다. 정치 부문을 살펴보자.

> ① 정부는 논란과 불신의 대상이 되어온 정치 · 경제 · 사상 등 모든 면의 의혹을 국민 앞에 분명히 밝혀야 한다.
> ② 입법 · 사법 · 행정 등 각 부문에 걸친 일체의 부패 부정에 대하여서는 엄중한 체형으로 다스려 시급히 사회적 기강을 확립하여야 한다.
> ③ 남북통일은 우리들의 숙원이며 민족 최대의 과업이다. 이 과업은 민족적 독립과 자유와 평화의 원칙에서 수행되어야 한다.(…)
> ④ 한일간의 국교는 어디까지나 민족자주의 입장에서 정당화되어야 한다. 국제관계에 부합 되는 평화선은 당연히 수호되어야 하며 국교 정상화 이전에는 여하한 차관 · 투자 등의 경제교류도 수락하여서는 안 된다.
> ⑤ 재야 정당들은 시급히 통일야당으로서의 자세를 확립하고 과학적인 정책을 제시함으로써 추락된 신뢰를 회복하고 건전한 정치세력으로 발전하여야 한다.[203]

'일본의 사죄가 정상화의 전제'

조지훈은 지식인으로서 정부의 굴욕적인 회담을 비판하고 반대하였다. 해서 반대 투쟁을 줄기차게 전개했다. 학생들에게 반대 이유를 정확히 알리고자 《고대신문》에 〈일제의 사죄가 정상화의 전제〉라는 글을

---

203) 앞의 책, 366쪽.

썼다. 짧은 시론이어서 전재한다.

한일국교정상화란 명제 자체에 대해서는 반대하는 사람이 없다 했고 또 없을 것으로 안다. 그러나 국교정상화란 말은 정식통교正式通交의 조인이 없으면서도 20년래 사실상 밀접한 교섭을 해 오고 있는 이 변상적 상태를 정상화해야 한다는 말이지, 어떠한 조건 어떠한 형태에 불구하고 국교를 정상화해야 한다는 뜻으로 찬성하는 것은 아니다.

다시 말하면, 변상적인 형태로서라도 이른바 국교정상화만 하면 된다는 뜻은 아니란 말이다. 정상화의 대전제는 일본의 사죄요, 그것의 표현으로서의 양보가 아니면 안 된다. 범상한 국교의 개시 같으면 쌍방의 대등한 입지에서 타결하면 문제가 될 것이 없지만, 한일간의 국교정상화에는 대등한 고집이라는 것 자체가 변상적인 것이다.

일본은 2차대전에 있어 침략과 배상으로 필리핀을 비롯 여러 나라에 흔연히 속죄의 값을 치렀으면서도 유독히 36년간이라는 장기간을 훔치고 뺏고, 짓밟고 죽인 피 값을 갚은 데는 인색하였고 - 이것은 돈으로 따지기 어려운 값이다 - 이제 와선 몇 푼을 미끼로 아주 창자까지 빼 갈 심산으로 버틴다.

한일국교가 만일 지금 제시된 이 변상적인 조건으로 타결되지 않을 수 없다면 한일국교의 정상화는 하지 말아야 한다. 한일회담의 대안은 국교정상화의 전제로서 한국우위의 원칙이라는 일견 변상적인 정당正當의 원칙을 탈환하는 일이다.[204]

---

204) 《고대신문》, 1965년 4월 20일치.

'암흑 속에 못다 부른 노래' 불러

조지훈은 굴욕회담이 국민의 반대에도 정부가 계엄령을 선포하여 국민의 소리를 막고 강행하는 것을 지켜보면서 개탄과 분노를 금치 못하였다. 수많은 지식인과 학생, 야당이 혼연일체가 되어 반대했음에도 정부는 조약의 비준은 멈추려 하지 않았다.

1964년 6월 3일에는 학생 시위대가 광화문까지 진출하여 군사쿠데타, 부정부패, 정보정치, 매판독점자본, 외세의존 등 박정희 정부의 본질적인 문제를 제기하며 정권퇴진을 요구하기에 이르렀다. 이에 당황한 정부는 이날 밤 8시를 기해 서울 일원에 비상계엄을 선포하고 대대적인 탄압을 개시하여 민주인사·학생 384명을 구속했다.

이른바 '6·3사태'로 굴욕회담 반대 시위는 한때 잠복하는 듯했지만, 1965년 들어 정부의 한일협정 조약 체결이 본격화되자 학생·시민들은 다시 조인반대투쟁, 비준저지투쟁, 비준무효화 투쟁을 차례로 전개하였다.

조지훈은 1965년 3월호 《사상계》에 〈암흑속에 못다부른 노래〉를 실었다. 대일 굴욕회담 반대투쟁 과정에서 3·1혁명 46주년을 맞아 민족정신을 회복하고자 자신이 존경해 온 항일 민족시인들의 대표작을 뽑은 것이다.

여기에는 한용운의 〈복종〉, 변영로의 〈논개〉, 이상화의 〈빼앗긴 들에도 봄은 오는가〉, 김소월의 〈초혼〉, 김영랑의 〈독毒을 차고〉, 이육사의 〈광야〉, 윤동주의 〈십자가〉 등 7편을 뽑고 간단한 해설을 붙였다. 다음은 이 시들을 선정한 이유다.

갑오경장(1894)에서 8·15해방(1945)에 이르는 반세기 간의 한국근대시사를 일관한 의식은 민족주의였다고 단언할 수가 있다. 계몽과 이상, 자연과 상징, 허무와 퇴폐, 서정과 사회지성 등 온갖 이름이 스쳐갔으나 그것들은 모두 다 민족주의가 바꿔입은 계절의 옷에 불과하였다.

암흑의 반세기, 형극의 길을 밝힌 초롱불은 가난한 시인의 핏방울을 기름으로 심은 것이었다. 이제 몇 편의 시를 뽑아 그날의 슬픔과 가날프나마 매서운 저항의 의지와 신념을 되새겨 보자. 지금 보면 저항이랄 것도 없을 듯한 이 시편들은 저 가혹한 일경의 검열을 통해 나온 것임을 알아야 한다. 그리고 그날의 세월에서는 민족의식은 아무렇지 않은 한줄에서도 이심전심으로 울려퍼지는 눈물겨운 것이었다.[205]

예컨대 한용운의 많은 시 가운데서 〈복종〉을 택한 것은 '이심전심'의 의도가 있었을 것 같다.

복 종

남들은 자유를 사랑한다지마는 나는 복종을 좋아하여요.
자유를 모르는 것은 아니겠지만 당신에게는 복종만 하고 싶어요.
복종하고 싶은데 복종하는 것은 아름다운 자유보다도 달콤합니다.
그것이 나의 행복입니다.

그러나 당신이 나더러 다른 사람을 복종하라면 그것만은
복종할 수가 없습니다.
다른 사람을 복종하라면 당신에게 복종할 수는 없는 까닭입니다.[206]

---

205)《사상계》, 1965년 3월호, 24쪽.
206) 앞의 책, 25쪽.

〈'사쿠라'론〉을 쓴 배경

조지훈은 1964년 10월호 《신동아》에 〈'사쿠라'론〉을 썼다. 국학을 연구해 온 터여서 전혀 생소한 분야는 아니지만, 이색적인 주제였고 시정의 화제가 되었던 글이다. '사쿠라론'을 통해 당시의 사회상을 진단하였다.

박정희 세력이 군사정권에 이어 민간복으로 바꿔 입은 강압통치 시절에 '사쿠라' 논란이 끊이지 않았다. 특히 야당가에서 사쿠라 논란이 자주 일어나고 학계나 언론계에서도 일었다. 특히 굴욕회담 반대를 둘러싸고 야당이 강경파와 온건파로 갈리게 되고, 국회의원직을 내던지고 반대투쟁을 전개한 강경파들이 온건파를 '사쿠라'로 비판하는 경우도 있었다.

5·16으로 박정희 정권이 시작되면서 중앙정보부가 발족되고, 중정이 막강한 영향력을 행사하여 곳곳에 프락치를 심었다. 한국사회에 때 아닌 '사쿠라'가 피어나고 사회문제로 대두하게 된 것은 순전히 정보정치의 산물이었다. 〈'사쿠라'론〉의 몇 대목을 들어보자.

> 요즘 유행하는 '사쿠라'란 말은 분명히 일본말인 데. 그 확실한 어원은 일본기자들도 잘 모른다는 정도다. '사쿠라'는 '프락치' 또는 '박쥐 구실'과 비슷한 것으로, 내부에서 적편에 유리하도록 모략하거나 진짜 아닌 것이 진짜 행세를 한다는 뜻으로 쓰이고 있다.
> 이 '사쿠라'의 어원에 대해서 나는 역시 '사꾸라' 곧 '앵櫻'이라고 본다. 첫째, 일어日語에 말고기[馬肉]를 '사꾸라'라고 하는데, 이는 말고기 빛깔이 쇠고기같이 암적색이 아니고 홍색 곧 앵화색에 가깝기 때문에 생긴 이름이다. 말고기를 쇠고기인 양 파는 것은 가짜를 진짜라 하는 것이요, 또 양두구육이다.

또 이보다도 더 현행하는 '사꾸라'의 어의에 가까운 직접적인 어원이 일어에 있다. 그것은 장사꾼이 저의 패거리를 손님들 속에 섞어 놓아 흥정과 속임수에 유리하도록 작용시키는 것을 '사꾸라'라고 했던 것이다. 사꾸라 꽃잎처럼 흩어 놓는다는 뜻이었던 듯 하다. 일어로 '사꾸라' 라는 이 두 가지 말의 어원은, 곧 그대로 오늘 우리가 사용하는 '사꾸라'의 개념과 일치한다.

한일회담 반대 투쟁 과정에서 두 쪽으로 갈라지는 야당 인사들이 꼭 시국관의 차이에서라기보다 도처에 정부(정보기관)의 프락치와 사꾸라들의 작용이 아닌가 의심할 만큼, 사회 전반적으로 '사꾸라'가 만발하였다. 조지훈은 사쿠라가 생기게 된 사회적 배경을 진단한다.

> 오늘 와서 갑자기 '사꾸라 소동'이 요란한 것은 5·16 이후 정보정치의 소산인 상호불신의 풍조가 낳은 것임에 틀림이 없다. 또 '사꾸라'란 어감은 무슨 고사에 나오는 우수한 책사 같은 것을 가리키는 말이 아니고, 몇 푼 돈에 팔리는 하잘 것 없는 고용물 정도라는 모멸적 언사라는 것은 누구나 아는 사실이다.
> 나는 앞에서 '사꾸라'가 생기는 이유의 첫째 조건으로서 '살 수가 없어서'를 들었다. 이 '사꾸라' 소동은 주로 정당운동에서 많이 들리는 것인데 그것도 야당 내에서 잘 들리는 소동이다. 권력이 좋아서 애초에 여당에 들어간 사람은 다른 면에서 비웃음을 받을지언정 '사꾸라'는 아닌 것이다.

조지훈은 '사꾸라'의 진원지를 야당에 두었다. 실제로 독재정권 치하에서 야당가에는 끊임없이 사꾸라 논쟁이 일었고, 때로는 당권이 좌우되기도 했다. 권력(기관)이 뒷돈을 대주거나, 개인의 약점을 잡아 프락치로 활용한 것이다.

조지훈은 이 글에서 "사꾸라는 변절로 시작되지만 공연한 변절보다 더 악질적이고 파렴치적인 것임"을 다섯 가지 사례를 들어 설명한다. 둘째부터 요약하면,

> 둘째, 진짜가 없다는 생각도 지금 우리 사회에 가득차 있다.
> 셋째, 믿을 수가 없다는 것도, 현세는 불신의 세기라는 말이 있듯이 동지도 못 믿고 부모형제도 못 믿는 게 사실이다.
> 넷째, 정견이 없다는 것도 이 '믿을 수 없다'에 통하는 것으로 정강정책에 정견과 신념과 방안이 없고, 확고한 지표와 전망과 매진이 없으니, 같은 정당 안에 노선이 다르고 시국관이 다르고 강경온건이 다르고 통합독립이 다르고 하여 백병百病이 구생懼生할 소지를 만들고 있는 것이다.
> 다섯째, 지조가 없다는 것은 신념에 순殉하여 고난을 극복하는 정신적인 견인력의 결의를 뜻한다. 정치를 하는 야당으로 출발했으면 야당투쟁의 보람으로 한번 집권해 본다는 백절불굴의 자세를 지키는 것이 떳떳한 긍지가 되는 것이지, 중도에 소신을 굽히고 동지를 배반하고 권력에 팔리는 것은 인간적인 모욕을 자처하는 것이다.

조지훈의 '사꾸라론'은 단호한 '지조론'으로 귀결된다.

> '사꾸라'에는 의식적인 '사꾸라'도 있고 무의식중에 저도 모른 사이에 '사꾸라'가 되는 수도 있다. 오늘의 '사꾸라'의 대다수는 이 무의식적 '사꾸라'일 것이다. 그러나 의식적이든 그 결과에서는 마찬가지다. 왜 '사꾸라'가 되느냐, 부당한 적의 전술을 방조하느냐 말이다.
> 극언한다면 이때까지의 모든 정당들은 국민의 이름으로 국민을 파는 '사꾸라' 정당들이다. 경성警醒이 있으라. 너 나 할 것 없이 믿고 살고, 참고 살고, 진짜 좀 만들어보고 살자.207)

'정치교수'로 몰리고도 의연함 보여

《사상계》편집위원들을 비롯하여 일부 교수들이 정부의 굴욕적인 한일회담 추진과 언론·학생탄압에 대해 비판하자, 박정희 정권은 이들을 '정치교수'로 몰아 대학에서 추방하고자 했다.

학생들의 굴욕회담 반대 투쟁이 강화되면서 정부는 1965년 8월 25일 500여 명의 무장군인을 고려대학교에 난입시켜 학교 기물을 파괴하고 학생들을 마구 잡이로 연행하였다. 8월 26일에도 일단의 무장군인들은 고려대에 난입하여 학생 수십 명을 연행하는 등 무법천지를 방불케 했다.

군인들의 학원 난입에 반대한 고려대생 1천여 명은 8월 27일 오전 '학원방위학생총궐기대회'를 열어 이를 규탄하고, 학원방위단을 결성하였다. 학생들은 "정부가 나치나 파시스트 정권하에서도 감히 하지 못한 학원 강간을 다반사로 하고 있다"고 비난하고, "휴교 조치엔 구국 등교로, 괴뢰 총장 임명에는 불승인으로 맞설 것임을 고한다"고 선언했다. 이어 학생들은 "학원을 분쇄한 군은 즉시 사과하고 본연의 임무로 복귀하라"는 등의 6개 항목의 결의문을 채택했다.[208] 그런데도 막무가내로 정부는 고려대학에 휴교령을 내리고 상당 기간 군부대를 주둔시켰다.

정부 당국은 고려대생들의 끈질긴 반정부 투쟁에는 일부 교수들의 배후작용이 있었을 것으로 추단하고, 조지훈·김성식 교수 등을 '정치교수'로 지목하고 학원에서 축출코자 시도했다. 이때 《사상계》편집위원으로 있던 교수들은 모두 '정치교수'로 지목되었다. 정부는 이 기회에

---

207) 《신동아》, 1964년 10월호, (발췌)
208) 민주화운동기념사업회, 《한국민주화운동사연표》, 148쪽, 2006.

《사상계》를 고사시키고, 비판적 교수들을 학원에서 추방시키고자 하는 이중목표를 갖고 있었던 것 같다.

> 지훈의 저항은 행동으로 동시대인들의 그것보다도 더 깊이와 멋이 있어 보였다. 우선 그에게는 소년 시절부터 30여 년을 지사로 일관해 온 관록이 있었다. 게다가 그의 저항은 주로 피부 감각이나 파벌감정에서 야기된 견실한 이론적인 밑받침이나 명확한 대안의 제시를 못한 그것이 아니라, 그나름의 신념과 이론과 대안과 한계를 갖춘 것이었다. 이러한 지훈의 저항 방식의 좋은 일례가 한일협정비준을 반대한 교수 및 문단인의 서명운동과 그 운동이 야기한 사태에 있어서의 그의 행동이었다.[209]

조지훈은 박정희 정부가 굴욕적인 한일회담 추진과 이를 반대한 다수 국민의 의사를 공권력으로 짓밟으면서 비준을 강행하려 하자 지식인의 도리로서 이를 비판하고 저항하였다. 당당하게 반대 논리를 제시하고 학생들의 시대적 사명을 일깨웠을 뿐, 구체적 행동과 실천은 학생들 스스로의 몫이었다.

그런데도 정부는 끝내 그를 '정치교수'로 낙인하고, 교단에서 추방하고자 했다. 이 같은 위기상황에서도 그는 초연한 모습을 보였다.

지훈은 그때 서명 교수 가운데서도 주동 인물로 간주되었음인지 이른바 정치교수 명단에 처음에는 끼게 되었다. 정치교수 처리가 구체적으로 어떠한 절차를 밟았는지 자세히는 알지 못하나, 당시 정치교수로 지목된 교수들은 각기 소속대학의 징계위원회에 회부되어 일단 해임조치를 당하게 되어 있었던 모양이다.

---

209) 김종길, 앞의 책, 431쪽.

그때 지훈도 고려대학 당국으로부터 그러한 타율적인 조치로서 징계위원회에 회부된다는 통고에 접하게 되었다.

교수가 대학에서 쫓겨나면 우선 밥줄이 끊긴다. 더욱이 독재정권에 찍혀서 퇴출이 되면 타대학은 물론 어디에도 취업이 불가능한 것이 당시의 실정이었다. 조지훈은 부인과 아직 학교에 다니는 3명의 자녀를 둔 가장이었다. 그리고 정년을 20여 년이나 남겨놓은 처지였다.

그때 조지훈이 취한 태도는 의연하고도 기품을 보인 처신이었다.

> 잘못한 것이 없는 데도 왜 징계위원회 앞에 서야 하는가. 그런데도 징계위원회 앞에 서지 않을 수 없다면 나는 차라리 사표를 내겠다는 것이 그의 판단이었고, 그 판단은 즉시 사표 제출로서 행동으로 나타났다. 그러나 다행히 그의 사표는 반려되었고 일시적인 것이었지만 해임 조치도 그는 면하게 되었다.
> 그의 저항이 신중했고 한계가 분명했다는 것도 그 때의 몇 가지 숨은 이야기로 입증할 수 있다. 그 일례로 일부 병력이 고대에 난입한 사건이 발생한 뒤 연일 열렸던 고대교수회 석상에 있어서의 지훈의 발언과 태도는 고대에 그가 관계한 20년을 통하여 그가 그의 진면목을 동료들 앞에서 가장 뚜렷이 보여준 경우의 하나일 것이다.
> 그는 그때도 의연했고 단호한 투쟁을 결심하고 있어 보였다. 그러나 그는 대국적인 견지에서 사태를 그 이상 악화시키지 않기 위하여 그의 결심을 보류했고 극도로 흥분한 학생들 앞에 나가 그들을 진정시키고 무마하는 수고까지를 아끼지 않았다.[210]

그는 참 스승이었다. 그리고 진정한 선비였다. 선비는 결코 권력의 위협에 두려워하지 않고, 불의 앞에서 진퇴를 겁내지 않는다. 조지훈의

---

210) 앞의 책, 431~432쪽.

모습이었다.

정치가도 아니고 경세가도 아닌 선비가 한 세상을 시끄럽게 살다가
사라진다는 것은 매우 어려운 일에 속한다. 말하고 행동하기가 결코
자재롭다고는 볼 수 없는 과거 우리나라와 같은 현실적인 풍토에서
는 더욱 그러하다.
논객 조지훈은 역사를 볼 줄 아는 안목과 현실을 판단할 수 있는 시
국관과, 그러한 현실에 맞서서 직언을 발할 수 있는 용기와 일신을
걸고 세상을 시끄럽게 할 수 있는 패기를 고루 갖추고 있었던 선비였
다.211)

---

211) 박노순, 〈논객 조지훈의 면모〉, 《조지훈 연구》, 455쪽.

'사육신 추모가' 지어 의열 기려

조지훈은 역사상의 지절자와 독립운동 선열, 민족지사들 그리고 문인들을 애틋이 기렸다. 그래서 추모시·추모사를 적잖이 지었다. 아울러 각종 비문이나 제문도 여러 편을 지었다. 당대의 선비이고 명문장가여서 그의 글을 받고자 하는 경우가 많았기 때문이다. 대표적이라 할 몇 편을 소개한다.

사육신 추모가 — 비 제막식에서

의를 위해서는
목숨도 홍모 같다
숨어 살 마련이사
고사리도 많은 것을

임 위한 일편단심
당근쇠로 꿰뚫어라
뻗쳐오른 핏줄기에
강산이 물들었네

죽어서 사는 뜻을 임들로써 배우리라
열혈이라 추상 같은 사육신 그 이름하!

차운 돌 한 조각이

임뜻에 욕 되어도
못 잊어 그리운 맘
표적 삼아 세웁네다

약하고 더러운 꾀
땀 흘리고 돌아서라
비바람에 낡아가도
만고에 빛이 되네

죽어서 사는 뜻을 임들로써 배우리라
열혈이라 추상 같은 사육신 그 이름하![212]

해공 신익희 선생이 대통령 선거를 며칠 앞두고 급서하였다. 조지훈은 이에 조가를 지었다.

해공 선생 조가

큰 별이 떨어졌다
강산아 통곡하라
회천은 못 이뤄도
민심은 다 돌린 것을
한강 가 사자외침
팔도를 흔들었네
가슴 속 품은 뜻을
못다 펴시고 임이 가다니

일대一代 경륜이야 길이 두고 울리리라

---

212) 《전집 1》, 206~207쪽.

온 겨레 마음의 선구 해공 선생 그 이름아!

풍운은 끝이 났다
임이여 잠드소서
백발이 날리도록
단심은 다 바친 것을
진회秦淮에 뿌린 눈물
파촉巴蜀 길에 적시었네
온 겨레 환호소리
터지는 때 임이 가다니

일대 경륜이야 길이 두고 울리리라
온 겨레 마음의 선구 해공 선생 그 이름아![213]

'운강 이강년 선생 순의기념비문' 외

이강년은 을미사변이 일어나자 의병을 일으켜 부패한 관리들을 죽이고 제천에서 유인석 부대와 합류하여 유격장이 되었다. 을사늑약이 체결되자 다시 거병하여 충주를 공격하고, 1907년 12월 전국 의병연합군이 서울로 진공할 때 합류했으며 1908년 충풍 금수산에서 일본군에 피체되어 사형 당하였다. 1959년 9월 운강의 순의기념비를 세울 때 지은 비문이다.

선비의 매운 절개가 서슬을 떨치매 민족의 잠자던 대의가 어둠 속에

---

213) 앞의 책, 211쪽, 해공은 1956년 급서한 민주당 대통령 후보 고 신익희 선생의
    아호다.

홀연히 빛을 나도나니 선비는 진실로 천지의 정기요 나라의 기강이기 때문이다. 간악한 무리가 국정을 잡아 도적에게 나라를 팔고 거짓 벼슬에 눈이 멀었던 세월에 초야에서 몸을 일으켜 원통한 백성을 이끌고 원수를 무찌르다가 충의의 푸른 피를 천추에 뿌린 이가 계시니 이는 운강 이강년 선생이다.

선생은 근조선의 국운이 이미 기울기 시작하던 철종 무오 십이월 삼십일 문경 토대리 고향집에 나서 쉰 한 살에 순국하시기까지 일생 행적이 구국의 대의로 시종하신 분이다. 선생이 왜적의 침략에 항거하여 처음 의병을 일으킨 것은 고종 병신 일월 십삼일이요 무너지는 사직을 붙들고 조국의 마지막 명맥을 지키다가 마침내 순의하신 것은 순종 무신 구월 십삼일이니 이 열 세 해 동안의 선생의 자취는 실로 장렬하기 짝이 없었다.

더구나 을사조약과 정미조약이 강제로 체결되어 우리나라의 외교권과 군사권이 차례로 일본에게 빼앗기게 되자 땅을 치며 통곡하고 일어나 다시 창의의 횃불을 들었을 때 선생은 이미 한 몸을 국운 만회의 제단에 바칠 것을 결심하였다. 순종 정미 칠월에 이 원주 대장 민긍호 등 사십여 진이 제천에 모여 선생을 도참의대장에 추대하고 그 휘하에 뭉치니, 선생의 탁월한 통솔과 군략으로 가는 곳마다 무수한 적을 무찌르고 무기와 군마를 노획하여 사기와 군성이 전국을 진동하고 국민은 선생의 손으로 국난이 극복될 것을 기원하였다.[214] (후략)

이육사 비문

이육사(1904~1944)는 1925년 의열단에 가입하여 조선은행 사건으로 구속되었다. 석방 후에도 다시 독립운동을 하다가 체포돼 중국 북경 감옥에서 옥사하였다. 안동 낙동강가에 이육사의 시비가 세워졌다.

---

214) 《전집 4》, 415~416쪽.

육사의 시가 시단에 회자된 것은 1930년대 말의 일이다. 가열하던 저항의 의지가 점철된 님의 시는 서늘한 응결과 참신한 비유를 얻어 장엄한 율격律格을 상징하였던 것이다. 시필을 늦게 들었고 남긴 시편이 얼마 되지 않으나 스스로 겸양한 바 이 가난한 노래의 씨들은 님의 생애가 선비의 매운 절개를 위하여 만장의 광망이 됨과 같이 불멸의 명맥을 꽃피워 갈 것이다.

육사는 부안 안安 씨와의 사이에 일점 혈육으로 따님 OO를 끼쳤고 끝의 아우 원창의 아들 동박으로 뒤 를 이었으며 유저 《육사시집》이 장질 동영의 손으로 엮어져 상재된 바 있다.

금년은 님이 순하신 지 스물 한 해 되는 해이자 환력의 해이다. 생전의 지기 시우詩友와 동도同道의 후배가 성력을 모아 한 조각 돌에 유시를 새기고 겸하여 일대의 자취를 간추리는 것은 님의 높은 뜻을 길이 기념하고자 함이다.

"광야를 달리던 뜨거운 의지여 돌아와 조국의 강산에 인기라."[215]

'의암 손병희 선생 유허비문' 외

손병희 선생은 새삼 소개할 필요도 없는, 항일운동의 지도자로서 1919년 3·1혁명을 주도한 민족대표의 일원이며 천도교 3대교주이다. 3·1혁명으로 서대문형무소에 복역하다가 병보석으로 출감하여 치료 중에 사망하였다. 조지훈은 1962년 4월, 이 비문을 지었다.

의암 손병희 선생 유허비문

백성을 도탄 속에서 건지고 민족의 정기를 존망의 위기에서 붙드는 것은 그 나라 그 백성 된 이의 저마다 잊을 수 없는 소망이라 할지라

---

215) 앞의 책, 425~426쪽, 1964년 4월에 지은 비문의 후반부이다.

도 몸을 온전히 구국 제민의 대의 앞에 앞장서서 바침으로써 겨레의 잠자는 혼을 일깨워 이끌기란 비상한 사람이 아니고는 능히 할 수 없는 일이다. 근조선의 국운이 기울기 시작하던 비상한 때 몸을 초야에서 일으켜 민중운동의 선구자로 민족운동의 지도자로 역사상에 큰 자취를 남긴 비상한 인물이 계시니 이는 의암 손병희 선생이시다. 선생은 4227년 갑오 동학의거에 최해월의 천명을 받아 보은 장터에서 진을 갖추고 남하하여 전봉준 군軍과 합세하셨으니 북접통령으로 동학군을 지휘하여 탐관오리를 베어 제폭구민의 기치를 세우고 척양척왜를 표방하여 민족 자주의 대의를 밝히셨다. 선생은 4230년 서른일곱 살 되던 해에 동학의 제3대 대도주가 되시고 이듬해 최해월 선사가 순교하자 그 교통을 이으셨으나 휘몰아치는 동아의 풍운 앞에 날로 기울어 가는 조국의 운명을 좌시할 수 없어 큰 뜻을 품으시고 이름을 이상헌이라 변칭하여 망명의 길에 오르니 때는 4224년이었다.

중국 상해에 들러 국제정세를 살피시고 몸을 돌이켜 일본 동경에 머물 때 러일전쟁이 터지매 선생은 국내의 교중 두목과 일본에 망명 중인 여러 인사와 손을 잡고 진보회를 조직하여 일대 민중운동을 일으켜 독립정신을 고취하셨다. 때 일부 반동분자가 발기한 일진회가 일본의 앞잡이로 을사조약을 찬성하는 흉서를 발표하자 선생은 권동진·오세창·양한묵 등 제공과 같이 급히 귀국하여 동학당으로 매국노가 된 일진회의 주동 분자 이용구·송병준 등 70여 명을 출교시키고 동학을 고쳐 천도교라 개칭하여 전통 제3세 교주라 일컬으니 선생의 수하에 모이는 자 백만을 헤아리어 교도의 숭앙을 한몸에 받으셨다.

4241년에는 대도주의 자리를 박인호에게 전수하고 경향 각지에 학교를 경영하여 육영사업으로 항일투쟁의 힘을 길러 조직과 훈련을 굳게 함으로써 시기가 무르익기를 기다리시더니 때마침 일차대전 이후 민족자결주의 조류가 일세를 휩쓸자 국내외의 여러 지사와 더불어 전 민족적인 독립운동을 전개할 것을 결의하고 그 지도자로 추대되었다. 4252년 2월 27일에 선생을 필두로 한 33인의 이름으로 독립공원에서 이를 선포하니 우리 조선의 독립국임과 조선인의 자주민임을 세계만방에 알리는 독립만세 소리가 전국의 방방곡곡에서 요원의 불길처럼 일어나서 천지를 흔들었고 이로써 우리의 임시정부가 서게 되었다.[216]

박찬익 선생 비문

조지훈은 1964년 5월 독립운동가 박찬익朴贊翊 선생의 아들로부터 청탁을 받고 비문을 지었다. 그는 임시정부 법무부장과 국무위원 등을 지냈다.

한 마음 지키기에 생애를 온전히 바치며 성패와 영욕에 아랑곳없이 심혈을 다 기울이고 가는 것이 지사志士의 천고일철千古一轍이다. 이 역풍상 40년을 광복운동에 구치驅馳하다가 해방된 조국에 병구를 이끌고 돌아와 말없이 눈감은 이가 계시니 남파南破 박찬익 선생이 그 분이시다.

4262년 기사己巳 이후를 상해에 장주長住하여 임정의 대중對中 교섭 사무에 선생의 덕망과 수완의 보람이 컸음은 임정 동지 제공이 역력히 증거하는 바요, 선생의 중국명 복순濮純은 널리 중국 조야의 신망을 얻은 바 되었다. 백범 김구 선생을 보좌하여 낙양군관학교 학생반을 창설한 것도 선생의 공이었다.

4272년 기묘 봄에 중경에서 임정의 법무부장이 되시고 이듬해 경진에는 국무위원에 선임되어 6년간을 그 임에 당當하셨으니 을유 해방 뒤 임정이 환국한 뒤 에도 선생은 주화駐華대표단장으로 중국에 잔류하여 삼년간을 남북화 각지를 분치하며 교포의 구호와 귀환알선

216) 앞의 책, 417~419쪽, 발췌.

사무를 주관하였다.

극무劇務 과로의 나머지 불기不起의 중환을 얻어 4281년 무자 4월에 귀국 요양하였으나 약석의 효 없이 장서하시니 향년이 66이요, 서울시의 망우리 묘지에 묻힌 바 되었다.

부인 심씨는 부군을 따라 남북만주와 상해·중경을 전진하며 위로 구고舅姑를 받들고 아래로 자녀를 거느려 국사에 몸을 바친 부군을 대신하여 아들과 아버지의 구실까지 겸해서 갖은 고초를 겪으니 선생의 공적 뒤 에 부인의 덕이 큰 줄을 세상이 일컫게 되었다.[217]

석오石吾 · 동암東岩 선생 추도가

차두석 선생 석오는 임시정부 의정원의장 이동녕의 호이고, 동암은 임시정부 비서장 등을 지낸 독립운동가이다.

기다리는 임이 있어
참고 사온 욕된 세월
변치 않는 그 절개가
돌인 듯 굳어져도
뜨거운 눈물만이
뼛속으로 스몄네

아! 비바람 깎이우며
푸른 이끼 앉아도
한 조각 붉은 마음
식을 줄이 없어라

---

217) 앞의 책, 421~422쪽, 발췌.

그리우는 세상 있어
바라보신 동녘하늘
무궁화 피는 나라
꿈엘 망정 못 잊어도
이역 찬 서리에
슬피 눈을 감았네

아! 해바라기 꽃 모양
돌며 찾던 조국에
자랑 앉는 그 정성이
돌아와서 묻혀라.[218]
고려대학 '4월학생혁명기념탑' 비문

　조지훈은 1961년 4월 18일 고려대학 본관 앞 중앙광장 우측에 세운 〈4월 학생혁명 기념탑〉의 비문을 지었다. 이 기념탑은 여전히 학교 교정에 남아 있다.

자유! 너 영원한 활화산이여!
사악과 불의에 항거하여
압제에 사슬을 끊고
분노의 불길을 터뜨린
아! 1960년 4월 18일!
천지를 뒤 흔든 정의의 함성을 새겨
그 날의 분화구 여기에 돌을 세운다.

---

218)《전집 1》, 209쪽,

당당한 사나이 - 정답던 그 이름 청마 선생

조지훈은 사망 1년 전 청마 유치환의 추도문을 지었다.

청마사백靑馬詞伯은 한 마디로 말해서 당당한 사나이였다. 그의 부음을 받고 나는 그가 늙을수록 용렬해지는 사람들 속에서 늙어도 때묻지 않던 당당한 인간이었음을 생각하고 하나의 사표될 인격이 길이 이 세상에서 떠난 데 대한 슬픔과 적막감을 누를 길이 없었다. 희노를 잘 나타내지 않은 중후한 인간미는 거의 박술朴訥에 가까우면서도 인정과 의리에는 자상하였고 항상 허무의 통찰 위에 초연코자 하면서도 현실의 속사에까지 성실하였다.

청마의 시는 이러한 그 인간성의 진솔한 구현이었다. 우리의 현대사에 끼친 바 그의 심원한 사색과 저항의 의지, 비장한 언어 등 그가 발굴하고 또 이룩한 세계는 오랜 세월을 두고 광망을 잃지 않을 것이다. 스스로의 시를 일컬어 인생으로 더불어 겨루는 한마당의 격투라고 하더니 청마는 드디어 일생을 두고 찾던 허무를 뜻 아닌 자리에서 직면하여 대결하게 되었다. 그러나 그 대결의 뜻을 청마의 붓 끝을 들을 수 없음이 슬프구나.

청마 선생은 나보다 일갑一甲의 장이 넘으므로 그를 선배로 공경했다. 그러나 오랫동안의 사귐에서 이루어진 정의는 우리를 한 지기지우知己之友로 대하게 하였다. 머릿속을 스쳐 가는 그 많은 주석의 회상에 정신 모르게 취한 청마를 본 것은 단 한 번 정도로 왕년의 그는 무량주無量酒였다.

청마 선생! 저승이 있다면 우리 거기서 다시 만나 막걸리잔을 앞에 놓고 옛날의 고담과 아론을 계속하십시다 그려. 그리고 우리 다시 이 세상에 태어날 수 있거든 남들은 거지같은 나라라 비웃는 나라일지라도 우리 다시 한국에 태어나 괄시받는 시를 사랑하는 사람으로 또 한 세상 살다 가십시다 그려.

집 한 간을 못 남겼을 망정 여남은 권의 유시집이 어찌 돈으로 따질

수 있는 부富이겠습니까. 옛날의 주석에서 당신이 치시던 젓가락 장
단이 그리워지는 밤입니다. 아! 청마 선생.[219]

수유리 '4월학생혁명기념탑' 비문

조지훈은 1963년 9월 20일 서울 수유리에 4월혁명기념공원이 준공
되고 기념탑이 세워지면서 비문碑文을 지었다. 4월혁명과 관련하여 많
은 학자·문인·지식인이 있었음에도 그에게 비명 짓기를 맡긴 것은
4월혁명기에 보인 행적과 필력 때문이었을 것이다.

> 1960년 4월 19일 이 나라 젊은이들의 혈관 속에
> 정의를 위해서는 생명을 능히 던질 수 있는 피의 전통이
> 용솟음치고 있음을 역사는 증언한다
> 부정과 불의에 항쟁한 수만 명 학생 대열은 의기의 힘으로
> 역사의 수레바퀴를 바로 세웠고 민주 제단에 피를 뿌린
> 185위의 젊은 혼들은 거룩한 수호신이 되었다
> 해마다 4월이 오면 젊은 혼들은 접동새 울음 속에 그들의 피묻은
> 혼의 하소연이 들릴 것이요. 해마다 4월이 오면 봄을 선구하는
> 진달래처럼 민족의 꽃들은 사람들의 가슴마다에
> 되살아 피어나리라.

---

219) 《전집 4》, 432~433쪽, 발췌, 1967년 2월 지음, 청마는 시인 유치환 선생의
    아호이다.

한국시인협회 회장에 추대

조지훈은 1967년 한국시인협회가 발족되면서 회장으로 추대되었다. 시인 90여 명이 회원으로 참여하였다. 그가 대학 이외의 단체에서 책임자가 된 것은 이것이 처음이고 마지막이었다.

〈시인협회 첫해의 경과보고〉에 따르면 그는 시인협회를 이끌면서 1년 동안 괄목할 만한 업적을 남겼다.

△ 기관지 《현대시》 창간
△ '세계시인협회' 가입
△ '시협상詩協賞' 제정 및 시상
△ 《한국현대시선》의 영역 간행
△ 《현대시연감》 1969년판 간행
△ 《한국시인전집》편찬 착수.220)

조지훈은 회장 취임 1년 남짓 만에 시인들의 오랜 숙원이었던 사업을 차례로 해결하거나 진행하였다. 축적된 역량과 리더십이 있어서 가능했다.

조지훈의 생애 마지막 해인 1968년은 이른바 '신시新詩' 60주년이 되는 해이다. 그는 한국시인협회 회장으로서 신시 60주년 기념사업회를

---

220) 조광렬, 앞의 책, 504~505쪽, 발췌.

발족하고 여러 가지 사업을 추진하였다. 이때 발표한 〈한국 신시 60년 기념사업회 취지문〉은 신시 60년의 사력과 의미, 당시 시(인)에 대한 일반의 인식 그리고 조지훈의 '시문학관'을 보여준다. 전문을 싣는다.

한국 신시 60주년기념사업회 취지문

1968년은 우리 나라 문학사 위에 '신시'라는 이름의 새로운 시 형식이 비롯된 지 만 60년이 되는 해이다. 신시는 이른바 개화가사와 창가가 발전한 형태로서 그것은 근대시운동인 동시에 자유시운동이었다.

20세기 초두 우리 나라의 문화가 전반적으로 근대의 여명을 맞은 연대여서, 신시는 신소설, 신연극 또는 양악과 양화와 더불어 신흥의 기운을 함께 맞았으나, 모든 예술이나 과학 가운데서도 문학이 항상 그 선두를 달리었음을 신문화 수입 이래 오늘에 이르기까지 남겨진 문학작품의 양적인 누적 만으로도 이를 증명할 수 있을 것이다.

우리 문화의 어느 부문이 과연 문학만큼 풍성한 업적을 남겼는가. 그 문학 가운데서도 시는 항상 소설에 앞장서 왔다. 최돈성 등의 개화가사(1896)는 이인직의 신소설 《혈의 누》(1906) 보다 10년을 앞섰고, 최남선의 신시 〈해에게서 소년에게〉(1906)는 이광수의 신소설 〈무정〉(1907) 보다 9년을 앞섰던 것이다.

이리하여 신시를 남상濫觴으로 한 근대시의 강물은 곤곤히 60년을 흘러왔다. 그동안 신시는 완전히 한국시의 주류를 이룸으로써 그 관형사 '신' 자를 떼어버리고 문자 그대로 시 곧 한국사가 되었을 뿐 아니라, 30년대에는 이미 현대시의 방향으로 그 흐름이 굽이쳐 들게 되었다.

이렇게 짧은 역사이나마 자랑스러운 전통을 이룩한 시의 나라 한국, 그 한국의 시에 침체의 기운이 덮이어 온 것은 수년래의 일이다. 시를 써도 발표할 곳이 없고 읽어주는 독자가 없고, 지나간 날의 시인에게 주어졌던 공명과 찬양은 사라지고 비웃음과 모멸 만이 그에 대신하려 한다. 양심의 소리요, 꿈과 미의 사제인 시와 시인에 대한 이와 같은 완전한 소외와 냉대는 과연 시인들 자신에 의한 자초에 연유하는 것인가, 시대와 사회가 시에 대한 이해에서 차츰 외면해 가기 때문인가. 비록 그 시대나 사회, 그 민족과 국가는 시를 버린다 해도 시인은 언제나 그 시대와 사회를 지키고, 제 민족과 조국의 정기正氣를 드높여 왔다.

한국시 60년의 흐름을 꿰뚫고 있는 것이 바로 이 정신이다. 고고와 저항의 의지! 이 점에 있어서도 시는 우리 문화의 어느 분야 보다도 바르고 굳센 길을 걸어왔다고 우리는 확언할 수가 있다.

이제 우리는 우리 시의 환력을 맞게 되었다. 이 뜻 깊은 해를 맞아 몇 가지 기념행사를 가지고자 우리는 이 모임을 열기로 하였다. 지난 날의 형극의 길 위에 피어난 피맺힌 정혼情魂을 거두어 정리하고, 오늘의 침체에서 떨치고 일어나 잃어진 시의 권위를 회복하여, 미래에의 보람찬 설계를 이룩함으로써 시단중흥의 실을 얻고자 하는 것이 이 모임의 근본취지이다. 이에 전체 시인의 참여를 요청하고 아울러 시를 사랑하는 만천하의 동호자 여러분의 절대한 성원과 협조가 있기를 바라마지 않는다.[221]

병약한 육신, 1967년부터 건강악화

조지훈은 일생 동안 병약한 몸이었다. 특히 소화기 계통이 약해서 음식을 제대로 소화하기 어려운, 고질을 앓고 있었다.

사망하기 몇 달 전에 마치 유언시처럼 《사상계》에 쓴 〈병에게〉는 김종길 등 시인들이 '마지막 절창'이라 불렀지만, 정작 당사자는 고질적인

---

221) 《전집 4》, 506~507쪽.

병마에 시달리면서 몸부림치는 아픔의 절규였을 것이다.

병에게

어딜 가서 까맣게 소식을 끊고 지내다가도
내가 오래 시달리던 일손을 떼고 마악 안도의 숨을 돌리려고 할 때면
그때 자네는 어김없이 나를 찾아오네

자네는 언제나 우울한 방문객
어두운 음계를 밟으며 불길한 그림자를 이끌고 오지만
자네는 나의 오랜 친구이기에 나는 자네를
잊어버리고 있었던 그 동안을 뉘우치게 되네

자네는 나에게 휴식을 권하고 생의 외경을 가르치네
그러나 자네가 내 귀에 속삭이는 것은 마냥 허무
나는 지그시 눈을 감고 자네의
그 나직하고 무거운 음성을 듣는 것이 더없이 흐뭇하네
내 뜨거운 이마를 짚어주는 자네의 손은 내 손보다 뜨겁네
자네 여윈 이마의 주름살은 내 이마보다도 눈물겨웁네
나는 자네에게서 젊은 날의 초췌한 내 모습을 보고
좀 더 성실하게 성실하게 하던
그 날의 메아리를 듣는 것일세

생에의 집착과 미련은 없어도 이 생은 그지없이 아름답고
지옥의 형벌이야 있다손 치더라도
죽는 것 그다지 두렵지 않노라면
자네는 몹시 화를 내었지

자네는 나의 정다운 벗, 그리고 내가 공경하는 친구
자네가 무슨 말을 해도 나는 노하지 않네

그렇지만 자네는 좀 이상한 성밀세
언짢은 표정이나 서운한 말, 뜻이 서로 맞지 않을 때는
자네는 몇 날 몇 달을 쉬지 않고 나를 설복하려 들다가도
내가 가슴을 헤치고 자네에게 경도하면
그때사 자네는 나를 뿌리치고 떠나가네

잘 가게 이 친구
생각 내키거든 언제든지 찾아주게나
차를 끓여 마시며 우리 다시 인생을 얘기해 보세 그려.[222]

　그는 긴 세월 육신에 병을 가득 달고 살면서 달관한 듯한 모습을 보였다. 마치 선사의 선시禪詩와 같이 쓴, 병을 친구처럼 여기며 중년의 아픈 육신을 정신력으로 버티면서 힘겹게 쉰의 고갯길을 넘고자 하였다.

　하지만 이 고약한 ‘친구’는 허약한 시인의 육신을 갉아먹는 작업을 멈추지 않았다. 1968년 봄, 조지훈은 자신의 수명이 얼마 남지 않았음을 알고 있었던 것 같다. 1967년부터 병세가 점차 악화되어 1968년에는 거의 외출을 못하고 집에서 요양하고 있었다.

자작시 ‘절정’ 읊고 48세로 운명

　1968년 5월 초순 가족의 생일날, “온 가족이 모여 저녁 식사를 하고 난 후, 아버지께서는 당신의 시 〈절정〉을 읊으셨다. 그때 우린 그걸 녹음했던 것이다.”[223]

---

222)《사상계》, 1968년 1월호.
223) 조광령, 앞의 책, 181쪽.

〈절정〉은 시집 《풀잎단장》에 실렸던 자작시였다. 조지훈은 꽤 긴 이 시를 가족들 앞에서 낭송하였다. 처음 있는 일이었다고 한다. 가족들은 의외라고는 생각하면서도 그 이상의 의미를 부여하지는 않았을 것이다. 〈절정〉은 시인 자신의 운명을 은유하고 있었을지 모른다.

절정

나는 어느새 천길 낭떠러지에 서 있었다 이 벼랑 끝에 구름속에 또 그리고 하늘가에
이름 모를 꽃 한 송이는 누가 피워 두었나
흐르는 물결이 바위에 부딪칠 때 튀어 오르는 물방울처럼 이내 공중에 사라져 버리고 말 그런 꽃잎이 아니었다

몇만 년을 울고 새운 별빛이기에 여기 한 송이 꽃으로 피단 말가
죄 지은 사람의 가슴에 솟아오르는 샘물이 눈가에 어리었다간 그만 불붙는 심장으로 염통속으로 스며들어 작은 그늘을 이루듯이 이 작은 꽃잎에 이렇게도 크낙한 그늘이 있을 줄은 몰랐다

한점 그늘에 온 우주가 덮인다 잠자는 우주가 나의 한 방울 핏속에 안긴다 바람도 없는 곳에 꽃잎은 바람을 일으킨다 바람을 부르는 것은 날 오라 손짓하는 것 아 여기 먼 곳에서
지극히 가까운 곳에서 보이지 않는 꽃나무 가지에 심장이 찔린다.
무슨 야수의 체취와도 같이 전율 할 향기가 옮겨온다

나는 슬기로운 사람이 아니었다 그러기에 한 송이 꽃에 영원을 찾는다. 나는 또 철모르는 어린애도 아니었다 영원한 환상을 위하여 절정의 꽃잎에 입맞추고 길이 잠들어버릴 자유를 포기한다.

다시 산길을 내려온다 조약돌은 모두 태양을 호흡하기 위하여 비수

처럼 빛나는데 내가 산길을 오를 때 쉬어가던 주막에는 옛 주인이 그대로 살고 있었다. 이마에 주름 살이 몇 개 더 늘었을 뿐이었다. 울타리에 복사꽃만 구름같이 피어 있었다 청댓잎 잎새마다 새로운 피가 돌아 산새는 그저 울고만 있었다.

문득 한 마리 흰나비! 나비! 나비! 나를 잡지 말아다오. 나의 인생은 나비 날개의 가루처럼 가루와 함께 절명絕命하기에 — 아 눈물에 젖은 한 마리 흰나비는 무엇이냐 절정을 꽃잎을 가슴에 물들이고 사邪된 마음이 없이 죄지은 참회에 내가 고요히 웃고 있었다.[224]

세계문학사에서 자작시를 가족 앞에서 유언처럼 읊고 간 시인이 있었던가. 조지훈의 '유언'은 〈절정〉 외에 달리 덧붙일 언사가 없었을 것이다. 그는 30대에 이런 '유언'시를 지었고, 한 마리 흰 나비처럼 그렇게 분방하게 살았다. 그리고 흰 나비의 운명처럼 짧은 계절의 생애를 마치고, "절정의 꽃잎을 가슴에 물들이고 사된 마음이 없이", '절명'의 길을 찾았다. 마치 중국 전국시대의 사상가 장자莊子처럼.

조지훈은 이 시를 가족들 앞에서 낭송한 지 1주일 후, 그러니까 1968년 5월 17일 새벽 5시 40분 입원중이던 메디컬센터에서 기관지 확장으로 눈을 감았다. 만 48세, 아직 세상을 뜨기에는 너무 젊은 나이였다. 유족으로 부인과 장남 광렬, 차남 학열, 3남 태열과 딸 혜경을 남겼다.

---

224) 《전집 1》, 49~50쪽.

'민족문화연구소' 운영 관련 유언 남겨

가족에게 남긴 '유언'이 〈절정〉이었다면, 공적으로 남긴 유지는 1968년 연초에 제자 홍일식 교수에게 '민족문화연구소' 운영에 관한 부탁이었다.

> "이제 민연은 자네가 알아서 맡아주게" 하시면서 앞으로 한국을 찾는 외국인이 고려대학교를 와서 보아야 한국을 알게 되고, 고려대학을 찾아오는 사람은 민연을 와서 보아야 고려대학을 알게 되도록 해야 하네. 자네가 이 일을 꼭 이루어 주게. 자네는 할 수 있다고 믿네." 라고 아버지는 병상에서 힘들게 말씀하셨다. 스승의 이 말씀이 결국 유언이 되었고, 그로부터 홍 선생의 삶에서 민연은 뗄 수 없는 존재가 되었다고 한다.[225]

조지훈은 민족문화연구소의 육성에 각별한 노력을 기울려 왔다. 기관지로 낸《민족문화연구》창간호에 창간사와 〈신라가요연구논고〉를 비롯, 계속하여 비중 있는 국학관련 논문 여러 편을 발표하였다.

이런 연유로《민족문화연구》는 1989년 2월 제22호에서 〈지훈 조동탁 선생 20주기 추모학술대회 발표논문 및 토론〉기사를 한 권으로 엮었다. 주제 강연으로 정재각의 〈지훈의 인품과 사상〉을 싣고, 주제발표 논문으로 〈조지훈의 문학사적 위치〉(오세영), 〈조지훈의 국문학 연구〉(최철), 〈조지훈의 민속학 연구〉(김태건), 〈조지훈의 역사관 연구〉(김정배) 등 연국논문을 실었다. 그리고 인권환, 김인환, 김홍규, 신용하의 토론, 김기중의 〈지훈 시의 이미지와 상상적 구조〉를 마련하여 추모특

---

225) 조광렬, 앞의 책, 433쪽.

집의 완성도를 높였다.

조지훈의 장례는 '한국시인협회와 고려대학 문과대학장'으로 고려대학교 교정에서 거행하고 경기도 양주군 마석리 송라산 기슭 모친의 묘소 아래 안장되었다. 영결식에서 박목월·박종화·모윤숙·홍일식 등의 조사가 있었다. 13주기인 1981년 5월 17일 묘소 앞에 세운 비문은 시우詩友 박두진이 짓고, 글씨는 김응현이 썼다.

비문

시와 학문과 지기志氣로서 암담하고 다난한 역사적 혼란기를 살면서 그 성명을 일세에 드날린 지훈의 본명은 동탁이다. 1920년 12월 3일 경북 영양군 일월면 주곡동에서 조헌영의 차남으로 태어나 1939년 약관 19세에 고풍하면서도 참신한 작품으로 시단에 나왔고 일제강점하의 2차대전 말기의 암울과 강개를 오직 시와 학문과 참선으로서 오대산 깊숙이 숨어서 달래었다.

그의 고품한 시와 도저한 학문과 품렬한 지기가 정족의 균형을 이루어 크게 당대에 성망을 떨치기 시작한 것은 8·15해방 이후부터였다. 조지훈 시선과 역사 앞에서도 대표되는 고매한 시정신과 품렬한 애족적 사업, 한국민족문화사서설과 한국민족운동사로 대표되는 고방정치한 그의 학문적 온축, 지조론으로 대표되는 준엄하고 품렬한 경세의 탁론은 그의 인격과 양심과 투지 경륜과 인품과 궁해의 덕과 아울러 그 광망과 영향은 당대 뿐만 아니라 시대를 뛰어 넘은 불멸의 것으로 하고 있다.

1968년 5월 17일 48세를 일기로 하세한 지훈의 생애와 업적은 민족과 더불어 길이길이 이어지고 또 앞으로 양심을 들어 역사 앞에 서려는 후세 사람들의 훌륭한 귀감이 될 것이다.[226]

---

226) 조광렬, 앞의 책, 593쪽.

남산 · 향리 · 모교에 시비 세워

조지훈의 삶은 사후에 더욱 평가되었다. 독단과 편협성, 광신과 폭력이 난무하던 혼돈의 시대에 이성의 대변자 역할을 하였던 그에 대한 사후의 평가와 추모사업이 다양하게 전개되었다.

우선 묘비가 여러 곳에 건립되었다. 1972년 5월 17일 '조지훈 시비 건립위원회' 주관으로 서울 남산에 시비가 세워졌다. 비문은 예술원 부회장인 김종길 고려대 명예교수가 지었다. 비문은 그의 생애와 업적에 이어 마지막 대목에서 다음과 같이 적었다.

> 그는 빛나는 한국 선비의 전통을 전형적으로 구현한 사람이요, 그가 평소에 사숙하던 매천과 만해의 정신과 자질을 이어받은 당대의 큰 인물이었다. 여기 그의 행적과 풍모의 일단을 적음은 이러한 그의 빛나는 시와 생애와 정신을 길이 후세에 전하기 위함이다.[227]

두 번째 시비는 1982년 8월 15일 고향 주실 마을에 세워졌다. 이 시비는 제자 홍일식이 비문을 짓고 이원기가 썼다. 생애에 이어 뒷부문은 다음과 같다.

> 대학 강단에서 진리의 빛을 밝히시기 20년, 어지러운 세상에서도 민족문화를 바로 세우기에 심혈을 기울이셨으니 마음으로 선생을 우러르고 따르는 이 구름 같았다. 여기 문하생들의 작은 정성으로 선생의 한 편 사화詞華를 새겨 비碑를 세우노니 그 맑은 시혼과 드높은 기개는 길이 후생의 가슴을 뛰게 하리라.[228]

---

227) 앞의 책, 588쪽.
228) 앞의 책, 589쪽.

세 번째 시비는 2006년 9월 29일 '조지훈 시비건립추진위원회'에 의해 고려대학 교정에 세워졌다. 건립 취지문에서 "학교법인 고려중앙 학원, 고려대학교, 고려대학교 교우회, 고려대학교 국어국문학교 교우회, 고려대학교 재직 국어국문학과 교수, 민족문화연구원, 고대신문 동인회 등을 비롯한 수많은 교우들과 유명 무명의 독지가들의 오롯한 정성이 담겨 있다"고 밝혔다.

시비의 비문은 최동오가 짓고 글씨는 김난희가 쓰고 전항섭의 조각으로 건립되었다. 비문의 후반부를 소개한다.

> 그는 실로 풍부한 감수성과 높은 지성과 굳센 실천력을 겸비한 시인이요 학자요 지사이며 진정한 멋을 아는 풍류인이었다. 이러한 뜻에서 그는 황매천과 한용운의 정신과 인품을 이어받은 당대의 빼어난 인물로 흠모의 대상이 되었다.
> 여기 그의 제자들과 후학들이 뜻과 정성을 모아 그의 시 〈늬들 마음을 우리가 안다〉한 편을 차가운 돌에 새기어, 이 시는 당시 그가 재직하고 있던 고려대학교 학생들이 1960년 독재정권의 불의를 규탄하는 4·18의거에 앞장선 것을 보고 스승으로서의 감회와 제자들에 대한 사랑, 그리고 조국의 미래에 대한 우국총정을 담은 역작이라고 할 것이다.
> 우리는 이 한 편의 시가 민족의 대학이요 마음의 고향인 고려대학교의 교정을 지키면서 사제의 정을 돈독히 하는 한편 민족지성의 상징적 징표로서 전고대인들과 더불어 후세에 길이 빛나기를 염원한다.[229]

229) 앞의 책, 591~592쪽.

전집 · '지훈상' · 문화인물에 선정

조지훈에 대한 추모사업은 후학 · 제자들 뿐만이 아니었다. 노무현 정부는 2002년 5월 조지훈을 "이달의 문화인"으로 선정하였다. 해마다 그달에 태어나거나 사거한 훌륭한 문화인을 선정하는 행사였다. 이에 앞서 2000년 11월에는 홍일식 교수를 위원장으로 하는〈지훈상〉이 제정되었다. 지훈상은 지훈문학상과 지훈국학상 두 분야로 나누어 시상하였다. 취지문은 다음과 같다.

> 한국 현대시의 가장 높은 수준을 보여준 시인이며 한국문화사와 한국민족운동사 연구를 선도한 학자로서 조지훈 선생의 문학과 학문은 이 나라 문학사와 국학사에 영원히 기억될 것이다. 선생의 문학과 학문은 선비의 것과 지조에서 우러나온 예술적 품격을 지니고 있다. 지훈선생이 보여준 문학과 인생 · 학문과 행동의 일치는 이 땅의 모든 지성인이 지켜가야 할 삶의 지표가 아닐 수 없다. 선생의 고결한 뜻을 계승하여 전통과 창조, 지식과 행동의 균형을 항상 성취하기 위하여 이에〈지훈상〉을 제정하는 바이다.[230]

조지훈의 추모사업은 전집 출간으로 이어졌다. 1973년 일지사에서 《조지훈 전집》7권이 간행되었다. 제1권 시1, 제2권 시2, 제3권 문학론, 제4권 수상, 제5권 논설 · 번역, 제6권 학술논고 1, 제7권 학술논고 2로 구성되었다.

두 번째 전집은 1996년 나남출판사에서 전9권으로 보완하여 다시 간행되었다. 제1권 시, 제2권 시의 원리, 제3권 문학론, 제4권 수필의

---

230) 앞의 책, 597쪽.

미학, 제5권 지조론, 제6권 한국민족운동사, 제7권 한국문학사 서설, 제8권 한국학 연구, 제9권 채근담으로 분류하여 간행되었다. 전집별권 ①은 화보집, ②는 인권환 등의 조지훈 연구로 각각 구성되었다.

조지훈 생애의 지적 성과와 동료·후학들의 연구·추모 문집이 전집 9권과 별권에 고스란히 묶이면서 연구자료는 물론 일반 독서가들에게 좋은 읽을거리를 제공하였다. 나남출판사판 전집 편찬위원은 홍일식·홍기삼·최정호·인권환·이성원·이동환·박노순·김인환 교수가 참여하였다.

《조지훈 전집》을 펴낸 조상호 나남출판사 사장은, 조지훈의 제자로서 스승에 대한 각별한 경외심에서 2001년 5월에는 《조지훈 육필시집》을 간행하였다. 육필시 121쪽과 아내에게 쓴 편지, 화보 등으로 꾸며졌다. 평소 담대하면서도 꼼꼼했던 조지훈은 생전에 쓴 많은 육필 원고가 남아 있었던 것이다.

조지훈이 편집위원으로 있었던 《사상계》는 그의 타계와 함께 1968년 7월호에서 "인간 조지훈과의 교의 30년"이란 타이틀로 '청록파' 박두진의 〈조지훈론〉과 박목월의 〈처음과 마지막〉을 실었다. 《사상계》는 편집후기에서 이렇게 썼다.

> 본지의 편집위원으로 여러 해 동안 수고해 주셨고, 또한 독립문화상의 기금관리위원으로 계시던 조지훈 선생이 뜻밖에 가버리셨다. 더욱이 선생의 마지막 발표작품이 본지의 증면복구호(1968년 1월호)에 기획된〈제2 청록소시집〉에 수록된 〈병에게〉임을 상기할 때, 더욱 본지로서는 충격적인 애도와 허무를 감당할 수 없다.
> 이런 의미에서 청록파 시인 세 분 가운데서 남은 두 분의 절절한 슬픔의 기념비적 글을 다시 싣고 선생의 명복을 다시 비는 바이다.231)

---

231) 《사상계》, 1968년 7월호, 320쪽.

'남은 두 분'의 글 가운데서 마지막 대목을 옮긴다. 먼저 박두진의 글.

> 그가 작고하기 전에 우리 세 사람이 자리를 같이 한 것은 5월 11일 – 토요일 오후였다. 평소에 좀처럼 자기 먼저 전화를 거는 일이 없는 두진의 연락으로 지훈 댁에 모이게 된 것이다. 용건은 청록문학선집을 내자는 것이었다. 두 시간 쯤 이야기를 하고 헤어졌다.
>
> — 저녁 먹고 가.
> 그는 일어서는 우리를 굳이 만류하였다. 하지만 앓는 사람이 있는 어수선한 집안에 손님까지 곁들이면 폐가 될까 염려하여 굳이 사양하였다. 밖으로 나와 구두끈을 메는 우리를 보고, 못내 아쉬워하는 표정이었다.
> —그러지 않아도 한번 모여 저녁이라도 함께 하려고 하였는데….
> 지훈의 말이었다.
>
> — 몸 조심하십시오.
> 우리는 악수를 하였다. 그의 크고도 섬세한 손, 뜨겁지도 서늘하지도 않은 손. 지훈은 웃는 얼굴로 우리를 보내주었다. 그것이 마지막이었다. 실로 그가 세상을 떠나기 전에 우리 셋이 오붓하게 이야기할 수 있는 자리가 마련되었다는 것은 우연한 일만 같지 않았다.
>
> — 인간은 늙는 도중이 가장 추잡한 거야.
> 이것은 생전에 어느 주석에서 그가 하던 말.
> 그는 늙음을 거부하고, 영원으로 되돌아간 것 일까.
> 지훈은 가버린 것이다.[232]

---

232) 앞의 책, 201쪽.

다음은 박목월의 글.

> 1939년에서 1968년까지의 한 생애를 지훈은 가장 암담하고 격렬하
> 고 다난한 시대에 살면서, 그의 유례없이 투명한 감성, 맑은 지성, 예
> 리한 감각과 윤택한 정서를 통하여 한국의 현대시사의 하나의 불멸
> 의 업적을 남겨 놓았다. 한국적 정서를 동양적인 전통으로 융화비약
> 시키는 것이 아니라, 오히려 전통적인 동양의 정서를 한국의 정서로
> 승화 · 정착시키는 작업, 한국의 민족정서의 현대시적 서정을 정립시
> 키는 훌륭한 성과를 남겨 놓았다.233)

짧지만 '행복'했던 생애

조지훈은 격동기 고난의 세월이었지만 소신껏, 신념대로 살다 간 행
복한 지식인이었다. 그래서 행복한 삶이었다. 몇 곳에 시비가 세워지
고, 전집이 나오고 육필시집과 그를 기리는 '지훈상'이 제정될 만큼,
값있는 삶이었다. 그는 당대에 시인으로서나 학자로서나 논객으로서나
따를 자가 많지 않은 일급의 지성인이고 선비이고 풍류문인이었다. 이
런 생애가 '행복'하지 않다면 이승은 살 만한 곳이 못 되지 않을까.
어느 시인 · 평론가가 훗날 산행 중에 우연히 지켜보았던 풍경이다.

> 어느 날 북한산을 산행했을 때 일이다. 마침 땡볕 더위의 초여름이라
> 알맞은 그늘을 골라잡고, 짊어지고 온 베낭을 풀어 놓고 점심을 할까
> 하고 있는데 저만큼의 그늘에서 점잖은 신사 대여섯 분이 역시 베낭
> 을 풀어 놓고 있었다.

---

233) 같은 책, 206쪽.

무심코 건너다보던 필자는 그만 귀를 쫑긋 세우고 긴장을 늦추지 않으며 귀동냥을 할 수 밖에 없었다. 일행 중 한 분이 각자의 잔에 술을 따르더니 "자 그럼 동탁 선생님의 시를 한 수 읊어 볼까?"로 건배 제의를 하고는 유창하고 낭랑한 목소리로,

"얇은 사 하이얀 고깔은 / 고이 접어 나빌레라."

하고 '승무'의 첫 연을 읊었다. 그랬더니 그 다음에 옆에 앉았던 다른 분이

"파르라니 깎은 머리 / 박사 고깔에 감추오고."

라고 둘째 연을 받아 낭송했다. 이렇게 해서 일행이 각각 한 연씩 읊고는 '건배'하면서 술을 마시는 것이었다.

필자는 '승무'의 낭송이 절창으로 이어지다 끝날 때까지 귀를 닫지 못했다. 옆에서 함께 귀를 기울이고 있던 내자가 "저분들 조지훈 선생님의 제자분들인가 봐요"했을 때야 제정신으로 돌아올 수 있었다. 참 부러웠다. 가신 선생님을 기리며 한 잔 술에 은사의 시를 띄워 읊으며 추모하는 일이 흔히 있을 수 있는 일이 아니기 때문이다.[234]

---

234) 박진환, 〈조지훈 시인의 신인 추천 철학〉, 한국문인협회 편, 《문단유사》, 460~461쪽, 월간문학출판부, 2002.

경주에서 처음 만났을 때의 지훈(왼쪽)과 목월. 둘은
불국사와 석굴암을 탐방했다.
(1940.3.)

김성식 교수의 '지훈이 떠나던 날'

조지훈의 장례식날 그와 함께 《사상계》편집위원과 '정치교수'로 몰렸던 같은 대학의 선배 교수 김성식이 조사로 〈지훈이 떠나던 날〉이라는 시조를 낭송하였다.

지훈이 떠나던 날

구름도 날다가 고봉장령을 쉬어 넘고
푸른 바람도 호수가에 잔잔한데
지훈이 가시는 길은 거칠 배가 없구료
만풍蠻風이 휘몰아쳐 우리들을 갈라놓아
세월은 흘러 두 해에 또 반년을
이제사 허주虛舟는 돌아왔는데 지훈은 가고 없구료

초연한 장자풍에 활화산을 지녔겄다
〈고풍의상〉 속에 원자탄도 숨어 있고
지훈은 저항의 시인 찾을 길이 없구료

〈매화송〉 끝 장章 대로 '아리따운 사람을
보내고 그리는 점도 싫지 않다' 하오리까
지훈이 지훈이 지훈, 대답이 없구료.[235]

---

235) 김성식, 《역사와 현실》, 민중서관, 1968년, 조광렬, 앞의 책, 389~390쪽, 재인
용.

제자 · 후학들의 스승 추모

제자와 후학들이 스승을 추모하는 글 몇 편을 소개한다.

사슴을 말[馬]이라 하고, 불의가 정의를 대신하며 지조가 아부와 통하는 까막까치 우짖는 음산한 계절에 어찌 지훈은 무심히 눈을 감을 수 있었단 말인가.

고운 시, 깊은 학문, 넓은 식견, 매운 지조, 높은 품격, 고고한 지성 – 이제 우리의 지훈은 어디 가고 검은 상장만 옷깃에 남아야 하는가. 이제 스무 해 긴긴 날을 몸담아 뜻 세우던 석탑의 뜰 언덕에, 수많은 봄 가을이 피었다 지고, 무심한 세월 속에 지훈 모르는 새 사람이 나고 들고 할지나 '마음의 고향' 석탑의 교가, 젊은 피 용솟음치는 호랑이 응원가, 4 · 19기념 비명碑銘, 호상虎像 비문에 그윽하고 매운 지훈의 향내 길이길이 남으리니 "죽어서 사는" 지훈의 뜻이 여기 있구나.

경기도 양주땅 마석의 언덕, 거기 천마산 기슭에 우리들의 지훈이 누워 있고, 거기에도 산이 있고, 꽃이 피는 아침, 두견 우는 밤이 있고, 부질 없는 가을비는 소소히 뿌리고, 심한 백 설이 흩날릴지나, 한 줄의 고운 시, 한 마디의 정다운 음성, 호탕한 웃음을 이제 어디서 들을 수 있단 말인가.

이제 눈물을 거두어 옷깃을 여미고 뜻 세우고 못다한 그 많은 일들이야 우리가 하리니 지훈이여 고히 잠드시라.[236]

시인협회 회장 및 신시 60주년 기념사업회장이었던 지훈이 운영하고 나서 그의 베개 밑에서 기념사업 기금이 든 저금통장이 나왔다고 한다. 그러니까 지훈은 공금을 한 푼도 건드리지 않고 홀로 투병생활을 한 청렴결백한 시인이라고 추거세운 신문기사를 보면서 나는 화가

---

236) 인권환, 《고대신문》, 1968년 5월 27일치.

몹시 났었다.

시인의 고난에 찬 삶을 이해하려는 게 아니라. 그들은 '조지훈'을 비범한 위인으로만 조명하는 데 급급하여, 공과 사를 구분 못하고 개인과 국가를 혼동하는 자신들의 열등감을 지우기 위한 대리만족에만 관심이 있을 뿐이었다.

그를 추겨세우고 그를 앞장세우기만 좋아했던 이 나라 문화에 대하여 심한 노여움을 느끼던 내가 이제 옛 스승을 욕되게 하는 이런 글을 쓰고 있으니, 천상에 계신 스승은 마치 목어木魚를 두드리다가 잠이 든 상좌 아이를 보듯 그렇게 말없이 웃으시는가.

지사고 논객이고 다 그만두고 그저 아름답고 눈물겨운 서정시를 쓰고 즐기며 더 오래 우리 곁에 계셨더라면 하는 좁은 생각밖에 없는 제자를 노여워서 꾸짖으시는가.…237)

지훈은 비록 만 48세라는 짧은 생애를 살다 갔지만, 그의 일생이야말로 진실로 티 하나 없이 살다가 옥처럼 부서져 간 깨끗한 인생이었다.

이제 지훈은 가고 그의 글만 남았다. 그가 평생 입버릇처럼 하던 말이 있다. "생전부귀生前富貴 사후문장死後文章"이라고… 과연 지훈이 가고 없는 지금 그의 문장이 어떤 평가를 받을 것인가. 우리 모두가 이제부터 심판자가 되는 것이다.238)

서거하는 날까지 용감한 비판자로서 혹은 건실한 증언자로서 남보다 앞장 서서 외치는 일에 그는 주저하지 않았다. 그의 이러한 행위가 한때 위정자의 눈에 거슬린 바 되어 소위 '정치교수'로 지목된 일도 있었다.

논객이 가는 길은 항상 형극의 길일 수밖에 없다. 갈채가 있는가 하면 비방이 뒤 따른다. 지지가 있는가 하면 멸시가 있다. 그런 가운데

---

237) 《오탁번 시화(詩話)》에서, 조광렬, 앞의 책, 41~42쪽, 재인용.
238) 홍일식, 《20세기와 한국전통문화》, 96쪽, 현대문학, 1994.

서도 논객은 자신에 대한 모든 평가를 오로지 역사에다 묻기로 하고 그가 이미 정해 놓은 길을 향해 묵묵히 걸어갈 따름이다. 지훈이 바로 그런 사람이었다.[239]

한 마디로 조지훈은 선비였다. 선비라하면 흔히 남산골 샌님 즉 딸각발이를 연상한다. 일석 이희승이 쓴 〈딸각발이〉란 글은 궁핍한 생활 속에서도 오로지 청렴결백과 지조, '앙큼한 자존심'과 '꼬장꼬장한 고지식'을 생활신조로 삼고 있는 선비에 대한, 기실 일종의 찬사이다. 선비의 의기와 강직을 배우자는 이야기다.

그러나 조지훈은 딸각발이처럼 꼬질꼬질하지도 않고 도리어 호탕한 성격에다가 예의와 염치를 알고 의리와 절개를 존중했다고 하니, 가장 이상적 덕목을 갖춘 선비가 아닌가. 그는 늘 가까이 두고 오랫동안 애독했던 책은 《채근담》이라고 한다.(…) 그는 늘 이 책을 통해 자신을 다스리고 경계하는 법도를 익혔고, 세상 가운데 살아갈 자신의 도리를 배웠다고 한다. 즉 일종의 계율서이자 생활철학서였던 셈이다.[240]

조지훈은 나라 잃은 시대에도 "태초에 멋이 있었다"는 신념을 지니고 초연한 기품을 잃지 않았다. 조지훈에게 멋은 저항과 죽음의 자리에서도 지녀야 할 삶의 척도이었다.

호탕한 멋과 준엄한 원칙 위에 재능과 교양과 인품이 조화를 이룬 대인을 우리는 아마 다시 보지 못할지도 모른다. 이른바 근대 교육에는 사람을 왜소하게 만드는 면이 있기 때문이다. 조지훈의 기백은 산악을 무너뜨릴만 했고 조지훈의 변론은 강물을 터놓을만 했다.

역사를 논하는 조지훈의 시각은 통찰력과 비판력을 두루 갖추고 있었다. 다정하고 자상한 스승이었기에 조지훈은 불의에 맞서 학생들이 일어서면 누구보다도 앞에 나아가 학생들을 격려하였다. 그러나 학생

---

239) 박노순, 앞의 책, 463쪽.
240) 김윤태, 〈한국의 보수주의자 조지훈〉,《역사비평》, 2001년, 겨울호, 48쪽.

운동의 방향이 잘못되었다고 판단하면 언제든지 준엄하게 꾸짖기를 서슴지 않았다.[241)

필자의 덧붙임, '개혁적 보수지식인'의 전형

조지훈 선생의 이승은 길지 않은 생애였다. 하지만 육체적 질병과 정신적 고통을 이겨내면서 이룬 업적은 보통 지식인이 100년을 산 데도 해내기 어려운 성취였다. 수명이 좀 더 주어졌으면 국학·사학·민속학 등을 더욱 천착하여 더 많은 학문적 업적을 남겼을 터이다. 하지만 48년의 생애에서 그만한 업적을 남긴 것은 학계에 큰 자산이고 유산이다. 그는 민족문화사에 크게 기여하고 눈을 감았다.

그가 살다 간 시대는 미증유의 격동기였다. 아버지의 납북 등 감당하기 어려운 가족사에서도 지식인의 정도를 일탈하지 않았다. 학계나 언론계 등에 진출한 납북(월북)자 자식들 상당수가 '부친 콤플렉스' 때문인지, 극우 반공주의자가 된 데 비하면 그는 지식인의 평상심을 잃지 않았다.

그는 이미 20대 초반에 우리 시문학사에 고딕체로 기록되는 수 편의 걸작을 남길 만큼 문재文才를 발휘하고, 삼사십 대에 이미 학계 중견으로 자리 잡았다. 그리고 4·19혁명의 불쏘시개 역할을 하고 혁명기에 방황하는 학생·지식인의 향방을 제시하는 평론가가 되었다.

조지훈 선생은 시인·학자 이상의 사상가, 교육자·논객이었다. 1960년대 그의 존재는 교수나 한갓 문필가 이상의 위치에 있었다. 다

---

241) 김인환, 〈조지훈의 문학과 학문〉, 《비평》2002년 여름호, 303~304쪽, 생각의 나무.

양한 저술은 동시대 엘리트 청년들에게 양식이 되었고, 품격 있는 각종 시론時論은 식자들의 행동지침의 역할을 하였다.

더불어, 선생의 값어치는 '멋'을 알고 실천하는 멋장이, 풍류객, 선비, 청절한 지조인이었다. 5·16쿠데타 뒤 한때 시국관에서였던지 붓끝에 흔들림이 감지되기도 했으나, 쿠데타 주역들의 행태를 직시하고는 다시 예리한 필봉을 들었다. 그의 비판 정신은 맹목의 반대가 아닌 논리적이고 역사에서 사례를 찾는 사필史筆이었다.

지금도 수유리 4월혁명 위령탑과 고려대학교 교정의 4·19기념비에 새겨진 그의 혼과 얼은 후학들에게 깨우침을 전한다. 예나 지금이나 교수·언론인 등 지식인들이 소 갈 데 말 갈 데 가리지 않고 권력과 재벌 쪽을 기웃거릴 때, 그가 보여준 청절과 단호함은 엘리트 지식인들의 처신이 어떠해야 하는가를 일깨워 준다.

우리는 조지훈 선생에게서 격동기 학자 지식인의 전범典範을 찾게 된다. 속세와 일정한 거리를 둔 고고한 지식인의 정형이 아닌 혼탁한 세파에 부딪히면서도 자신을 지키고, 바른말을 하고, 정도를 걷고, 연구가 깊고, 박학다식하여 많은 업적을 남긴 실력파 지식인의 모습이다.

그것도 박식한 '지식 보따리 장사'가 아닌 현실개혁에 앞장서서 금기禁忌에 도전하는 치열한 지식인의 상像이다. 그는 보수형의 지식이면서 진정한 보수의 가치를 알고 행하는 '보수적 개혁파'였다. 조지훈과 같은 보수주의자의 맥이 단절된 것은 한국보수주의의 불행이다. 한국적 보수가 '수구'와 동의어가 되는 현실에서 조지훈 선생과 같은 개혁보수의 정신과 행보는 너무 값지다.

조지훈 선생은 시인·학자·선비의 정삼각형의 구도를 완벽하게 갖춘 흔치 않은 지식인이었다. 그야말로 문사철文史哲을 하나로 관통하는 교양인이고 지성인이었다. 곳곳에 세워진 그의 추모비는 세월의 풍상에 닳아지더라도, 활자로 남은 글과 혼은 역사와 함께 길이 전할 것이다.

　연구가 부족하고 능력 또한 못 미쳐서, 선생의 향내 나고 매운 문학과 넓고 깊은 학문의 세계를 깊이 들어가지 못하고 언저리만 맴돌다 나온 것이 아닌가 두렵다.

지훈이 아끼던 유품들.

《청록집》출판기념회에서 시인들에 둘러싸여 있는 청록 3인.

고려대학교의 제자들과 함께.

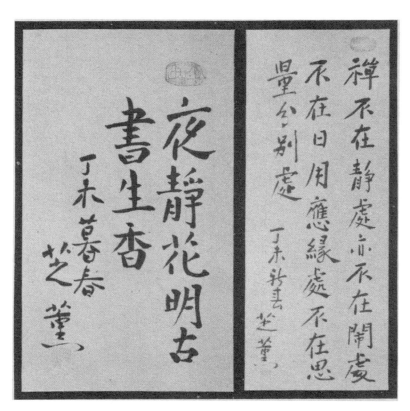

夜靜花明古
書生香
丁未暮春
芝之筆

禪不在靜處亦不在閙處
不在日用應緣處不在思
量分別處
丁未新春芝筆

지훈의 유필

316